ぼくを燃やす炎

マイク・ライトウッド

村岡直子訳

THOUSANDS OF BOOKS

はじめに（作者より）

自分の性的指向がほかの多くの人たちと、社会が押しつける「普通」とちがうとわかっていながら成長期を過ごすのは、たやすいことじゃない。ぼくの場合は運よく、比較的楽にその時期を過ごした。そして家族や友だちは、いつだって無条件にぼくを支えてくれた。だけどわかってる。それはただ、運がよかっただけなんだ。この六～七年で、ぼくは多くのＬＧＢＴプラスの若者と知り合った。ぼくの思春期よりずっと難しい状況のなかで、しばしば途方に暮れ、自分自身を憎んだりしてしまう少年少女たちだ。ぼくはずっと、彼らの助けになることだけを目標にしてきた。連絡が取れなくなる子もいるけど、ほとんどの場合はコンタクトを取りつづけている。そしてときが経つにつれてその子たちが見ちがえるほどいい状態になり、自分自身を愛し、自分の幸せのために闘えるようになっていくのを見ると、ぼくは彼らを誇りに思う気持ちでいっぱいになる。

　問題は、ぼくはたったひとりなのに、性的指向のせいで苦しんでいる若者があまりにもたくさんいること。そんなとき、この小説のアイディアが浮かんだ。目的ははっきりしていた。ぼくの書いた本が性的指向に苦しむ大勢の少年少女たちのたとえ一部にでも届くことが、もっと多くの人を助けることにつながるんじゃないだろうか。そう思いついたものの、すぐにその考えを捨ててしまおうとした。自分にそんな本が書けるとは思えなかったんだ。さんざん迷った末に書き出してはみたが、うまくいかずに中断の繰り返しで、投げ出す寸前までいったことも一度や二度じゃない。

だけどニュースだったりだれかとの会話だったり、なにかしらの出来事が絶えず起こって、そのたびにぼくは、続ける必要がある、やらなきゃいけないと思い直した。この小説に具体的なモデルはいないけど、ここに出てくる状況の大半は実際に起きたことをベースにしている。知っている人の経験を下敷きにしたものも多い。今まで話した少年少女たち、みんながこの物語の主人公の一部だ。

とてもそうは見えないかもしれないけど、同性愛嫌悪は過去のものではない。ぼくたちの社会に変わらずはびこっていて、多くの人たちが日々そのために苦しんでいる。どれほど社会が進歩したように見えても、悲しいかな、現実には同性愛嫌悪が原因で亡くなる人がたくさんいる。襲われて命を落とす人もいれば、自殺する人もいる。この本が、少しでいいから、ほんのわずかでいいから、あと押しになればいいなと思ったことがふたつある。ひとつは、あの人の性的指向はいわゆる「普通」じゃないというような、ひどいレッテル貼りをなくしていくこと。もうひとつは、同性愛者だからといじめられている人に、その苦しみを超えたところにあるものを知ってもらうこと。嵐のあとは必ず晴れる。たとえ雲にさえぎられて、太陽そのものは見えないことがあるとしても。

　この物語を書いて出版にこぎつけるまでは三年以上の長い旅だったけど、ぼくらの社会が歩むべき道はまだまだ長い。異性愛者ではないという理由で、人々が、特に未成年者が暴言を吐かれたり、石を投げつけられたりする、めった打ちにさえされるというニュースを毎週のように目にする。言うまでもなく、殺人もいまだ世界のあちらこちらで起こっている。そんな出来事を知るたびぼくは、この小説を書くことが必要だったのだという思いを日々強めている。普通とは異なる性的指向を持つ人が文学のなかで描かれたっていい、常に脇役に甘んじるのではなく物語の主人公にだってなれる、トンネルがどれほど暗くても、その先にはいつも光が射していることを知る権利があると、ぼくはそう確信している。

　ぼくらが歩むべき道のりはまだまだ長い。でもこの小説がたとえほんの少しでも、そのあと押しになればいいと願っている。

今日はすべてが燃えると知っている
愛が燃える
骨が抱き合う
痛みがつくりあげられる
欲望が失われる

『すべてが燃える』
ラ・ビエハ・モルラ、フィーチャリング
マリア・ビジャロン

El fuego en el que ardo

プロローグ
Prologue

わたしは朝までベッドにひとり座っていた
わたしは叫んでる、「彼らが会いに来てくれる」
そして秘密を胸のうちにおさめておこうとした
死に至る病のような心を抱えて

『コントロール』
ホールジー

光が刃に反射して、からかうような輝きを放つ。さあ続けろ、やっちまえ、一気に終わらせてしまえと言うように。ぼくはつばを飲みこむ。やっちゃいけないのはわかってる。やつらに負けることになる、そんなわけにはいかない。そんなことはできない

(だれも、ぼくにはだれもいない)

母さんのために、フェルのために。だけどこうするしかないんだ。

かみそりをしっかりにぎり、腕に沿って走らせる。傷あとの上でちょっと止め、それから手首まで。もう考えちゃだめだ、こうやってぐずぐずしてたら、怖じ気づく人間なのは自分でもわかっている。だから目を閉じ深呼吸して、やらなきゃいけない、わかってんだろと自分に言い聞かせる。

そして、切る。

今日の痛みは、いつもの慣れた痛みより強くてつらい。それで思わずうめき声を出し、目を開けてしまう。

見る見るうちに血があふれ出し、夕焼けが空に広がるように水を染めていく。見ているとめまいがした。うまくいったのか、これで十分なのかわからない。わかっているのは、ここで進めなければ、きっとぼくは投げ出してしまうということ。だから歯を食いしばり、もう片方の手首も切った。

水はどんどん赤くなり、めまいもひどくなってくる。浴槽のなかに倒れこみ、ぼくはもう一度目を閉じる。夕暮れになって夜が来ても、もう開けないつもりだ。口もとまで来た水が、くちびるの隙間から入りこんでくる。奇妙な、鉄くさい味がする。これは自分の血の味だ。

ゆっくり、ゆっくり、ぼくは闇のなかに沈んでいく。すべての星が少しずつ消えていく。

そこで目が覚めた。

心臓がバクバクしている。眠っていたんじゃなくて、走っていたかのように。とび起きて灯りをつけ、部屋にひとりでいることをたしかめる。また夢を見ていただけだった。また、悪夢を。

ベッドに数滴、乾いた血のあと。それでぼくは、前腕の傷が寝ている間に開いたと気づく。脚を、腕を見る。白っぽい傷あと、まだ癒えていない傷口に指をはわせる。傷あとはたくさんあるけど、手首にはひとつもない。

少なくとも、今のところは。

El fuego en el que ardo

第 I 部

アニマル・シティ

だってここはアニマル・シティ
カーニバル・ワールド
だからおとなしくしなさい、たてつかないで
あんたを噛もうとしているやつらがいるわ

『アニマル・シティ』
シャキーラ

ゲイでいるなんてクソだ

マジで。ほんとにクソだ。

ゲイであることのすばらしさを語る映画やドラマ？　ノンケで現代的で、ありのままのきみを受け入れてくれるクラスメートや、無条件にきみを愛してくれる両親に囲まれた毎日だって？

全部うそっぱちだ。

現実はそんなもんじゃない。

少なくとも、それはぼくの現実じゃない。

ぼくの現実は、毎日隠れて血を流すこと。

ぼくの現実は、だれにも気づかれないままゆっくり死んでいくこと。

10月26日 20：58 投稿 ｜ コメント：00

シェア　Linked In　facebook　Twitter　Google　Tumblr

第1章 El fuego en el que ardo

こんな場所にはうんざりだ、
みんなが変わってくれればいいのに
手放したものの代わりを見つけるには時間がいる
それにぼくは高望みしているんだ、
もっと控えめにしなきゃ
我慢しようとしているんだけど、
それでもまだすべてがほしい

『フールズ』
トロイ・シヴァン

「おかまちゃん！」だれかがどなっている。アイポッドのイヤホン越しでも、ちゃんと聞こえる。

「なんでそんなに急いでるのか、教えてくれよ」大笑いしながら別のやつが言う。「男子トイレでだれかとデート？」

あの声はカルロス。何年も前から登校時間が同じだ。絶対にいつもいる。だれかがぼくに暴言を吐いたり、いやがらせをしようとすると、必ずやつも現れて、ぼくをもっとひどい目にあわせる。それがあいつにとっての娯楽らしい。本当は男子トイレでデートしたいのは自分のくせに、そうやってカムフラージュしているんだ。ほかのみんなは気づいていないかもしれないけど、ぼくは気づいている。

通り過ぎるときにだれか、たぶん今声をかけてきたふたりのどちらかに、後頭部を強く叩かれた。さっと振り返ったけど、あまりに多くの生徒が周りにいるので、だれにやられたのかはわからない。いつもの屈辱を味わっているぼくを見て楽しそうに笑ったり、こちらを指さしたりしている、たくさんの顔がそこにあるだけ。ぼくはこぶしをにぎりしめる。怒りで体じゅうの血が静かに、だけどすさまじい勢いで煮えたぎりはじめるのを感じる。ここにいる全員を殴りつけ、これまでのことすべての仕返しをできればいいのに。痛めつけてやろう

(それを楽しみさえしてやろう)

だけど自分にそんなことができないのはよくわかっている。

その代わり、暴言を受けても動揺しないでいよう、無関心でいようと思う。殴られても痛くなんかない、やつらの言葉は風が運び去るんだ、どうでもいいんだと思うようにする。でも、うまくいかない。来る日も来る日も、ぼくの人生を地獄そのものに変えることだけを目的にしているやつらと共存するなんて、ほとんど不可能に近い。フェルの言葉を信じたい。これはただの一時的な状態なんだと信じたい。状況は変化する、もうこんなことを我慢しなくていい日がすぐに来ると信じたい。

問題は、ときどき、信じるだけでは足りなくなることだ。

もう。

これ以上。

無理だ。

ぼくは月曜日が大嫌いだ。たぶん同世代のだれよりも、月曜日を憎んでる。わかるよね。だっ

て週末は、こういう我慢をしなくていいんだから。たいていは家にいるけど、父さんから離れている限りは、少なくとも穏やかに過ごせる。そして週末、父さんはあまり家にいない。でも平日は延々と続く拷問の時間、そのなかでも最悪なのが月曜日だ。みんなはまた一週間、ぼくをいじめるためにパワーチャージして学校に来てるんじゃないかという気がする。

でもぼくにはパワーがない。おまけに月曜日は、五日間連続する苦痛の始まりを意味する。何度も何度も投げつけられるお決まりの暴言を我慢して、ただぼくがぼくであるというだけで、絶えず屈辱を受けつづける五日間。ぼくにできるのはただ、終わりが来るまでの時間を数えることだけ

(そう、終わり。ああ、早く終わりが来てくれればいいのに)

週の、だよ。

五日はちょうど百二十時間。そのうち三十時間を学校で過ごす。クソみたいなことを何度も何度も我慢する三十時間。苦しみと恐れと痛みの三十時間。

カッターにすがることもできない三十時間。

教室に入ると、ダリオの栗色の目とぼくの目が合った。だけどすぐ、ダリオのほうから視線を外す。ぼくが来るのを待ってなどいなかったというように。でも、どれほどぼくらの仲が大きく変化しても、ぼくには今もダリオの表情が読める。自分自身の顔のようによく知っているから。いや、きっと自分の顔以上に。おそらくぼくは、ダリオがいちばんもろい部分を見せた

瞬間に立ち会っていた、唯一の人間だ。

　ぼくにはわかる。口が言おうとしないことを目がはっきりと伝えている。ダリオは恥ずかしいと思っている。

　ぼくにもかなり責任はあるかもしれない、あれをそう呼べるとしたらだけど。でも本当のところ、ダリオがいなければ、あんなことにならなかった。ダリオがいなければ、ぼくの生活はこれまで通りに続いていた。幸せではなかったかもしれないけど、少なくとも平穏だった。それが今は、だれかがあのことを思い出すたび、必ずダリオの名前がぼくの名前とくっついて出てくる。仕方ないよね。たぶんぼくほど侮辱されてはいないだろうけど、廊下でぼくを指さし笑う者が十人いるとしたら、ひとりくらいはダリオにもうしろ指をさす。かわいそうだとは思わない。そうされて当然なんだから。

　でもダリオは確かに、騒ぎを引き起こしたことを恥ずかしいと思っている。しゃべってしまったことを、この状況で見て見ぬふりをしていることを、そしてなにより、親友を裏切ったことを恥じている。親友だった人間を、と言うべきか。ほかのみんなと大笑いしながらも、本心では、心のどこかでは、ダリオは罪の意識を感じている。ぼくにはわかる。

　少なくともそうだと信じたい。でないと、つらすぎる。耐えられるレベルを超えている。

　教室のいちばん奥の自分の机にたどり着いたら、座る前に椅子をちゃんと確認する。以前、噛み捨てたばかりのガムが椅子の上にちょこんと貼りついて、ぼくを待っていたことがある。

今日は運よくなにもなかったので着席し、教科書がぎっしり詰まったリュックを開ける。宿題がない日も、家で勉強しなくていい日も、ぼくは絶対に、机のなかに物を入れたまま帰ったりしない。数学の教科書の表紙に、油性ペンのでかでかと目立つ文字で〈**ぼくはおかまです**〉と書かれて以来の習慣だ。

　そのときの落書きは消えなかったので、親に見られないように表紙を破ってしまった。おかげで父さんに平手打ちを二発食らい、一週間も叱られた。けど、表紙の文字を見られるくらいならそのほうがよかった。父さんのことだから、あれを見たら平手打ち二発じゃすまなかったはずだ。

　教室の騒がしさから気をそらそうとして、ぼくは窓の外を見る。以前は慣れ親しんでいて、日によっては心地よくさえあったざわめきが、今では残酷で忌まわしいものに変わった。十一月下旬の冷たい朝。冬の訪れまであと数週間、太陽はぶあつい雲のうしろに隠れ、空は濃い灰色に染まっている。

　ぼくの心のような濃い灰色に。

　歴史の教科書を取り出して五秒かそこらで、授業の始まりを告げるチャイムが鳴る。朝はいつも、始業時間ぎりぎりに着くようにしている。そうすればほとんどの生徒はもう教室に入っていて、ぼくをいびるために廊下で待ち構えているようなやつの数も減るからだ。ただそれでも、カルロスのように

（ぼくを少しずつ殺すためなら）

ぼくに暴言を吐くという日課を果たすためなら、遅刻してもいいというやつが大勢いる。

「調子どう？」

隣の席のフェルがささやく。もうひとりのぼくの親友……いや、今となってはたったひとりの親友だ。ぼくは肩をすくめ、答える。

「この通り、あいかわらずさ」

フェルは黒い瞳に同情の色を浮かべてぼくを見る。同情されるなんてぞっとする。ぶたれた犬みたいな気持ちになると同時に、ぼくを心配してくれる人が少なくともひとりいることに、うれしさも感じる。ほんの少し、寂しくなくなる。

「大丈夫だよ。こんなの一時的なものに過ぎないんだから。だろ？」フェルが言う。納得できないぼくはうなり声を返したが、フェルは構わず続ける。「あいつらだってそのうち疲れるさ、きっと」

いつもの言葉。話の流れもいつも同じだ。

ぼくは答えない。善意で言ってくれているのも、あいつらが必ず疲れていやになるのもわかっている。でも問題はそこじゃないんだ。肝心なのは、どっちが先にそうなるかってこと。あいつらか、ぼくか。そしてもっと大事なのは、疲れ果てたときにぼくはどうするんだろうってことだ。こんなことを思うのは、その日がどんどん近づいている予感がするからで、それが

ぼくは気に入らない。心のどこかでその日が来るのを望んでいる、来てほしいと切望している……。だけどどこかで、恐れている。

カッターが恋しい。

ほぼ無意識に太ももを触る。そうすると、少し落ち着く。我慢しなきゃ。

* * *

朝、奇跡的になにも起こらなかった日ほど、長い休憩時間が来るのがよけいにつらい。以前は学校の時間割のなかの、小さな自由のオアシスだと感じていた二十五分。ほかのクラスメートと同じように、早く来ないかなと待ちこがれていた時間。今となっては、延々と続く拷問のひとつになってしまった時間。

一日のうちでいちばん、過ごし方が難しい二十五分。

授業が終わる少し前に、ぼくは持ち物を全部まとめておく。この数週間で身につけた習慣だ。こうしておけば、だれにもあまりわずらわされることなく教室を出られる。チャイムが鳴って教師が授業の終わりを告げると、ぼくは急いでリュックを肩にかけ、廊下の突き当たりにある男子トイレまでダッシュする。ほかの生徒がまだ教室を出ないうちにドアを閉めれば、ぼくがどこに行ったのか、だれにもわからない。

フェルと一緒に過ごせばいいんだろうし、フェルもほとんど毎日、そうしようと言ってくれる。だけどそんなことをしたら、フェルまでいじめの標的になる。そんなことになってほしくない。ぼくと一緒にいることで、すでにフェルはからかわれているし、公然と口にするわけじゃなくても、フェルのほうを見ながらひそひそ話をするやつらがいる。そういう光景を見るのはかなりつらい。ぼくがフェルと一緒にいるところを、ほかの生徒には絶対に見られたくない。

フェルまでこんな目にあわせるわけにはいかない。

トイレに入り、だれもいないのを確かめたら、ドアからいちばん遠い個室に駆けこんで閉じこもる。なかは汚くてかなり気がめいるけど、今のぼくにとってはたったひとつの避難所で、実を言うと、悲しくならない程度には慣れてしまった。掛け金がしっかりかかっていることを確かめると、便器のふたを閉じて腰かけ、この前の誕生日に姉さんからもらったアイポッドのスイッチを入れる。姉さんが出せるぎりぎりの金額で買ってくれた中古で、イヤホンではあまり高い音が聞こえないけど、ぼくの持ち物のなかでは数少ない貴重品だ。次にリュックから取り出したのは、今読んでいる『はてしない物語』。フェルを除けば、ぼくに残されたものはもう、これだけ。音楽と本。このふたつとフェルだけがぼくの友だちだ。ぼくが持ってる、唯一の……、あ、もちろんあれは別だよ。

ぼくがおかしくなるのを防いでくれる、唯一のもの。

『はてしない物語』は大好きな本で、もう何度読み返したかわからない。主人公のバスチアン

とぼくの共通点はたぶんほとんどないし、体つきなんて全然ちがう。だけどぼくはどうしても、バスチアンを自分と同一視してしまう。なにより物語の始めのほう、そこにいる主人公はまさにぼくだ。ぼくもファンタージェン国に逃げこんで、今起きていることを全部忘れられればいいのに。だけど悲しいことに、『はてしない物語』は文字通り、ただの物語に過ぎない。

それにはてしないどころか、この物語も最初のページから最後のページまでの間に閉じこめられた出来事だから、ほかの本と同じように必ず終わるときが来る。

でも幸い、現実から逃げ出す方法、もっとずっと簡単に別の世界を旅する方法はほかにもある。そのひとつが今ここ、ぼくの手の届くところ、ポケットのなかにある。太ももに触るとジーンズの布一枚を隔てて、それを感じとれる。ぼくはポケットに手を入れ、探り当てて慎重に取り出す

(ぼくの忠実な友だちを)

どこに行くにも持ち運ぶあれ、カッターナイフを。

これがいつ、必要になるかわからない。

ほの暗い蛍光灯の下、鋭利な刃がおぼろげな光を放つ。まるでぼくの手のなかで狡猾にほほえむかのように。ほほえみ返すぼくの顔が刃の表面にゆがんで映り、ここで切ることはできるだろうかとしばし迷う。

できるさ、もちろん。

いつだってカッターは助けてくれる。

すべてがうまくいかないとき、なにもかもうまくいかないとき……。カッターはいつもそこにある。これも友だちだ。たぶん、いちばんの友だち。

息をこらしてゆっくりカッターを腕に近づけると、いつものようにアドレナリンがほとばしって静脈を駆けめぐるのを感じる。

だめだ。

できない。ぼくのいちばんの友だちはフェルだ、こんな金属片なんかじゃない。どんなことでも、なにがあっても、実際にぼくを助けることができるのはフェルだ。もうリストカットはやめなきゃいけない、こんなふうにしてたらいけないとわかってる。勇気を出してフェルに打ち明けるべきなんだ。でも、怖い。たぶんこの話をしたら、ほんとのぼくがついにフェルにばれてしまう。自傷癖のある、いかれたゲイだということが。たぶん、もうぼくと一緒にいないほうがいい、ぼくにも、ぼくが原因で起きる問題にも我慢してつきあう価値はないとフェルは思うだろう。結局、みんながフェルに後ろ指をさすのはゲイの友だちだからだし、そんなのうれしいはずがないんだから。

こんなにいろんなことがあって、そのうえフェルまでいなくなったら、きっと耐えられない。そうだよ、ぼくはエゴイストだ。

心のどこかでは、カッターをしまわなけりゃいけない、いやいっそなくしたほうがいい、どこかに捨てるべきだと気づいている。カッターに頼るなんて、もうきっぱりやめるべきだと。

今すぐにだってできるだろう。人目につくところに放り出して、それがぼくのものだとだれかに気づかれたら面倒なことになるだろうけど、ごみ箱に捨てるのはいつだってできる。それともトイレのタンクに入れるか。それならきっとだれにも見つからない。そうすればぼくはついに自由になれる。

だけどカッターを捨てるのに必要な意志の力がどこを探しても見つからず、それでぼくはまたポケットにしまう。

カッターから気をそらすため、本に集中しようとする。あと一章、せいぜい十五ページで読み終えてしまう。昨日のうちに読み終えることもできたんだけど、きっと必要になると思って、この休み時間のためにとっておいた。そうして再びファンタージェンの世界にひたりこんでいると、休み時間の終わりを告げるチャイムが鳴り、ぼくはいきなり現実に引き戻される。もう戻りたくはない、現実に。

だれかに指さし笑われながら教室に戻る途中、ぼくはジーンズの生地を通して太ももにかすかにこすれるカッターに意識を集中する。トイレで使うべきだったかと思うけど、後悔したって遅すぎる。家に帰るまで待とう。これはぼくにとって必要なことだから、邪魔されないように、フェルが遠くにいるときのほうがいい。

席に戻って窓の外を見る。かすかな音で、雨が降っているのだとわかる。

放課後は果てしなく遠い。

El fuego en el que ardo

これまでのこと

こんなに孤独を感じたことはない
あなたが愛を見せてくれたらいいのに

『愛を見せて』

t.A.T.u

「きみ次第だよ」

ぼくは緊張で両手をもみ合わせた。相手の目を見ることはできない。今からやろうとしていることですべてが変わる、それもたぶん悪いほうに変わるだろうとわかっていたけど、もう後戻りはできなかった。やらなきゃいけない、きっと後悔するだろうとわかっていても。

つばを飲みこみ、口を開いた。

「まずわかっておいてほしいのは、ぼくたちの間がこれで変わるはずないってこと」ぼくは予防線を張ろうとした。「きみがそうしたいんだったら、今までとなにも変わらないよ、ぼくはかまわない……」

うそだ。ぼくはうそをついていた。本当は、前と同じなんていやだった。もっとほしかった。もっと必要だった。だけどゼロよりは、半分だけでもあるほうがよかった。

「なあ、これがおれの考えてることなら……」

「待って、ダリオ。言う必要があるんだ。もう想像はついているだろうけど、つまり……ぼくから言わなきゃいけない」

ダリオはあきれたような顔をした。今言わなきゃ、二度と言えないとぼくはわかってた。

「じゃあ、言えよ」

「きみのことが好きだ」ぼくは一息に言った。「きみにとっては複雑だよね。きみはなにも変わってほしくないんだろ、でも……こうするしかなかったんだ。ただの友だちでは、もう満足できない。きみが好きだ、だから……言わなきゃいられなかった」

ぼくはそれ以上続けることができなくて、言葉を切った。だけどその瞬間、心を押さえつけていたかぎ爪が外れたような解放感を覚えた。終わった。やっと言えた。だけどぼくはそのとき初めて、これはまちがいだったと気づいた。ダリオは口を開いたけど、なにも言わない。言う必要もなかった。目を見るだけでわかった。

だってダリオは、ぼくの親友だったから。

その目に浮かんだ表情は嫌悪感だった。自分がまちがっていると思いたかったけど、そうじゃないのはわかっていた。瞳に浮かんでいたのはただ、嫌悪感と軽蔑。そんな目で見られたことはこれまでになかった。

「消え失せろ」

ダリオはようやくそれだけ言って、さっときびすを返し立ち去ろうとした。

「ダリオ、お願いだ……」

ぼくはダリオの腕をつかんで引き留めようとしたけど、ぴしゃっと払いのけられた。

「触るな、ばか。『お願いだ』なんて言うな。こんなホモごっこ、もう終わりだ。おれとは関係ないからな」

「待ってよ……」

ドアへと向かうダリオにぼくは懇願した。涙が出そうだった。すると祈りが通じたように、ダリオはドアの前で立ち止まった。

「ほかになにがほしいんだ」

「なにか言って」ささやくような声でぼくは言った。「お願いだ、なにか言って」

ダリオは言葉を吟味するかのように、たっぷり一分ほども黙りこんだ。一瞬ぼくは、かすかな希望を抱いた。ダリオの言葉を待つ間、ハンマーで胸を叩かれているのかと思うほど心臓が激しく鳴った。ダリオがついに口を開いた。

「おまえ、気持ち悪いんだよ」

そして立ち去った。

ひとり残されたぼくにとっていちばんつらかったのは、ダリオの言葉じゃなかった。あの目だった。あの軽蔑の目がぼくの網膜と心に焼きついて、ダリオが立ち去ったあともずっと離れなかった。ぼくたちの間でなにかがきっと、永久に壊れた。そしてそれは全部、ぼくのせいだった。

もう、なにもかも変わってしまうだろう。

第2章

El fuego en el que ardo

すべてが生と死だけのとき
なにも残されていないとあなたは感じるかもしれない
愛と信頼、そして笑いの代わりにあなたが得るものは
この先決して続かない幸せ

『ホームレッカー』
マリーナ・アンド・ザ・ダイヤモンズ

家に帰ると、もう昼食の支度ができていた。

「ただいま」

イヤホンを外しながらキッチンに入り、声をかける。うちの家族がダイニングルームで食事することはない。ダイニングを使うのは、父さんの大事なお客さんが来たときだけだ。うちはそういう家なんだ。すべていんちき、どこもかしこもうそだらけ。ごまかし、ありもしないまぼろし。ぼくの人生と同じだ。

「おかえり」疲れたような笑みを浮かべて母さんが言う。今日、少なくとも一度は父さんと言い争ったことが表情からわかる。「手を洗ってきて座りなさい。すぐごはんにするわよ」

「遅かったな、ぼうず」挨拶代わりに父さんがぶつくさ言う。ぼくを叱るとき専用の妙に優しげな口調だ。「だいぶ待ったぞ」

ぼくはちょっとあきれたような目つきをするだけで、言い返さない。父さんが怒っているときに口答えするなんてとんでもない。

「まあ、ずいぶん大げさね。さっき座ったばかりじゃないの。そんなに厳しくしないで」

母さんがたしなめる。ぼくはありがとうと言う代わりに、かすかな笑顔を浮かべる。だけど、ポケットのなかのカッターが重くなったように感じた。

あとでね。

「うるせえ。おまえは黙ってりゃいいんだ」父さんが言い返す。「またこのまずいスープが出ているだけでうんざりなんだ。ほかのものはつくれんのか？」

「今日はこれの番だったから」消え入りそうな声で母さんが答える。

「これの番、これの番か」父さんがいやみったらしく繰り返す。「良き聖餐とはこの家に番が巡ってきているもののことなり。それでぼうず、おまえはなにも言わないのか？　一体全体なんでこんなに遅くなったんだ」

「ごめんなさい」仕方ないから謝って、マリアが使っていた椅子にリュックを置きながら、うまい言い訳を探す。「最後の授業が長引いたんだ」

「月曜日はいつも遅いじゃないか」父さんはしつこくぼやく。「最後の授業ってなんの科目だ？」

「国語」

父さんは眉をひそめた。本に関係することはなんでも、あからさまに見下すんだ。

「なんでそんな授業が長引くんだかわからん」

ぼくはもうあきれた目つきをしないように我慢した。そして口答えしたくなるのを今度もこらえた。父さんは国語のような科目は必要ないと考えるタイプの人間で、家のなかが本やイラストだらけなのをいやがるけど、ぼくの部屋はそうなっている。母さんだけは、ぼくが本を読むのに力を貸してくれるからだ。母さんのおかげで、ほしい本があれば買うことができる。まあ、それもひと月に三冊が限度だけど。

ぼくに対する父さんの態度にはすごく腹が立つ。たぶん、ある意味、父さんはぼくにがっかりしつづけてるんだろう。このうえぼくがゲイだと知ったらどうなるかなんて、考えたくもない。きっと家から放り出されるだろう。そういう意味で父さんは、クラスメートたちとまったく同じ

(ぼかで)

考えの古い閉鎖主義者でいっぱいの村の

(ぼかで)

考えの古い閉鎖主義者のひとりだ。自分の息子が男性を好きだなんて知ったら、恥ずかしくてたまらない、世間に顔向けできないと思うだろう。そのことを知らない今でさえ、ぼくにあんな態度をとっているんだから。

食事の時間はいつも通りに過ぎていく。うそと半分ほんとの間にときどき父さんの小言のス

パイスが降りかかる、ぼくにとってあまりにも日常的な風景だ。

「今日はどうだった？」

大きな栗色の目でちらちらと父さんのほうをうかがいながら、母さんがたずねる。その口ぶりから、本当に興味を持ってくれているのがわかる。

「よかったよ」ぼくは簡単に答える。

「テストはどうだった？」

「数学で十点満点の八点」

「よかったじゃないの！　うれしいでしょ、ね？」

無理に笑顔をつくる。カッターより、ぶたれたり暴言を吐かれたりするより、もっと痛い。

「うん、すごく」

だけどさすがは母さんだ。ぼくの言葉にはだまされない。

「そのわりには浮かない顔ね」本当に心配してくれているのが声でわかる。「近ごろ、なんだか寂しそうよ」

父さんが「ふん！」と鼻を鳴らし、首を左右に振る。なにを考えてるのか、言わなくてもわかる。弱っちいやつめ。男じゃないな。

「やれやれ、始まった……」父さんがぼやく。

「母さん、なに言ってるの」ぼくは父さんを無視して、なんでもないふうをよそおう。「ゆうべ、よく眠れなかっただけだよ」

また笑顔をつくる。今度はさっきより自然にできて、母さんも信じてくれたようだ。

「ところで、最近ダリオはどうなの」しばらくして母さんがたずねた。「うちに来なくなってからずいぶんになるわ。けんかでもしたの？」

その名前を聞くと胃を蹴りとばされたような、真っ赤に焼けたナイフで心臓を根こそぎ取り出されたような気持ちになる。そのとき急にキッチンが稲妻に照らし出され、次の瞬間ガラガラドンッと雷鳴がとどろいた。まるで天気がぼくの気分とシンクロしてるようだ。

「ううん。ダリオは最近、すごく忙しそうだから……」

また、うそにうそを重ねる。信じてもらえるように、ところどころ本当をちりばめて。変な感じだ。うそをつきつづけるのはどんどんつらくなっていくのに、反比例するように口からすらすらとうそが出てくるようになってきた。いつかすっかりあきらめて、こんな状態に慣れきってしまうんだろうか。自分のものじゃない生活を、自分のものみたいに送ることに。

食事のあと自分の部屋に入り、ドアノブの下に椅子を置いてリュックを床に下ろすと、また今日も生きのびたと思ってほうっと息をついた。ベッドに寝ころび、目を閉じる。心はくたくたに疲れているのに、午前中じっと我慢していた暴言が浮かんでくる。自分の頭のなかの声より、屋根を叩く絶え間ない雨の音より、クラスのやつらに言われた言葉が大きく響いてなにも考えられない。

〈なにをそんなに急いでるんだ？　男子トイレでだれかとデートか？〉

〈おかまちゃん〉

　涙があふれてきて、こらえようとしたけど無理だった。こんなことを言われるほどの、なにをぼくがしたっていうんだ。本当にわからない。だってぼくがぼくであることに、ぼくはなんの責任もない。ぼくが選んだわけでもなければ、だれかに選んでいいよっていわれて、意識して決めたわけでもない。ただ、こんなふうに生まれただけ。どうしてぼくの責任じゃないことで、こんな屈辱に耐えないといけないんだ？

　だけど幸い、解決法はある。いつだってある。

　いつもなら夜の八時ごろより前にシャワーを浴びることはない。だけど今日はそんなに待てない。父さんたちはシエスタしている。父さんがテレビの前、母さんは寝室で。だから気づかれる心配はない。それに、たとえふたりが目覚めたところで、ただシャワーを浴びているだけだと言えばなんの問題もないはずだ。だからぼくは立ち上がり、そっとドアを開けて部屋を抜け出し、浴室に行った。入るとすぐに掛け金をかけ、近所の雑貨屋で買ったけちくさいスピーカーにアイポッドをつなぐ。キンキンした音が鳴るが、大きな声を出してしまったときにカムフラージュするには十分だ。曲を選ぶと、ぼくは急いで服を脱ぎ、鏡に映った裸の自分を見つめた。

　ああ、嫌だ。

生白い肌、がりがりで骨と皮だけの腕、子どもみたいな脚。十六歳じゃなくて六歳の子の脚のように見える。くすんだ栗色の目、ぶたれた子犬のような目、その下にはいつも濃いくまができている。腕や脚についた傷あとは、肌の色よりもっと白い。最近のものはまだ赤い。ぼくは

（自分が気持ち悪い）

ちがう自分になりたい。クラスに何人かいる、がっしりした体格の持ち主になりたい、でもなれない。ぼくはその他大勢のひとり。

自分のなかで好きなのは顔だけ。いや、好きというより、それほど嫌いじゃないというべきかな。まあ、どっちでもいいかもしれないけど。こんなことになる前は、他人からよくイケメンだって言われていた。自分ではそうは思わない。平凡な栗色の目、ごく平凡な栗色の髪、ごくごく平凡な顔つき。ほんと、大したことはない。だけどこういうことになる前は、学校の女の子たちに少しはモテていた。どうしてモテるのかわからなかったけど、迷惑というわけでもなかった。ただ、興味がなかっただけだ。

それがいけなかった。

実際、あのことが起きて噂がぱっと広まったとき、みんな納得した。かばってくれる子も多かったけど、最初に暴言を吐いたのは、ぼくを侮辱するやつらをほめそやしたのは、以前ぼくにつきまとっていた女の子たちだった。好きが嫌いに変わるのは、こんなにも簡単だ。愛と憎

しみは紙一重という言葉の意味が今はよくわかる。

これはきっと、人間の性質の一部なんだと思う。だけど、もううんざりだ。もうこれ以上無理だ。

もう。

これ以上。

無理。

自分の体をながめているのがいやになって、ぼくは浴槽のなかに入り、蛇口をひねった。シャワーの下に身を置き、絶え間なく降りそそぐ水に押されて、こわばっていた筋肉と感情がほぐれていく感覚を楽しむ。寒い。ほとんど氷のような水がぼくの体を熱くするけど、心は温まらない。何分かそうしていたあと、浴槽の横のビデのふちに置いていたカッターをつかむ。どこから始めようかと一瞬迷う。選択肢はいくらでもある。

実を言うと、さっきのは少しまちがっている。自分の体にも好きなところはある。たったひとつだけど、こういうときに幅広い可能性を与えてくれる場所だ。

いつものように腕から始めることにする。でも手首は切らない。そこまでばかじゃない。自分で自分を傷つけているかもしれないけど、ほんとに自殺したいわけじゃない。たとえ、少なくとも一度は

（自殺したい、すごくしたい、しなきゃならない）

自殺しようと考えない日がめったにないとしても。ぼくが切るのは腕の上のほう、肩に近い部分だ。今は秋の終わり、外から見えないからどこを切ってもかまわないんだけど、春が来て半袖Tシャツを着はじめたときに、傷がたくさんついているのを見られたくはない。

カッターの刃を皮膚に当て、少しの間目を閉じて深呼吸する。それからそっと、必要な力を加えて押す。やがて血がぷくっと湧き出てくると、鋭い痛みに助けられ、その日のことを忘れられる。ぶたれたことも、暴言も。陰口も、机のなかに入っていたメモも、ぼくをネタにして笑っていたことも、全部忘れられる。やがて、しおれたバラの花びらのような暗い色の血がボタッ、ボタッとあふれてくるころには、いなくなってしまいたいと思ったときのことをほとんど忘れかけている。

ほとんど、だけどね。

目を開けて、ゆっくりと腕を伝って流れる赤い液体をながめる。ときどき、ぎょっとすることもある。浴槽のなかで水と混ざりあうといつも、実際に流れた血よりもっとずっと多く見えてしまう。初めて見たときは怖かった。ひどい傷をつけたんじゃないか、やりすぎたんじゃないかと思った。これでおしまいかと思った。どこかでほっとしている自分もいたけど、でも結局、ほんとは死にたくないんだと思う。

ぼくは浴槽のなかの、ピンク色の水につかっている。血の流れがよくなるように手で肩を押さえているので、指は汚れている。たぶん思ったより深く切ったのだろう。赤く染まった指を見てふと思いつき、浴槽の横の白い部分に文字を書いてみる。

どうして？

実際には、ちゃんと文字を書けるほどの血は出ていなかった。でもどうにか書いたその文字が、どこにも存在しない答えを見つけてみろとぼくに言う。だけど、どんなに考えても見つからなくて、血の文字は間もなく、シャワーからはねかかる水で消えてしまった。

　もう一回切らなきゃ。今度は太ももの上のほうを切ることにした。ここなら冬でも夏でも、だれにも見られないから、面倒なことにならなくてすむ。もう太ももは傷だらけで、一生消えそうにないのもたくさんあるのは知ってる。だけど、そんなことはもうどうでもいい。右のももにはまだ新しい傷があるから、左を切ることにした。痛い。腕よりもっと痛いのは、もものほうが肉が柔らかいからで、傷をつけるには腕より少し勇気がいる。

　でもちゃんと切れて、血が流れてきた。いつでも、最後にはちゃんと流れるんだ。

　赤い液体が脚をつたって流れていき、水と混ざってピンク色になって、やがて排水口に飲みこまれていくのをじっとながめる。浴槽にもたれかかって目を閉じ、落ちてくる水と、脚を流れる血を感じる。だんだん気分がよくなってきた。太もものずきずきする痛みと、それよりはもう少し弱い腕の痛みが心地よい。これは一種のカタルシス、その日耐えた苦しみからぼくを自由にしてくれるもの。切ると気分がよくなる。

生きてることを感じる。

こうしてぼくの抱える問題は、シャワーの水や自分自身の血と混ざりあって、排水溝に流れていく。

El fuego en el que ardo

第3章

わたしっておかしいの？
きっとふたりはうまくいくなんて
たとえ魔法が解けたとしても
あなたはわたしといてくれる？

『イフ・オンリー』
ダヴ・キャメロン（映画『ディセンダント』より）

すぐにスケッチブックをもう一冊、買わなきゃならない。今使っているのはだいぶ前、ダリオとのことがあってすぐに買ったもので、もうすぐ終わってしまう。ぼくの絵はへたくそだけど、描いているとリラックスできる。それって大事なことだ。たまにどの本にも集中できなくて、リスカするほど気分が悪くないときは、絵を描くことにしている。テーマはそのときの気分次第。痛みを忘れるために使う手段がリスカだとしたら、イラストは生きつづけることに価値があると
（本当に価値があるかどうかわからないけど）
思い出させてくれる手段。

今日は自分の恋人を描くことにする。ぼくとつきあってくれるくらいだから、きっと究極のマゾだろうな。

実際にはまだ知り合ってもいない、だからどんな子かはわかりようもない。以前はほとんどいつもダリオの絵を描いていた。ぼくのノートの大部分はダリオの絵だ。ページをめくっていくと、たまにダリオひとりの姿、た

いていはぼくとのツーショットの絵が次々と現れる。ほほえんでいるダリオ。真剣な顔のダリオ。顔だけのページもあれば、全身のイラストもある。裸のダリオ。ぼくを抱きしめているダリオ。ぼくとキスしているダリオ。ぼくと愛し合ってるダリオ。実際には、ダリオは決してぼくを愛してくれなかったけど。

でも、決めたんだ。もう二度とダリオの絵は描かない。

もう二度と。

あまりにつらすぎるから。

本当に恋人の絵を描きたくなってきたことに、自分で驚いた。ばかみたいに聞こえるだろうけど、そして実際、自分でもそう思っているけど。ばかだと。だけど恋人の存在を、ありそうもないことじゃなくて事実として、本当に起こることとして考えようとした。だってそうすれば落ちこまないから。なにがあっても、トンネルの向こう側は光が射しているって思いたい。

描く前に少し考える。ぼくを好きになってくれる男の子ってどんなだろう。いつ知り合うんだろう。気になる。まだ、ずっと先かな。

まずは自分から描くことにした。そんなに細かくは描かない。大事なのはぼくじゃなくて、彼のほうだから。ぼくの絵は横向きに、胎児みたいなポーズにして、それから彼を描きはじめる。まずは胴体から。広めに、でもあまりマッチョすぎないように。ひどくマッチョな男の子は、あまり好きだと思ったことがない。自慢できる相手がほしいわけじゃなくて、ただぼくを好きになってくれる人がほしいだけ。まだ顔のない少年は仰向けで、ぼくはその子に抱きついている。目を閉じて、その場面を想像してみる。ああ、今その子と一緒にいられればいいのに。

抱きしめてくれるだれかがほしい。

その子の腕の周りをさっさっと、でもしっかりした線で描いているうち、ぼくは思わず顔をしかめた。腕をぴんと伸ばしていたから、帰ってすぐにつけた傷がまだ痛む。ちょっと手を止めてから、また腕を描きはじめる。一本は枕代わりに頭の下、もう一本の腕でぼくを守るように包みこむ。ふたりとも裸。だけどダリオの絵を描いてたときみたいに、細かなところまで再現はしない。今はそんな気分じゃない。

最後に、描かずにいた顔が残った。というより、顔はない。まだどんな顔なのかはっきりイメージしてないからだ。目を閉じて想像してみる。肌は浅黒い？　それとも白い？　目の色は何色だろう。髪の色は？　キスするとき、くちびるはどんな味がするのかな。すると目の前に無限の可能性がぱあっと広がり、ぼくはその世界を突き進んでみることにした。夢中で鉛筆を紙に走らせる。あまり考えこむこともなく、ただ頭に浮かぶままに描いていった。

まずたまご型の輪郭から始めて、あまり顔立ちを際立たせずに描いていく。知ってる人に似せたわけではない、かなり一般的な顔だ。そのほうがいい。これはあくまで想像なんだから、あまり具体的な顔にしたくない。感情を入れすぎたら、あとでひどく打ちのめされることになる。

くちびるは柔らかそう。少なくとも、キスしたら柔らかいだろうなと自分が思うくちびるが、こんなふうだってことだけど。目を閉じて、どんな味だろうと想像してみる。体のにおいも。なでたときの肌の感触、ぼくをなでてくれるときの手の感触も。ため息が出る。愛されるってどんな感じだろう。毎晩眠る前に、毎朝起きたときに、ぼくのことを考えてくれるだれかがいるとわかったらどんな気分になるのだろう。きっとすばらしい感覚にちがいない。

だけど、いま描いた男の子はどこにも存在しない。

すぐに頭を切り替えてイラストに戻り、存在しない人を、決して知り合うことのない人を自分の手でつくりあげていった。何分かスケッチブックの上に鉛筆を走らせてから、できたイラストをながめる。悪くはなかったけど、気に入らない。ほしくてたまらないのに、絶対手に入らないものすべてを思い出させるだけだ。破いてしまおう。スケッチブックからそのページをちぎりとり、びりびり引き裂こうとしたが、引き裂く直前でやめた。

本当は破りたくない。絵を破るのは、自分の夢を壊すのと同じことだと気がついた。夢は

（カッターをのぞけば）

ぼくに希望を与えてくれて、前に進ませてくれるたったひとつのものだ。

マットレスの下、カッターの横にノートを隠してから、ちぎりとったページだけ持ってベッドに横になる。胎児のポーズで枕に抱きつき、イラストのなかのぼくと同じ姿勢になって、どこにもいない恋人のそばで寝そべる。ぱっと頭に浮かんだのは、ぼくとフェルがダリオの家に遊びに行った日のことだ。インターネットを見ていたら、腕みたいな形をした枕が出てきた。

抱きしめてもらいながら寝ることができるらしい。そのときは笑ったけど、今はその枕がほしい。それがあれば、少なくとも今ほど寂しくはないような気がする。

自分がみじめだ。

イラストのひょろひょろした細い線をながめ、紙を胸に押し当てる。ちょっとしわが寄るけどかまわない。ああ、この子に本当にいてほしい。愛されるってどんな気持ちか知りたい。イラストのなかのぼくがそうされているように、だれかに抱きしめてほしい。自分の気持ちを裏切って涙が流れ、枕を濡らした。

ぼくはばかだ。存在しない人にしか恋ができないなんて。

気分を変えるため、ノートパソコンの電源を入れる。メールチェックをしたけど、広告しか来ていない。次にツイッターにログインして、最初に頭に浮かんだことを書いた。

@Lostboy_99
Lost Boy
人生はクソだ。（0分前）

レスポンスを確認するが、昨日からなにも来ていない。いつものことだ。ぼくにとってツイッターは一種のゴミ捨て場、頭をよぎるすべてのクズみたいな考えを吐き出す名もない場所。うっぷん晴らしのひとつだが、それで気がすむことはまずない。

マウスでスクロールして、フォローしている人たちのツイートを読んでいったが、面白そうなものはなにもない。見たところ映画も、好きな歌手の新曲も、めぼしい新作動画もない……、全然、なんにも。つまんなさすぎる。退屈だからフォロワーの数を見ようとプロフィールをクリックしたけど、この前確認したときより減ったのを確かめただけ。みんながぼくのフォローをやめたのは、不思議でもなんでもない。ぼくがやってることはきっと、みんなにいやな思いをさせるだけなんだし。

あっという間にパソコンでやることがなくなった。フェイスブックはやっていない。あのことがあってからタイムラインが暴言であふれかえるようになったので、アカウントを閉鎖しなければならなかった。運よく、ツイッターのアカウントは周りに知らせていなかったから、ここはまだ安全な場所のままでいる。

そうだ、ブログにログインしよう。

ページをロードしている間、心のどこかでわくわくしている。でもそのわくわくは、すぐにがっかりに変わる。最新のエントリーになんのコメントもついていないからだ。もうひと月以上、まったくつかない。すごく悲しい。ぼくの思いは音のない苦悩の叫び。だれにも聞こえず、決して答えが返ることはなく、ただ虚空に吸いこまれていくだけ。

聞いてもらいたいけど、音のない声を聞くことはだれにもできない。

パソコンを閉じ、またイラストを見る。ついに愛されていると感じることができる日、ぼくがぼくであるというだけで嫌われることのない日、それはどんな日なんだろうと思うと、ため息が出る。こんなに悩んでばかりじゃだめだとはわかってるけど、どうしようもない。ここからずっと遠いところで、だれかの軽蔑のまなざしや決めつけをじっと耐える必要もなく、恋人と手をつないでほほえみながら散歩したい。恋人と抱き合って眠って、その数時間後にキスされて目覚めたい。だって彼は、ぼくのそばにいるとキスしないではいられないんだ。眠けがおそってきても乗り越えて、一晩中起きていたい。

誕生日にはすてきなプレゼントを贈りたい。何週間もなににしようか悩んで、誕生日の一日前、まさかというタイミングで渡すんだ。彼が包みを開ける間、気に入ってくれるかなとドキドキして、中身を見た彼が目を輝かせるのを見たい。愛していると言って、キスしてほしい。

でも、どれも無理だ。だって

(存在しないんだから)

まだ、それがだれかわからないんだから。そして出会えるあてもない。

そんなことを考えながら、心が死んでいるような、出方のわからないぼくだけの地獄に閉じこめられているような感覚を、ずっと味わいつづけている。

きっと彼とは出会えない。

El fuego en el que ardo

第4章

だって彼らは檻を手に入れたから、
箱を手に入れたから
そして銃を
彼らはハンター、わたしたちはキツネ
そしてわたしたちは走る

『アイ・ノウ・プレイシス』
テイラー・スウィフト

今日は本を持ってくるのを忘れた。困った、休み時間にすることがない。フェルと一緒にいようかと思ったけど、ずっと前に決めたルールを今になって変えたくはない。ぼくと一緒にいることで、フェルまで嫌われ者になってほしくないんだ。それでなくともフェルはすでに、ぼくのせいで何度もけんかに巻きこまれている。頼んでもいないのに、もうずいぶんいろんなことをしてくれてるし、これ以上面倒なことになってほしくない。それに休み時間はフェルにとって、カノジョと一緒に過ごす時間だ。フェルたちは学校の外であまり会えないから、ふたりきりにしてあげたい。邪魔者になりたくないんだ。

だからぼくは今日もトイレに閉じこもり、いつも通りの手順で過ごす。ほんのちょっとでもルーティンを破ったり変えたりしてしまったら、なにかよくないことが起こるかもしれないと思うから。いつもより一、二分入るのが遅くなったけど、だれにも見られていないはず。だから今日も無事、ひっそりとしたくさい隠れ家で、音楽を聴きながらひとりで過ごせる。ついでにツイッターを見てみたら、レスポンスがあって驚いた。

@AlexBuscaSitio
AlexBuscaSuSitio
@LostBoy_99　きっと大したことじゃない：）（12時間前）

人ちがいだよと返信しようと思ったけど、どうして知らない人にわざわざ教えてあげなきゃいけないんだと思い直し、無視することにする。もうやることがなくなったので、宿題をすることにした。トイレの個室に隠れて宿題をする。なんとも悲惨な生活だけど、少なくともこれで、家で宿題をしなくてすむから、その分

（リスカできる）

絵を描いたり本を読んだりできる。

しばらくして、トイレのドアが開く音と、聞き覚えのある声がした。だれかはわからないけど、クラスメートなのはまちがいない。心臓がドキドキしてきた。でも、ぼくがここにいることをだれにも気づかれたくないから、音を立てないようにする。これまでトイレはぼくの避難所だった。高校という形をした地獄の、のっぺりとした灰色の壁のなかで、唯一落ち着ける場

所だった。屋根裏部屋にいるバスチアンのように、これまでのぼくはここにいれば安全だった。

入ってきた生徒のひとりがノックした。

「はい」思わず返事をしてから、ぼくは自分のミスに気づく。外のやつらが歓声に近い叫びをあげる。

「あいつだ！」だれかがささやく。

「おっと！　なかにいるの、おかまちゃんかよ！」別のだれかが興奮した声を出す。「こんなとこに隠れてたのか？　だれかのをしゃぶってんじゃないか？」

答えないでいようと決めた。だけど別の声が割って入った。これはだれの声かすぐにわかる。カルロスだ。こういうときにはいつも、やつがいる。

「どうした？　そこに隠れて、おれたちがしょんべんするのをのぞいてんのか？　このブタ野郎」

「ほっといて！」きっぱりとした強い口調で言うつもりだったのに、実際に出たのは、首を絞められているかのような弱々しい声。闘いつづけるには、あまりにも踏みつけにされすぎてしまった人の声。いじめっ子をさらに駆り立ててしまういじめられっ子の声だった。

皆が笑った。

「なあ、出てこないか」カルロスがうわべだけは親しそうに言う。「仲直りしようよ」

うそにきまってる。まちがって出ようものなら、どうなるかはわかってる。もっとひどい侮辱を受けるだけだ。やつらはぼくの名を呼んで、出てこいと言いつづけてるけど、ひっかかるもんか。

「ほっといてくれってば！」今度はさっきよりしっかりした声が出る。あまり見くだすんじゃない、という口調になった。ぼくの言葉を聞いて黙りこんだところを見ると、カルロスたちはどうやら驚いているらしい。

「おい、行ったほうがいいんじゃないか」だれかがカルロスにささやく声がする。「またあいつをいじめてんのが見つかったら、おれたち退学になるよ……」

「マジでおじけづいてんのか？」カルロスが、信じられないという声でたずねる。「どうしたんだ、おまえもあいつと一緒でおかまか？」

　こんなときだけど、ぼくは思わずあきれて目をむいた。

「なあ、おれもホルヘの言う通りだと思うぞ」もうひとりのやつが言う。ちょっと心配そうな声だ。「校内のけんかは禁止されてるだろ？」

「おまえら、どんだけ弱虫なんだよ。まあいいや、行こうぜ、でも……」

　やつらの声が遠ざかり、やがてトイレを出ていったから、あとの言葉は聞きとれなかった。ドアの閉まる音がしてからも、ぼくは耳を澄ませた。本当に出ていったんだろうか。気配はなくなったけど、まだ出たくはない。休み時間が終わるまでは。心臓が時速千キロくらいの速さで鼓動している。

五分経ち、休み時間の終わりを告げるチャイムが鳴ったので、ぼくは荷物をまとめて個室から出ようとした。ところがドアを開けた瞬間に見えたのは、カルロスの黒い瞳。すかさずカルロスにぐいっと押されて、ぼくは便器に尻もちをつき、タンクに背中をぶつけて目から星が出た。

迷子の星、消えていく星。

「ホモ野郎、どうした？　袋のネズミのおまえを置いて、おれたちがさっさと行くとでも思ったのか？」

カルロスが言った。そのうしろには忠実な子分のホルヘとアイトール。ホルヘは太めでニキビだらけ、アイトールは、こんなに性格が悪くなければイケメンって言われるタイプだ。

「ほっといてくれ」ぼくは苦労して起き上がりながら、ぼそぼそ言った。「三人とも、ぼくをほっといて。きみたちになにもしてないだろ」

答えを探り合うように、三人は顔を見合わせた。

「ふうん、なにも？」ちょっと間を置き、栗色の髪を額から払いのけながらホルヘが言う。「それじゃ、なんで隙さえあれば、おれたちに体をこすりつけようとしてくるわけ？」

ぼくは乾いた笑い声を立てた。

「気を悪くしないでほしいんだけど、きみたちはタイプじゃない。ばかは嫌いなんだ、ごめんね。それに、どうしてそんなにいやなの？　カルロスはずうっときみらに体をこすりつけてるよね。カルロスにはなんにも言わないくせに」

自分でも思いがけない言葉が出る。言いすぎた。言い終わるか終わらないかのうちに、しくじったと気づいた。一瞬、ぼくの言葉が信じられないというようにカルロスの浅黒い顔がゆがみ、すぐ激怒の表情に変わる。

「くそったれのおかま」そう言って、カルロスがこぶしを振り上げる。ただの脅しだ、なにもしないだろうと思っていたら、そのこぶしはまっすぐぼくの顔、右目の上に振り下ろされた。目の前に暗い色のもやが広がって、ぼくは叫び声を上げながら、また便器の上に倒れこむ。

「やめろ！」消えそうな声で頼むが、カルロスは聞かない。もう一度殴りかかってきたが、ぼくは低い位置にいるので、ほとんどかすりもしなかった。倒れているのをいいことに、ぼくは両足でカルロスの胃のあたりを蹴る。そんなに強く蹴ったわけじゃないけど、カルロスはよろけて数歩うしろに下がり、倒れそうになったのでホルヘたちが支えなければならなかった。

「なあ、カルロス、面倒起こすなよ……」気がかりそうにぼくを見て、ホルヘが言う。「マジで退学になるぞ……」

「それがどうした」カルロスは、ふたりの手を振りほどいてまたぼくに殴りかかろうとした。ぼくはまた蹴ろうとしたが届かず、代わりにむこうずねを蹴られて、あまりの痛さにうなり声を上げる。

「おい、気をつけろよ！」アイトールが注意する。おびえているのは明らかだ。「だれかに聞かれたら、まずいことになるぞ」

　でもカルロスは、頭がおかしくなったんじゃないかと思うほど激怒していて、顔をゆがめ、こぶしを前に突き出し、また飛びかかってくる。幸いあとのふたりが素早く動いて、また殴る前にカルロスを止めてくれた。カルロスはもがいたけどふたりの力にはかなわず、無理やりトイレから引きずり出された。

　ぼくはひとり、怖さに震えながら残る。顔と脚が痛みでうずく。もう行ってしまったはずだと心のどこかで気づいていても、ドアを開けたらまだあいつらがいるような気がして、怖くて外に出られない。けんかのときに、いつの間にか床に落ちていたアイポッドを拾い上げる。べとべとする汚れがついていた。トイレットペーパーを少しちぎってていねいに汚れをふきとり、壊れていないかどうか確かめるためスイッチを入れる。大丈夫だ。音楽で気を落ち着けようと、ぼくはイヤホンを耳に差しこんだ。

通り過ぎるわたしたちを見てささやく声が聞こえる
これはよくない、よくない兆しよ
みんなに見つかったらなにかが起こる
見て、黒雲の間をコンドルが旋回している

二曲目の途中で、ようやく少し落ち着いたぼくは、苦労しながら立ち上がる。痛む片足を引きずりながら、個室から出る。顔が濡れているのに気づいて、カルロスにぶたれたときに血が出たのかなと考える。でも、鏡を見てわかった。紫色にはれた目から、知らない間に涙が流れていた。

ぼくは確かに、まだ十六年しか生きていないかもしれない。だけど人生にはもう無理という瞬間があること、そんなときの最良の解決策は、自分を苦しめる心のなかのものすべてを出し切るまで感じるままに泣くことだとわかるには、十分な時間だった。

こういうときに泣くとなにがいいかって、泣き終わったあと、気分がずっとよくなっているということだ。

反対に悪いのは、泣くのはとてもつらいプロセスだということ。

これは、蛇にかまれた毒を抜くプロセスなんだと思うことがある。つらいけど、なにもせず、毒を全身に回らせてしまうよりましだ。問題は、蛇の群れに囲まれてしまったこと。世界中から涙をかき集めてきても、毒を抜くにはまだ足りない。

El fuego en el que ardo

これまでのこと

至るところにあなたを感じる
至るところにあなたを感じる
あなたはわたしを知り尽くしている
あなたはわたしを引き上げてくれる

『リフト・ミー・アップ』
リェーナ・カーチナ

「どうしたの？」フェルが心配そうに眉をひそめて訊いた。「どんなことでも話せばいいんだよ、わかってるだろうけど。どうして泣いてんの？」

ぼくはうなずいたけど、怖かった。ダリオとのことが結局、ここまでひどいことになって……そして、終わりを迎えてしまうとは考えていなかった。だけどもう、そのことは考えたくもない。あまりにもつらすぎるから。

「ぼくたちは親友だよね」ぼくはしゃくりあげながら言った。「ぼくを見捨てないよね。なにがあっても、ぼくと一緒にいてくれる？」

「当たり前だよ」フェルは力強くうなずいたけど、黒い瞳が不安そうに光ったのをぼくは見逃さなかった。「なにがあったの？」

話す前に一瞬ためらった。ほんの短い時間だったけど、恐ろしさのあまりぼくは吐きそうになった。それからついに告白した。

「ぼく、ゲイなんだ」

フェルは言葉の続きを促すように、ぼくをじっと見つめた。でもぼくは、ほかになにを言ったらいいのかわからなかった。気まずい沈黙がひろがったけど、少なくとも、フェルの目に嫌悪感は見てとれなかった。

「うん、それで？」やがてフェルが言った。

「それでって？」ぼくはなにを訊かれたのかわからなかった。

「つまり、それがどうしたってこと。知らないとでも思ってた？」

予想もしていない答えだった。

「マジで？」

フェルは大笑いした。

「もちろん。ぼくら、親友だろ」ほほえみながら、ぼくが言ったことを繰り返した。「ぼくが気づいてなかったとでも？」

「だって……、わかんなかった、たぶん。ぼくってそんなにわかりやすい？」

ぼくは、自分で思っているよりずっと考えが顔に出やすいのかと、急に不安になってたずねた。フェルは笑った。

「うん、怒らないでほしいんだけど、三人でどこかに泊まるとき、ダリオが着替えるたびにきみは食い入るように見つめてたから。ときどき、ふたりだけにしてあげようと思って、ぼくは居間で寝てたけど……」

　ぼくは真っ赤になった。言われてみればその通りだ。でも、どうしてこれまでなにも言わなかったんだろう。ぼくはおずおずと笑みを浮かべたが、ダリオとのことを思い出して、急に顔がこわばった。

「それで……、いやじゃないの？」思い切って訊いてみた。

「ゲイってことが？」フェルは眉をひそめて訊き、ぼくはうなずいた。フェルは肩をすくめた。

「なんでいやなのさ？　きみたちの数が多ければ多いほどいいよ。そうすれば女の子がもっとたくさん、こっちに回ってくる！」

　ぼくは爆笑した。こんな笑いかたは久しぶりだった。こうやってフェルはぼくを笑わせてくれる。絶対にいつも、どんなときでも。だからぼくはフェルが大好きなんだ。だからフェルはぼくの親友なんだ。

「ありがとう」まじめな顔に戻ってぼくは言い、フェルはぼくを抱きしめた。

「お礼の必要はない」

「そう言ってくれるのも、うれしい」

「あいつにふられたのか？」少し経ってから、フェルに優しい声で訊かれた。すごく気を遣ってくれているのがわかる。ぼくはうなずき、視線をそらした。言葉にする勇気はない。ましてフェルの目を見てそれを認めることなどできなかった。「気にすんなよ。あいつはばかだ」

「あいつもきみの友だちだよ」

「そうだよ、だからばかだって知ってるんだ」フェルが肩をすくめた。「きみは恋して、なにも見えなくなってるんだ。でも、あいつはそうなんだよ」

「でも、そんなにぼく、わかりやすい？」

フェルが「ん？」というように片方の眉を上げた。

「かなりね」大笑いしながら言う。「でも、気にしないで。ぼくはもうとっくに乗り越えたから。きみはあいつのほうが好きなんだろ」ぼくにひじうちして、つけ加えた。「ぼくはやきもちやきじゃないからね」

「そんなんじゃないよ、ばか。それとこれとは……」

「ちがう？」フェルは半笑いで言う。「わかってるって、気にするなよ。実際、きみが恋したのがぼくじゃなくってよかったよ。だってぼくは、応えてあげられないから。だろ？」

今度肩をすくめるのはぼくのほうだった。

「きみだったら、もっと優しくしてくれただろうな」

「まあね。でも、人はそれぞれだろ？　だからぼくは、ありのままのきみを受け入れる」

「ありがとう」ぼくはもう一度言った。

「今度ありがとうなんて言ったら、殴るぞ」

ぼくはダリオとしゃべったことをフェルに話した。そのあとしばらく、ふたりとも黙りこんだ。

「これからどうなるんだろう」やがてぼくは、ぽつりと言った。「ぼくたち三人のことだけど」

フェルは肩をすくめた。

「わかんない。だけどきみはぼくの親友だし、きみにぼくが必要だってことは、はっきりしている。あいつがつまんないことで怒りたいのならそうさせておけばいいさ。相手にすることない」

「ありがとう」

ぼくはまた言った。心から感謝していた。フェルのことは信用していたけど、ここまでわかってくれるなんて思っていなかった。心のどこかで、ダリオのように拒絶されるかもしれないと思っていた。

フェルは返事する代わりに、ぼくの肩をこつんと殴った。

「なに言ってんだよ」

第5章

El fuego en el que ardo

踊って、もう闘いが始まる
やつらはわたしたちの罠に落ちた
隊列を壊せ、ほら近づいてくる
だけどやつらにはもう弾丸は残っていない
皆で突撃してくる
だけどあなたはひとりぼっちで踊ってる

『闘い』
マリア・ビジャロン

泣き叫ぶ。今、ぼくがしたいのはこれだけ。ぼくはひとりの人間なんだ。ただの、ひとりの人間だ。一体どうしてこんなこと、我慢しなけりゃいけないのか。こんなことをされる理由なんてない。ぼくはただ、

(死にたい)

泣いて、叫びたい。あらゆる物を壊し、打ち砕き、粉々にして、体じゅうの骨が折れるまで叩きつぶしたい。これまでぼくにしたことの仕返しとして、あいつらもあらゆる物も叩きつぶしたい。あいつらにはそれがふさわしい。

だけどぼくにはできないし、そんなチャンスなど訪れないとわかっている。だからかみそりを太ももに強く押しつけ、血がぽたぽたと浴槽の底に落ちていくのを眺めている。

映画かドラマで、いい人には悪いことが起こるものだという話を見たことがある。たぶん宇宙のバランスとか、そんなこと。まるで、いい人がいい人であることを証明

できるように、神さまとか万物とかだれかが試練を与えているみたいだ。まるで人生は、ただのテストに過ぎないって言われてるみたいだ。

ふん、宇宙なんてくそくらえだ。ぼくはなにも悪いことなんてしていない。

ただ。

幸せに。

なりたい。

だけ。

これって、そんなに大きな願いだろうか。

でも、もうだめだ。このまま持ちこたえられるとは思わない。決めた。もう二度と、こんな目にあわないようにする。こんな目にあうわけにはいかない。まだなにをすればいいのかはわからない。だけどなにかしなくちゃいけない。いつまでも悔しい思いばかりしていたくない。叩かれたのは初めてじゃないけど、もうたくさんだ。今日みたいなこと、二度と起きちゃいけない。

絶対に。

血を洗い流してバスルームから出ると、フェルにメッセージを送った。

—— **オスカル：会える？**

二分と経たないうちに返事が来る。

フェル　：ラウラといる。
フェル　：だいじな話？

すごくフェルに会いたいし、今日のことのあとではなおさらだけど、学校の外でフェルがカノジョと会える機会はそんなにないのを知っている。だから、じゃましたくない。

オスカル：心配しないで。
オスカル：明日話すよ。
フェル　：心配するよ。
フェル　：いつものカフェで、五時でいい？
オスカル：マジなんでもないから。
オスカル：明日話すってば。

―フェル　：オッケー、それじゃ五時にね。

ぼくは思わずほほえんでしまう。これがフェルだ。いつも寄り添っていてくれる。そうしてほしいときにも、そうでもないときにも。

＊＊＊

ほんとのこと言うと、ラウラにはあんまりいてほしくない。すごくいい子でぼくとも気が合うけど、ラウラが一緒だと、フェルになにもかも打ち明けることはできない。少なくとも、ふたりだけで話すときほどには。ラウラはぼくが学校でどんな状態かわかっているし、フェルとおんなじくらい支えになってもくれる。だけど今日起きたことは悔しすぎて、ラウラの前で言う気にはなれない。するとラウラは座ってほんの数分で、ぼくがなにかを言い出せずにいると気づく。賢くて、フェルよりずっと勘がいいんだ。思わせぶりにぼくを見てから、ラウラはこう言う。

「ごめんね、ふたりとも」立ち上がり、スマホをちらっと見る。「ここに来る途中で、かわいいバッグを見つけたの。気になって仕方ないんだ。だから、悪いけど……」

「ラウラ！」フェルが反対する。「まだ来たばっかりだよ！　ほんとに、そんなどうでもいいもの見るために行っちゃう気？」

「怒んないでよ。ちょっとの間あたしがいなくたって、オスカルは気にしないわ。でしょ？」

ラウラはほほえみながらぼくを見る。ぼくはうなずく。フェルは不思議そうにぼくたちを見ていたけど、すぐにわかったみたいだ。ラウラが続ける。「だと思ってた。すぐ戻るね」

「遅くなっちゃだめだよ、わかった？」フェルは熱っぽい視線を投げかける。ラウラは体をかがめ、フェルのくちびるに素早くキスをする。ぼくは思わずほほえむ。なんてかわいいカップルだろう。

「ホテルでも探せよ」

ぼくが言うとふたりは体を離し、フェルがあきれて目をむいた。

「戻ってきてほしいときはメッセージ送ってよね」ラウラが言う。

フェルはうなずき、ドアのほうへ向かうラウラをうっとりとながめる。ラウラはスマホを手にしたままカフェテリアを出ていった。

「最高のカノジョだね」ぼくが言う。

「そうだよ」フェルは満面の笑みだ。「ラウラとつきあってるなんて、今でも信じられない」

まちがいなく、これがフェルのいちばんの長所だと思う。他人の長所を見つけるだけでなく、それがどんなにちっぽけなことでも、いつもちゃんと評価する。こういう性質の人はめったにいないが、フェルの場合、自分のそんな美点に気づいてさえいないんじゃないかと思う。ときどきぼくは、ダリオではなくフェルに恋していたらどうなっただろうと思うことがある。もちろんフェルはあまりにもノンケだから、気持ちに応えてくれないのはわかりきってるけど、それでも、恋したのがフェルだったら状況は今と全然ちがっていたはずだ。だけど、そうはならなかった。他人を包みこむような性格、スポーツマンらしい小麦色で引き締まった体のフェルに惹かれるほうが自然だろう。でもぼくが恋したのはダリオだった。それがぼくのミスだ。そう呼べるのかどうかわからないけど。

「なにがあったの？」紫色にはれ上がったぼくの目を指して言う。このことはカフェテリアに着いたときに訊かれていたんだけど、ラウラがいたから答えなかった。「だれがやった？」

「カルロス。トイレに隠れて宿題やってたら、あいつとアイトールとホルへが来て、わなを仕掛けられた」

　壊すんじゃないかと心配になるほど、フェルはぎゅっと力をこめてホットチョコレートのカップをにぎりしめた。きつく押さえているので、指の関節が白くなっている。しばらく深呼吸してからフェルは話しはじめたが、怒りを抑えようとしているのがぼくにはわかった。

「三人にボコボコにされた？」指の関節と同じくらい顔を白くしてフェルが訊く。ぼくは首を横に振る。

「ううん、実際に殴ったのはカルロスだけだった。あとのふたりはカルロスを止めてくれた。ふたりがいなかったら、もっとひどいことになってたよ」

「あいつを殺す。絶対、あいつを殺す」

「フェル、ばかなこと考えるなよ」ぼくはきっぱり言う。「もう、このことは話しただろ。ぼくのせいで、またきみにけんかしてほしくないんだ。今度やったら退学になるぞ、わかってるだろ」

フェルは目を閉じ、そのまま数秒間、落ち着くために深呼吸する。そして目を開き、ぼくに訊く。

「それはそうと、カルロスもゲイだって、前にぼくに言ってなかった？」ぼくはうなずく。「ほんとに？」

「ぼくのゲイダーがはずれていなかったらね」

フェルはあきれて目をむく。

「ゲイダーなんて存在しないよ」

「するんだってば！」ぼくは力をこめて言う。「ウィキペディアにページだってあるんだから」

それはほんとだ。ぼくはそのページを熟読した。

「だからって存在することにならないよ」

「あるってば、信じて。それにやつはいつも、更衣室で目をぎらぎらさせてるよ」

「それじゃ、どうしてきみをあんなにいじめるわけ？」

ぼくは肩をすくめた。

「知るもんか。たぶん、ほかのやつらにばれたくないからだろ。あいつもゲイだってぼくがほのめかしたとき、やつがどんな顔をしたか見せたかったよ。それでやつはぼくを殴ったんだ」

「ほのめかしたりしちゃだめだよ」フェルが真剣な顔で注意する。

「わかってるよ、でももう、うんざりなんだ。マジで。自分で自分の身を守れるようになりたい」

「わかんないよ、ぼくには……」フェルは心配そうに言う。「あいつらにされるままになってろって言うつもりはないよ、でも……、もしきみがあいつらを殴り返したら、もっとひどいことになると思わないか？　だって、今日みたいに殴られたこと、これまではなかっただろ」

「いや、ときどきあったよ」言い返しながら、こんなことを大きな声で話さなきゃいけない自分が、どんどんみじめになっていく。「でも、もう我慢できない。思い切ってやつらに立ち向かえるようになりたい」

　フェルはちょっと考えてから、ゆっくりうなずく。

「そうだな、きっとそれがいちばんいい。このままじゃだめだ。どうするか、もう考えてる？」

「いや、ほんとのこと言うと、全然。でもそのことも話したかったんだ。なにかいいアイディアある？」

　フェルは天井をにらんで考えてから答える。

「柔道とか空手とか、そういう教室に入ってみるのはどう？」

そう言われて、少し考える。どうやら悪い考えじゃなさそうだ。

「いいね。だめで元々だ」

また始める？

このままじゃだめだ。無理。これ以上、あいつらのおもちゃにされてるわけにはいかない。

あいつらに向き合わなければ。立ち向かうんだ。叩かれっぱなしの子犬のままではいたくない。

そうだ。

やらなきゃ。

でも怖い。

12月2日 20：34 投稿 ｜ コメント：0

シェア Linked In facebook Twitter Google Tumblr

El fuego en el que ardo

第6章

ぼくらはヒーローになれる
たった一日だけなら
ぼくらはぼくらになれる
たった一日だけなら

『ヒーローズ』
デヴィッド・ボウイ

英語の先生が来るまでの間、ぼくはささやき声で父さんたちとの昨日の会話をフェルに話した。意外なことに父さんも母さんも、ぼくが柔道教室に入るのにはわりとすんなり賛成してくれた。ぼくが目の周りを紫色にはらして帰ってきたとき、ものすごくびっくりしていた母さんも、どうにか落ち着かせることができた。

　父さんはボクシング教室にしろとぼくを説得しようとした。そのほうがなんだか男らしいからということだが、どっちにしても、ぼくが「本やらイラストやら」をやめ、「男の」やることに興味を示したのを喜んでいた。学校でけんかしてきたのも、明らかに気に入っていた。もっとも、勝ったのはぼくで、相手はもっとひどいことになったとうそをつかなきゃならなかったけど。父さんにとって、負けるのは恥なんだ。

　マリア姉さんが急いでうちを出たのも不思議じゃない。

　柔道教室にしたいちばんの理由は、街まで行く必要があるってこと。このちっぽけな村には柔道を教えるところがひとつもない。これはたまらなく魅力的だ。ちがう環境に行けるのがひとつと、会いたくない人に会わなくてすむのがひとつ。ぼくが自衛の手段を覚えようとしていることだけは、絶対いじめっ子たちに知られちゃならない。ズタボロにされる。母さんと一緒にインターネットで調べたら、街のスポーツセンターで火曜日と金曜日に柔道教室があるとわかった。つまり、明日だ。

教室にアナ先生が入ってきた。今日の授業は、みんなで映画を観ましょうと言う。みんな大喜びだが、なかには『ザ・パークス・オブ・ビーイング・ア・ウォールフラワー』というタイトルを聞いて不満そうな声を出す者もいた。どんな映画か知らないが、ジャケットをちらっと見ると、よく知っている俳優が出ている。主役のローガン・ラーマンはぼくの心の恋人のひとりだ。この映画自体は観たことがないが、タイトルはラーマンの出演作品リストに入っていたと思う。

「さあみんな、集中してね」ケースを開けてＤＶＤを取り出しながら、アナ先生が真剣な顔で言う。「終わったら、記憶に残ったことを作文にしてもらいます。何人かは気に入ってくれるんじゃないかしら」

「でもこれ、英語よ！」ひとりの女子生徒がこぼしている。

「そのために字幕があるんじゃない」とアナ先生。

「ずっと字幕を読みながら観るなんてやだよ！」うしろの席でだれかが不平を言う。

「世界中のほとんどの人が、どんな映画だって字幕で観られるんだから、あなたたちだってできるはずよ」アナ先生がきっぱり言う。「それともあなたたちは、ほかの国の人たちよりおばかさんってこと？」

ぼくは字幕のほうがうれしい。この世に大嫌いなものがあるとしたら、それは吹き替えの映画だ。字幕は英語が覚えられて好都合なだけでなく、俳優の演技の大部分は声にあると考えるクチだからだ。どれほど吹き替えがよくても、そして実際にすごくいいのはあるけど、吹き替えの映画を観ることは演技の半分を見逃しているのと同じだ。

「タイトルの意味は？」ぼくは思い切って質問したけど、消えそうな声しか出ない。くすくす笑いが聞こえてくるけど無視する。

「それもストーリーの一部よ。観てるとわかるわ」

でも、ぼくは本来、好奇心旺盛だから、こっそりスマホを取り出してオンライン辞書を引く。パークは利益とか利点。ウォールフラワー……アラセイトウ？　マジで？　なんでそんなタイトルにしたのかわからない。それでさらに調べると、スペインでは「のけ者にされることの利点」と訳されていることがわかって、急にがっくりきた。なんと、それこそ今のぼくに必要なものじゃないか。このあとの

（絶えず自分の人生を憎むこと）

仲間はずれにされることのすばらしさについての映画を観る二時間は。

でも意外なことに、始まって十分と経たないうちに、ぼくは映画に夢中になっていた。それはローガン・ラーマンが主役だからってだけじゃない。気づかずに通り過ぎるような映画とはちがうんだ。でも、観たことがなかったのは不思議じゃない。どこの天才が〈ウォールフラワー〉を〈のけ者〉と訳したのか知らないけど、そのせいで台無しになったと思う。

なぜだかぼくは、どうしようもなく主人公のチャーリーに共感を覚えた。共通点はほとんどないのに、まるで自分を見ているように感じるシーンがいくつかある。でもチャーリーは、ぼくにはない運に恵まれている。友だちや支えになってくれる人たち、ありのままの自分を見せられる相手と出会うんだ。ぼくの味方でいてくれるのはフェルだけ。ほかのやつらにとって、ぼくはクズだ。

この映画の悪いところは、主人公にゲイの友だちがいることだ。ぼくにとってそのキャラクター自体は最高なんだけど、彼が画面に登場するたび、クラスのだれかがみんなによく聞こえるような声でぼくをネタにした冗談を言う。だけど、それが気になってストーリーが頭に入らないなんてことはない。ぼくはこの映画が大好きになった。

チャイムが鳴った。次のクラスに行かなければならないのが、すごく腹立たしい。映画の終わりまで、ここで見ていられればいいのに。ぼくは周りを見た。フェルもこの映画が気に入ったようだし、楽しそうな表情を浮かべている生徒はほかにもいた。もちろん、ずっとあくびをしているやつもいる。たぶん本当に映画が退屈だからか、それともただ、その映画がだんだん好きになってきたのを認めたくないからわざとあくびしてるのか、どちらかだ。特にダリオはちょっと居心地悪そうだ。

ぼくたちは、自分のいちばんいいところを隠しながらでないと日々を生きられない世界に住んでいる。

よく考えると、すごく悲しいことだ。

第7章

El fuego en el que ardo

ざわめきが止んだら
わたしは独房に監禁される
そして体が石になりはじめるわ
だれもわたしを救いに来てくれないのなら

『ナナ・ノワール』
カルメン・ボサ

いつも通りの暴言以外は、特別変わったこともなく過ぎた金曜日の午後四時。ぼくは初めて柔道教室に向かった。四十五分近くも電車に乗るが、アイポッドがあるから退屈しない。駅からスポーツセンターまでは、グーグルマップとフル充電されたバッテリーの計り知れない助けのおかげで、十分ほどで着いた。

雲ひとつない空では、数日ぶりに姿を見せた太陽が輝いている。この天気と、汚れた大気のにおいさえ忘れさせてしまう街の自由な雰囲気に、いやでも希望の灯がかき立てられる。ほんの少しだけどね。

どっちみち、まだ登録するつもりはない。まずはどんな感じなのか見てから決めたい。だって、気に入るかどうかまだわからないんだから。受付の女の子に教室の場所を訊き、教えられたほうへ向かう。それなのにぼくは迷ってしまい、着いたときにはもう始まっていたので、部屋に入ってもトレーニングの邪魔をしないよう、マットレスから離れて隅っこのほうに立つことにした。

そのとき、ひとりの男の子と目が合った。かなりかっこいいが、驚いたのは、青い瞳でぼくをじっと見つめていたことだ。ぼくは恥ずかしくなって視線をそらす。どこか見覚えがあったけど、ぼくの高校の生徒でないのは確かだ。練習の間ぼくはずっと彼を見つめ、ときどき目が合った。一度彼はぼくにほほえみかけ、ぼくは自分でも気づかないうち、ほうけたようにほほえみ返していた。

すごく気になってきた。あの子、ゲイなんだろうか。

「火曜日は祝日だ」練習が終わると、暗めの金髪を短く刈ったアスリートタイプのコーチが言う。「だから、次の教室は水曜日にしよう。いいな？　義務ではないが、特に新入りには参加してほしい」

コーチの話が終わると、あの青い瞳の男の子がぼくのほうへ近づいてくるので驚いた。首のうしろをさすりながら、さりげない感じでこちらに向かってくる。栗色の髪を濡らす汗が顔にも流れているけど、やっぱりすごくかっこいい。ぼくは少し気おくれして、ちょっとうつむく。最近のぼくは、同世代との話し方を忘れちゃってる。

「やあ！」その子はぼくのそばに来て、にっこり笑った。「どうだった？　ここは初めてだよね？　もう登録した？」ぼくはおずおずと首を横に振り、真っ赤になってしまう。それを見た彼は満面の笑みになる。「ぼくはセルヒオ。きみは？」

少しためらってから答える。自分自身の名前をあやうく思い出せないところだった。でも別に驚くほどのことじゃない。近ごろは、わざわざぼくの名前を呼ぼうとする人なんていないような気さえする。

「オスカル」ようやく口から出たその言葉が、よそよそしく響く。「よろしく」

「こちらこそ、よろしく。ここのこと少し教えようか？　気を悪くしないでほしいんだけど、ちょっと迷ってたようだから」

「うん」ぼくがうなずくと、心からそうしたいんだというように、セルヒオはまたほほえむ。そういう申し出をぼくが断わるわけがない。もう何週間も前から、からかったり暴言を吐いたりすること以外で話しかけてくれる同世代は、フェルとラウラしかいなかったのだから。

「その前にシャワーを浴びてきていいかな」かがんで靴をはきながら、セルヒオが訊く。「すぐだよ、約束する」

「かまわないよ」ぼくは言う。

「よかった。更衣室の場所、わかる？」反射的にぼくはこくんとうなずいたけど、すぐに後悔する。だって、知らないから。「じゃ、よかったらドアのところで待ってて。すぐに行くから、ね？　アレハンドロと話さなきゃいけないんだろ、申し込みとか、そういうことで」

「アレハンドロ？」

「そう、先生。登録するんだろ？」その質問には期待がこもっているような気がしたけど、すぐに、ぼくの想像だと思い直す。ぼくはまたうなずき、自分がちょっとばかみたいな気がしてくる。「よかった。じゃあ、先生と話しに行きなよ。ぼくはシャワー室に行くから。いい？」

「わかった」

「あとでね！」

最後にまたほほえむと、セルヒオは走っていき、ぼくはまたひとりになる。先生のところに行って教室に興味がありますと伝えたけど、正直言って、先生との会話があまり頭に入ってこない。ぼくの頭を占めているのは、セルヒオも男の子が好きかどうかということだけ。ぼくのゲイダーはそうだと言ってるけど、確かめる方法はない。過剰な期待は禁物だ。

「聞いてるのか？」アレハンドロ先生が言う。その声は、ほんの少しとがっている。

「すみません、ちょっとぼんやりしてました。なんでしたっけ」

コーチは軽く眉を寄せ、とがめるようにぼくを見たが、すぐにほほえむ。

「もしよかったら、次の水曜日にもう一度トライアルをしてもいいよと言ってたんだ。座って見ていなくていい。練習に参加してくれて問題ないよ。それで気に入ったら、登録しなさい」

ぼくはうなずいた。

「わかりました」

「よし、じゃあ水曜日に。柔道着は予備を使ってくれていいよ。登録が決まったら、自分のを買えばいい」

ジュードーギってなんのことだか、想像もつかない。でも質問している間にセルヒオが帰ってしまうと困るから、ぼくはくるっと向きを変えて出ていこうとした。でもすぐに、このスポーツセンターをよく知らないことに気がついて、ぼくはもう一度先生のほうを振り向いた。

「すみません、更衣室はどこか教えてください」

＊＊＊

「ほら、この施設はそんなに広くないだろ」十分もかからずにスポーツセンターのなかを見て回ったあと、セルヒオが言う。「ほんと言うと、もっといいところがあるんだけど、ここは家から近いし、先生がいいし、だから……」

「うん、今のところ全部わかった」ぼくはわざとよそ見をして、セルヒオと一緒で緊張してると思われないようにしながら言う。「次のときは、もう迷わないといいんだけど」

「なんだ、そんなこと心配してるの。もしよかったら、水曜日はぼくが入り口で待ってようか？」

　意志に反して、心臓がドキドキしはじめる。ぼくはためらいがちにうなずきながら、これは新入りに対する社交辞令だと自分に言い聞かせる。セルヒオはなにげなく言ってるだけで、次のときには忘れているにちがいない。

「ありがとう」

「どういたしまして」セルヒオが答え、ぼくらは黙って出口まで歩いたけど、不快な沈黙ではなかった。それどころか、心地いい沈黙だった。出口に着くとセルヒオは立ち止まって言った。

「ねえ、コーヒーかなにか飲んでかない？　まだ家に帰りたくないんだ。それに実を言うと、カフェイン切れを起こしてる」

　誘われて緊張したけど、このチャンスを逃すわけにはいかない。今のぼくは、友だちがあり余るほどいるとはとても言えない状態だし、どんなに楽観的に見ても、この先、新しい友だちができるとは思えない。

「いいよ。どこか、お店知ってる？」

「そこのカフェ、すごくいいよ」

　セルヒオはスポーツセンターの正面にある建物を指さす。ぼくは肩をすくめて、今の自分にはどこでもよく見えるだろうと思いながら言う。

「いいね」

「じゃあ行こう」

　店まで歩き、入りながらぼくはこっそりセルヒオを横目で見る。寒いのに髪はまだ湿っていて、コートの下は赤いTシャツ姿だ。胸のところに黒でスパイダーマンのクモの模様が入っている。それを見たぼくは思わず笑ってしまう。スーパーヒーローにそれほど夢中になったことはないが、スパイダーマンは好きだ。

「このカフェの人たち、ちょっと卑怯だっていつも思うんだ」

　ウェイトレスがぼくらの頼んだカプチーノを置いてその場を離れると、セルヒオが声を低めて言う。

「なにが？」

　するとセルヒオはまるで重大な秘密を打ち明けるように、辺りを見回してから答える。

「だってさ、トレーニングで疲れて出てきたら、正面になにがあると思う？　ショーケースにスイーツがずらっと並んだカフェテリアだよ！　これって絶対偶然じゃないね、そう思わない？」

「きっとスポーツセンターの人たちとグルになってるんだよ」ぼくは笑って答えながら、セルヒオがひとくちコーヒーを飲むのを見ている。「一個売れるたびに、手数料かなにかが入るのかもしれないよ」

　セルヒオは目を細め、怪訝そうにぼくを見ていたが、しばらくして、まるですごくいいことを聞いたというように力をこめてうなずいた。

「そうか！　それは思いつかなかった。よく考えてあるんだな。きっとトレーニングのあとでここに来た客の代金の一パーセントを、スポーツセンターがもらう仕組みだ」

　まるですごく深刻なテーマを話し合っているかのように、ぼくもまじめくさった顔でうなずく。

「それに、ケーキを食べたあとの罪悪感も忘れちゃならない」ぼくはさらに言う。「だからみんなスポーツセンターに通ってトレーニングを続けて、センターはお金をもうけつづけるんだ。全部うまく計算してあって、ぼくたちはその悪意の罠に引っかかってしまった」

セルヒオはまだまじめな顔をしてぼくを見つめる。でもよく見ると、口の端が少し震えている。それからすぐ、こらえきれなくて吹き出した。ぼくも一緒に笑う。

「オスカル、ぼくたちなんだか気が合いそうだ」

「ぼくもそう思う」ぼくはそう言い、心からの笑みを浮かべる。でもあいかわらず、自分の名前を呼ばれるのは変な気持ちだ。

「柔道、登録するよね？」セルヒオはそう言うと、またひとくちカプチーノを飲んでから続ける。「またここで話そうよ」

「邪悪な陰謀にすっぽりからめとられても？　それはあまり賢いやりかたとは言えないんじゃないかな」

セルヒオの笑みが広がった。

「そう、だけど意志を強く持たなきゃ。そうだろ？　スイーツもケーキもなし、コーヒーだけ」ちょっと言葉を切ってから、打ち明け話をするように声をひそめる。「ぼく、コーヒー中毒なんだ」

「いいんじゃない」

「でさ、きみは飲まないの？」手つかずのぼくのカップを指し、セルヒオが訊く。「さめちゃうよ」

「冷たいのが好きなんだ」ぼくは肩をすくめて言う。

うそだけど。

「十二月に？」セルヒオが片方の眉を上げる。ぼくはまた肩をすくめ、セルヒオはカウンターのうしろにかかっているメニューのボードをちらっと見る。「だったら、アイスコーヒーを頼めばよかったのに。メニューにあるよ。まあ、十二月にアイスコーヒーを飲むなんて、正気かなとは思うけど」

ぼくはまたもや肩をすくめる。本当はアイスコーヒーなんて大嫌いだ。本音は、コーヒーを飲み終わりたくないんだ。だってそれは

(家に帰らなければ)

店を出ていかなければいけないってことだから。セルヒオといるととても楽しい。フェル以外のだれかと、こんなに心地よく過ごせたのはすごく久しぶりだ。ぼくはカップに口をつけながら、つい上目遣いになってセルヒオをちらりと見てしまう。どうしてセルヒオの顔に、こんなに見覚えがあるんだろう。

一、二分沈黙があり、どれだけ考えてもこれ以上いい質問が浮かばないとわかって、ぼくは訊いた。

「この教室に入って長いの？」

セルヒオは首を横に振り、コーヒーを飲みこんでから言う。

「まさか、まだ今期から始めたばっかりだよ。ぼく、不眠症だったんだ。で、緊張をゆるめたり、ネガティブなエネルギーを解放したり、そういう現代人特有の症状に効くからって母さんが申し込んだんだ。ここだけの話、うちの母さんはちょっとスピリチュアルなものに凝ってる」

最後の部分はさっきと同じ、大事な秘密を打ち明けるときのような口調になる。

「それで効き目はあった？」

セルヒオはほほえむ。

「実は、ある。練習した日は、ベッドに入るとすぐ、天使みたいにすやすや眠れる」

ぼくがもっと大胆で、コンプレックスもなくて自信にあふれた人間なら、ベッドのなかのセルヒオについてほのめかしのようなことを言えただろう。そしてそういう幸せな世界では、セルヒオもぼくに気の利いた答えを返す。ぼくもノリよく応える。すると彼は、ぼくの電話番号を訊くんだ。

だけどそんなことは起こらない。

だからぼくは黙りこむ。

そのまま、番号も交換せずに家路に着いた。

El fuego en el que ardo

第8章

わたしたちはもうおしまい、元には戻せない
この状態につける薬なんてない
絶望をたたえた目がわたしを見つめる
希望なんてないはず、だけどわたしたちは幸せ

『バーン・ウィズ・ユー』リア・ミシェル

帰りの電車のなか、セルヒオのことを思うと、どうしようもなくニヤニヤしてしまう。間抜けに見えるのはわかっているし、われながらばかみたいだと思うけど、セルヒオと出会えて幸せなんだからしかたない。今のぼくにこんなことが起こるなんて考えもしなかった。ダリオとのことがあってから初めてできた友だち。普段の環境と離れたところにいる人を心の支えにするのは、きっとすごくいいことだ。

セルヒオのことをもっと知りたい。結局、ぼくらの間になにもないままでもかまわない。友だちになれるだけでいい。今のぼくに必要なのはただそれだけだ。

フェルにメッセージを送って今日のことを話そう。きっと喜んでくれるはずだ。

オスカル：柔道に行ってきた。

フェル　：どうだった???

オスカル：かなりよかったよ。
オスカル：ひとり、男の子と知り合った。

一秒もかからずに答えが返ってきた。

フェル　：？？！！
フェル　：話せよ。
フェル　：全部。
フェル　：さあ。
オスカル：そんなに話すことなんてないよ。
オスカル：柔道教室の子だよ。
フェル　：やっちゃった??
オスカル：ケダモノか。
オスカル：そんなわけないよ。でもコーヒー飲みながらちょっと話した。

オスカル：いい人だよ。

フェル　：好きになった??

オスカル：んんん……
オスカル：わかんない。

フェル　：なあ、そうなんだろ。

オスカル：わかんないって、マジで。
オスカル：たぶん、ちょっとだけ。

フェル　：で、その子もきみのこと？

オスカル：そんなのわかんないよ。たぶんちがうよ。
オスカル：どっちみち、まだよく知らないんだから。

フェル　：その子ゲイなの？
オスカル：だと思う。
オスカル：でも全然自信ない。
オスカル：ぼくのゲイダーは混線してる。
フェル　：ゲイダーなんて存在しないよ。
オスカル：するよ。
フェル　：しない。
オスカル：するってば。
フェル　：証明してみろよ。
オスカル：ウィキペディアにページがある。検索して。

――フェル　：なら幽霊だってエイリアンだって、都市伝説の袋男のページだってあるよ。

――フェル　：でもだからって、存在してることにはならないだろ。

それはその通りだし、そういうページはぼくも読んだからわかってる。他人には絶対言わないけど、実はぼく、ウィキペディア中毒なんだ。次から次へとページを見ながら、何時間でも過ごしていられる。

――オスカル：存在するよ。

そのあと、家に帰るまでずっとチャットしつづけて、結局セルヒオとの会話をなにからなにまで報告するはめになった。もっとも、それほど話すこともなかったけど。チャットしてる間じゅう、ぼくはニヤニヤを抑えきれなかった。セルヒオとどうにかなる可能性はほとんどないが、ぼくの勘が正しければ、彼は知り合いのなかで初めての、男の子が好きな男の子だ。同種の人と知り合えるなんて、うれしくってたまらない。まあ、実際にはまだセルヒオのことをなにも知らないんだけど。

だれかのことを考えてわくわくするなんて、ダリオ以来だ。毎日暴言に耐えているうちに、なにかにわくわくする気力なんて失ったと思っていた。以前のぼくの一部がまだどこかに息づいていたんだと思うと元気が湧いてくる。もちろんひとめぼれなんて信じないけど、セルヒオのことをもっとよく知りたい。

　家に帰ると、母さんは食事の支度中。ぼくはさっとシャワーを浴びてからキッチンへ行く。父さんは仕事で会食があるらしく、夕飯は母さんとぼくだけだ。今日はついてる。父さんがいることが、日に日にうっとうしくなってきているからだ。父さんと一緒にいると最悪だ。まるで

（父さんに毛嫌いされているような）

　ぼくがぼく自身でいられないような、ここが自分の家じゃないような気分になる。でも母さんとなら、話は別。母さんはいつもぼくを理解してくれる。ときどき、母さんはぼくの秘密を知っているか、少なくとも想像はついているにちがいないと思ってしまう。でも自分から言う勇気はない。母さんまで失うなんて耐えられない。

「なあに、にこにこしちゃって」キッチンに入ってきたぼくを見て、母さんが言う。うれしそうだ。「柔道、気に入った？」

　ぼくはうなずき、どんなだったかということと、アレハンドロ先生の話を簡単に伝える。セルヒオのことには、いかにもついでのように触れただけなのに、母さんの目が詮索するようにちかっと光った気がした。

「うれしそうにしているあなたを見るのが好きよ」母さんがしみじみと言う。「そんなふうに

しているの、何カ月ぶりかしら」

ぼくはほほえんで母さんを見る。母さんの言う通りだ。

その夜ベッドに入り、眠る直前に気がついた。リストカットして心を鎮める必要性を、一度も感じなかった日は数カ月ぶり。いい感じだ。

ずっとこうならいいんだけど。

たぶん……？

だめだ。期待しすぎちゃだめだよ。だってその通りにいかないかもしれないから。だけど今日は……、今日はいつもとちがう日だった。一日のうちにこんなに何度も心から笑ったのって、いつ以来だろう。このごろは、フェルか母さんに心配かけたくないから、無理して笑っているだけ。

無理せず笑えたのはいつのことか、思い出せない。

たぶん……、わかんない。もしかすると。

12月4日 21：17 投稿 ｜ コメント：0

シェア　Linked In　facebook　Twitter　Google　Tumblr

第9章

El fuego en el que ardo

これほどの悪意があると人は生きていけない
たくらみを重ねることに
魂を捧げるわけにはいかない
怒りはセメントより重い

『ノー』
シャキーラ

延々とウィキペディアを眺めつづけているうちに、英語の授業で見た映画『のけ者にされることの利点』はスティーブン・チョボスキーという人の本が原作だということがわかった。その人はどうやら映画の監督もしているらしい。それでぼくは土曜日、本屋に買いに行こうと決めた。問題はお金がないことで、親に頼まないと買えない。父さんが

（いつも通り）

居間でテレビを見ていて、母さんが

（いつも通り）

キッチンにいるのを見はからい、母さんに頼むことにする。ぼくが新しい本を買いたいと言うとき、母さんに断られることはめったにない。もちろん、月に三冊以内と決まってるけど、三冊を超えることはまずないし、それに今月はまだ一冊も頼んでいない。

「なんていう本？」

答えるのをちょっとためらう。なんでタイトルにこん

な訳をつけたんだよと、また思う。これならまだ、直訳のアラセイトウのほうがましかも。どっちみち、声に出して言うのが恥ずかしいことには変わりないけど。

「『のけ者にされることの利点』だよ」

母さんはちょっとの間ぼくを見つめ、二度ばかり口を開きかけたが、結局なにも言わなかった。

「二十ユーロでいい？」訊いたのはそれだけだ。

「多いよ」タイトルについては、なにも言われなかったのでほっとする。

「ちょっと待ってて」

母さんはお金を取りにキッチンから出ていき、ぼくは立ったままそこで待つ。なんだかドキドキしてきたけど、なぜだかはわからない。数分経つと母さんは青い二十ユーロ札を持ち、笑みを浮かべて戻ってきた。お金を渡してくれるときに袖が上がり、母さんはあわてて引っ張り下ろす。ずっと前からの習慣だ。スタイルが悪いわけではないのに、それどころかいいほうなのに、どういうわけか母さんは体の見える服装を嫌う。

「ありがとう」

お金を受け取っていこうとすると、母さんが訊く。

「オスカル、なにか話したいことがあるの？」

ごくっ、ごくっとぼくの喉が鳴る。顔が赤くなってきたのがわかったが、きっぱりと首を横に振った。

「心配ないよ、全部うまくいってる」

「わたしになにかしてほしいときは、いつもここにいるから。いい？　どんなことでも、わたしを頼っていいのよ。このことは忘れないで。わかった？」

ぼくは思わず母さんに近寄り、ぎゅっと抱きしめる。そうすることで、あふれてきた涙を隠した。

＊＊＊

小説のタイトルを言うと本屋の店員は少し怪訝な表情をしたが、それでもパソコンで確認し、ちょっと気合を入れて探してくれた。すると棚の奥で忘れられ、埃をかぶった一冊が見つかった。ぼくは素早くお金を払い、早く読みたくてわくわくしながら家に帰った。

読み終えるには、せいぜい数時間しかかからなかった。

映画にも感動したけど、本はそれ以上だ。心の奥底に突き刺さるようなすてきなフレーズを見つけるたびにページの端を折ってたら、読み終わるころには半分近くに折りあとがついていた。

いつまでも新品に見えるほど、本をきれいに保ちたがる人がいるけど、その気持ちがどうしてもわからない。ぼくは本が大好きで、それぞれがぼくの宝物。だからこそぼくの所有物、ぼくだけのものと思いたいんだ。たった今、本屋の棚から取り出したように見えるのは好きじゃない。何度も読んだせいでけばだち、心動かされたとき、感動したとき、あるいは単に考えさせられたとき、涙があふれたとき、ほほえんだときに隅を折ったページを見て、

(ぼくの友だちだって)

　ぼくのものだってわかるのが好きだ。

@LostBoy_99
Lost Boy
のけ者にされることの利点、そしてまた別の完成のかたち。(0分前)

　特に心に残ったフレーズを探して、端を折ったページを一枚いちまい見直す。〈人はふさわしいと信じる愛を受け入れる〉ってフレーズだ。映画で聞いたのは確かなんだけど、そのときはあまり注意を払っていなかった。だけど本を読んで、新しい意味を見つけた。これは小説を読んだときにだけ起こることだ。ぼくはそのフレーズを頭のなかで何度も繰り返す。

　人はふさわしいと信じる愛を受け入れる。まさに真実だ。

ダリオとのときの自分がそうだったんだと思う。ダリオを好きだったのは本当だけど、彼はぼくの気持ちに応えてくれなかった。というより、少なくともぼくが望むほどには、応えてくれなかった。問題は、ぼくがばかみたいに、ダリオにパンくずみたいな愛情を与えてもらえるだけでもいいと思っていたことだ。でも最近、ぼくにだってパンくず以上の価値があるとわかってきた。ぼくにふさわしいのは、ありのままのぼくを好きになってくれるだれか。自分の欲望のためにぼくを利用し、いらなくなったら見捨てるだれかじゃない。

それでも悲しくはない。この週末は一度もリスカしなかった。ようやくぼくは、前へ進みはじめたんだと思う。

El fuego en el que ardo

これまでのこと

ひとりぼっち
彼がそばにいるふりをして
ひとりで
あたしは朝まで歩く

『オン・マイ・オウン』
レ・ミゼラブルより

初めて気づいたのは十三歳のときだった。自分のなかのなにかがちぐはぐだ、普通じゃないということに……。ぼくは、男の子が好きなんだということに。それまで恋愛とかセックスとか、あまり気にしたことがなかった。気になる女の子がいたことはあるけど、というか、そう思いたかっただけかもしれないけど、それでもやっぱり、そういうことにあまり興味はなかった。反対にフェルとダリオは、そのことばっかりだった。おっぱいとか、クラスでどの子がいちばんいいかとか、はっきり言ってぼくにはどうでもいいことを一日じゅうしゃべってた。きっと最初から、シグナルはいつも出ていたんだ。気づくことができなかっただけで。

　その日は海に来ていた。六月で、夏休みが始まったばかり。三人ともいい成績だったから親たちが気をよくして、子どもだけで、自分の貯金を使ってバス旅行するのを許してくれたんだ。ただしぼくの母さんが言い張って、マリア姉さんとその友だちが見張りとしてついてきていたけど、それでもかなり自由だった。なんせ海岸に着くと姉さんたちはどこかに行ってしまって、ぼくたちだけになったんだから。すばらしい日だった。

日暮れが近づいたころ、ダリオとフェルは持ってきたビーチボールで遊びはじめたが、ぼくはする気になれなかった。ふたりはぼくもやれとしつこく誘ってきたが、断った。やがてふたりもあきらめたので、ぼくはタオルの上に寝そべり、彼らをながめた。特にダリオを。ダリオは年のわりに体が大きく、ぼくたちよりひとつかふたつ年上に見えた。ぼくはその体が大好きで、見ていると目が離せなくなった。陽ざしとは関係なく、体が熱くなってきた。

そしてそのとき、気づいたんだ。不意に水着が、なんだか窮屈になってきたことに。下を見るとふくらんでいた。もちろんそれまでにもこうなったことはあったが、人が大勢いるところでは初めてだった。ぼくはトマトみたいに赤くなり、だれかに見られていないかときょろきょろした。もちろん、周りの人はみんな思い思いに過ごしていて、だれもぼくを見てなどいなかった。恥ずかしかった。万が一のことを考え、ぼくはタオルの上にうつ伏せになってふくらみを隠した。だけど恥ずかしさまでは隠せず、今でもずっとその思いを引きずっている。

それが、自分がゲイだと気づいた日。そしてダリオに恋しているとわかった日。それから何年も続く想いを自覚した日だった。

El fuego en el que ardo

第10章

／

おまえは口をつぐんでいろ
ぼくのやり方がまちがっているなんて
どうしたら言えるんだ？
ぼくだって人間だ　愛されたい
ほかのだれもと同じように

『ハウ・スーン・イズ・ナウ？』
ザ・スミス

／

英語のクラスで映画を観終えたとき、感動して思わず涙が出てしまい、アナ先生が電気をつける前にあわててふいた。映画と原作の両方を知っているときはいつもそうだが、本のほうがずっと感動的だった。でももちろん、映画がぼくの心に届かなかったわけじゃ全然ない。たとえ筋書きがわかっていてもね。

それに、この物語でぼくのなかのなにかが変わったように思う。なにかの力でそんなふうになるなんて、考えもしなかったけど。これがきっと映画と文学の魔法。思いもつかない人生の出来事を、シンプルに見ることができるようになるんだ。

人はふさわしいと信じる愛を受け入れる。まさに真実だ。

それにしても、もうこんなことにはうんざりだ。うしろを振り返らず前へ進むときが来た。自分の人生なのに、脇役のままでいつづけることなんてできない。困難から逃げず、思い切って恐怖と向き合い、他人の思うままにされる自分を変えるんだ。

「なあフェル、考えたんだけど……」

映画を観終えてすぐ、教室を出ながらぼくは言う。あまり考えすぎたら気が変わりそうと思ったからだ。

「なに？」

ぼくはつばを飲みこむ。

「ダリオと話さなきゃいけない気がする」ついに、言った。

フェルは真意を測るような顔でぼくを見る。

「大丈夫なのか？」

いい質問だ。

「いや」ぼくは認めた。「でも、やらなきゃいけないと思うんだ。もう二カ月も我慢してきた。ダリオと話す必要があるんだよ」

「それはその通りさ」フェルはうなずきながら言う。「でもあいつは、まず考えを変えないよ。そうだろ。いくら話したって、あいつはきっとあいかわらずばかのまんまだよ」

ぼくはうなずく。

「わかってる」

「それじゃどうする？」

「わかんない。ただ、そうしなきゃなんないってだけ。前へ進むためには、この刺さったとげを抜かなきゃならないんだよ。でなきゃ絶対、前へ進むことなんてできない」

フェルはぼくをしばらく見つめてから答える。

「例の子のため？」

「セルヒオ？」ぼくは声を出して笑う。「フェル、ぼくはセルヒオのこと、ほとんど知りもしないんだよ。友だちになるかどうかすら、だれにもわかんないんだから」

「この前は、そんなこと考えてなかったと思うな」

疑うような目をしてフェルが言い、ぼくは顔が少し赤くなるのを感じる。

「もう、今はそんなことどうでもいいんだよ。大事なのは、ダリオと話す必要があるってこと」ぼくはじっとフェルの目を見て言う。「セルヒオのためでもだれのためでもなく、自分のため。早く幸せになりたいから、自分のためにやらなきゃいけないんだ」

フェルはじっとぼくを見つめていたが、やがてうなずき、笑ってくれた。

「わかった、そうする必要があるのなら、もうなにも言わない」きっぱりと言い切る。「何か手伝おうか？」

「うん、そうしてくれたらすごくうれしい」本当は、最初からフェルの助けを当てにしていた。

「あいつをフェルの家に呼んでくれないかなと思ってたんだ。そしたらぼくはそこであいつと話せる……。ぼくとは会いたがらないに決まってるからね」

「いつ？」

ぼくは肩をすくめるだけにして、ほんとの気持ちは話さない。ほんとは、早ければ早いほどいい。そうすれば、気が変わって取り消す可能性も低くなるから。

「いつでもいいよ」

「明日は？　祭日だから、都合のいい時間に待ち合わせできるよ」

明日、面と向かってあいつと話すことになるかもしれないと思うとどきっとして、吐きそうとしか言いようのないほど気分が悪くなる。明日はだめって言おうかと思ったけど、もう取り消しはできない。フェルに手助けを頼んで、引き受けてもらった今となっては。

「きみがそれでよければ……」ぼくは消えそうな声で言う。

「問題ないよ」フェルがうなずく。「授業のあと、やつを誘うよ。そしたらきみに言う。わかった？」

「わかった」

＊＊＊

ところが家に帰り、フェルからもダリオからも、学校からも離れてしまうとすぐに、頼んだことを後悔した。ほんとに、ぼくはどうしてこんなにばかなんだろう。ダリオと話したくてたまらないのは確かだけど、でも、なにを話す？　きみに恋してごめんねとでも？　そんなの全然ぼくのせいじゃない。毎日泣いて、ぼくに電話して、そして謝らなきゃいけないのはダリオのほうだ。だけどそんなこと、起こりっこないのはわかってる。あいつはプライドが高すぎるから。自分に不利な状況を受け入れるなんて、絶対できないんだ。

　そしてものすごく、怖がりだ。

　フェルに電話して、さっきのことは忘れてと伝えようとしたそのとき、スマホが鳴った。メッセージが入っている。遅かった。

フェル　：六時に約束したよ。

フェル　：ちょっと前に来る？

フェル　：もしよかったら、午後はずっと一緒にいれるよ。

あーあ。ぼくは速攻で返信する。

オスカル：わかった。:)

オスカル：四時にしようか？

フェル　：いいね！

フェル　：それじゃ、明日ね。

オスカル：うん。：）

@LostBoy_99

Lost Boy

これだからぼくはばかなんだ。（0分前）

El fuego en el que ardo

第11章

わたしは窒息なんてしない
待ちたくない
この状態を変えたい
わたしの心を縛りつける鎖を
ばらばらに壊して
この瞬間に流されたりなどしない

『夜明け』
エドゥルネ

フェルの家までの短い距離は、今のぼくには永遠のようだ。着いたときには心臓が時速千キロで打ち、今にも胸から飛び出しそうになっていた。フェルはぼくの緊張を予測したのか、ユーチューブのばかばかしい動画をノートパソコンにダウンロードして、いつでも見られるようにしてくれていた。ぼくは動画に集中する余裕もないけど、フェルの気遣いには感謝した。

二時間後にダリオが着いた。いつも通りの正確さだ。フェルは玄関のドアを開けに行き、ぼくは文字通り爪を噛みながらフェルの部屋にとどまる。怖くてたまらない。心臓がバクバクして、外の雨音も聞こえない。まるで耳のすぐそばで鼓動しているようだ。ダリオと話すのはあの日以来で、どうなるのか見当がつかない。

よく知ったあの声が廊下を近づいてくるのが聞こえると、ぼくは震えあがった。でも後悔したってもう遅い。何秒間か、

（逃げるんだ、そう、ずっと遠く、だれにも見つからな

いところへ逃げよう）

フェルの部屋のクローゼットかベッドの下に隠れようという考えがよぎったが、せっかく力を貸してもらったのに逃げようとしたら、フェルは面白くないだろうなと思い直す。

それに、ダリオのせいでこれまでいろんなことに耐えてきたのに、ここまで来てクローゼットに隠れるなんて……だめだ、そんなの。

ダリオは笑いながら部屋に入ってきたが、ぼくを見ると笑顔が凍りついた。まるで幽霊を見たかのように。ある意味、実際にぼくはそうなのかもしれない。ダリオにとっては自分の手で葬り去った幽霊、もう二度と会わずにすませたかった幽霊。

「おまえ、ここでなにしてるんだ？」ダリオはそう言って、部屋のドアを閉めたフェルを見る。

「このおかまが、ここでなにしてんだよ」

フェルの反応は素早く、意外なものだった。こぶしをあげ、ダリオの顔を殴りつけたんだ。ずいぶん力をこめたらしくて、ダリオは二、三歩あとずさり、壁に背中をぶつけた。だれがいちばん驚いたかわからないくらい、ダリオもぼくもびっくりした。フェル自身でさえ、びっくりしていた。

「一体全体、なんなんだよ、おい」ダリオがわめき、赤くなったほほに手を当てた。

「聞けよ」フェルの声は冷静だ。「ここはぼくのうちだ。もめごとを起こしたり、暴言を吐いたりしてほしくない。もしオスカルにまたあんなこと言ったら、顔をぼこぼこにしてやるからな。いいか？」ダリオは素直にうなずく。「ぼくはちょっと居間でプレイステーションしてくるから、ふたりでしゃべってろよ。でも言っとくぞ。もめごとは、なしだ」

「わかった」いやそうにダリオが言う。

「それでいい」とフェル。

それからすぐに扉が閉まり、ぼくたちはふたりになる。ナイフで切れそうなほど張り詰めた空気に、ぼくはカッターが恋しくなる。でもだめだ。そんなこと考えてちゃ、だめだ。

ダリオをながめる。黒い髪が額に垂れているのを見て、切ったほうがいいな、なんて考える。いつも髪をのばしっぱなしにしているものだから、早く切りに行けよと言ってたのを思い出して笑いそうになる。眉をひそめた表情もいつものダリオらしくて、ぼくは

（キスしたい）

殴りつけてやりたい、これまで起きたすべてのこと、こいつのせいでこの何カ月か、ぼくが苦しまなければいけなかったすべてのことの仕返しをしてやりたいと思う。だけどぼくには、そんなことできっこないとわかってる。ぼくは意気地なしだ。

沈黙を破ったのはダリオのほうだ。

「どうしたいんだ？」まだフェルに殴られたほほを押さえ、ダリオはかすれた声で訊く。

「ただ、話したいだけ」

「おまえと話すことなんてない」

ぼくは立ち上がり、不安でびくびくしながらダリオのそばへ行く。

「ダリオ、ぼくたち、友だちだったよね。いい友だちだったじゃないか。三人は切っても切れない仲だったよな！　きみがぼくとおんなじ気持ちでいてくれなくてもかまわない、それでもいいよ。でもだからって、友だち関係までおかしくなっちゃう理由にはならないよね。男と女でもそうじゃないか！　これまでと同じようにふるまうし、友情が壊れることなんてない。マジで、ぼくのことはもうどうでもいいの？」

ダリオは答えずに目をそらす。ぼくの目を見ることができないんだ。それがなにを意味するのか、ぼくにはわかる。

「どうした？　なにも言うことがないのか？」

ぼくは食い下がる。ダリオは肩をすくめ、ちょっと口ごもってから答える。

「言うことなんてないよ」

「あるだろ」

「ないんだよ。おまえのことなんてもう、知りたくもなんともないんだ。いい加減わかれよ。そう難しいことじゃないだろ」

「ああ、そう」ぼくは言い返す。「毎日毎日、仲間とつるんでぼくを笑いものにしてるきみが、ぼくのことをもうなんにも知りたくないなんて思えないけどな」

ダリオは顔を赤くするが、答えはない。まだぼくの目を見ようとしない。それを見てぼくはかっときた。めちゃくちゃ腹が立った。

「なにも言わないのか？　おまえは卑怯者だ」

そう言って、ぼくはダリオをじっと見る。自分が

（キスしたいのか）

顔を殴りたいのか、くたばれと言いたいのかわからない。きっと、殴って罵倒するべきなのだろう。でもぼくはそうする代わりに、たぶんこの場にいちばんふさわしくないことをしようと決めた。そう、ぼくって衝動を抑えきれない人間なんだ。

だから、ダリオにキスした。

ダリオはしばらく息もできずに固まっていた。それからほんの一瞬、ぱっと光が射したようなすばらしいその一瞬、彼のくちびるがほんの少し動いて、キスに応えてくれたような気がした。何分の一秒か、ほぼまちがいなくキスを返してくれた。でも突然、ダリオはさっとぼくから離れた。心の底から不愉快そうに顔をしかめている。

そして、ぼくの顔につばを吐いた。

ダリオはドアを開けて出ていくが、ぼくは今起こったことを信じられずに、茫然と突っ立ったままでいる。涙がほほを伝い、ダリオのつばをあごへと流していく。向こうのほうでフェルの声がするが、なにを言っているのか聞きとることもできない。玄関のドアが閉まって、フェルがまた、どなり声でなにか言っている。ブーンという耳鳴りで、ほかの音がよく聞こえない。

　間もなくフェルが部屋に入ってきた。

「一体全体なにがあった？　あいつ、なんであんなに突然帰っちゃったんだ？」いらだった声でたずねてから、ぼくの顔に目をとめた。「オスカル、なんで泣いてるんだ？　なにがあった？」

　ぼくが答えないので、フェルは抱きしめようと、腕を広げて近づいてきた。だけどそのとき、ぼくのあご先からTシャツにしたたっているものに気づいた。その見た目や質感から、吐きだしたつばだとわかったようだ。

「なあ、それ、ぼくが思ってるものじゃないよな」

「フェル……」

「あいつを殺す」怒りを煮えたぎらせてフェルが言う。「絶対、殺してやる」

　そして振り向き、ドアのほうへ行こうとするので、ぼくは腕をつかんで引き留める。

「やめろ」ぼくは言う。「こっちが損するだけだよ」

「あの野郎、殴ってやる」

「こっちの損だって」ぼくは繰り返す。本当にそう思っていた。「大したことないよ、マジで。ぼくは大丈夫」

　ぼくは袖で涙とつばをふきとり、笑おうとしたけど、あまりうまくいかなかったと思う。フェルはぼくをしっかり抱きしめ、ぼくはされるままになる。ぼくに必要なのは、抱きしめられることだった。

「あいつ、なんでそんなことしたの？」

「ぼくがキスしたんだ」

フェルは声を立てて笑ったが、すぐまじめな顔に戻る。

「ごめん。マジでキスしたの？　なんで？」

ぼくは肩をすくめる。

「わかんない。衝動的に、だと思う」

「いいなあ、その大胆さ」笑いながら言うので、ぼくも思わず泣き笑いをしてしまう。「でもまあ、あまり賢いやり方じゃなかったよね。だからってつばを吐きかけていい理由にはなんないけど。今度あいつに会ったら、絶対殴って……」

「やめろって」ぼくはさえぎる。

「なんで？　あいつにはそれがいちばんふさわしいんだよ」

「やめてくれ、お願いだから」ぼくは頼みこむ。「フェル、ほんとに。あいつのレベルまできみが降りていく必要ないよ」

ほんとのこと言うと、つばを吐かれたのにはこれでもかってくらい傷ついた。暴言、殴打、軽蔑の目、嘲笑や陰口。毎日学校の廊下でだれかとすれちがうたびに耐え忍んでいる、すべてのことよりずっとつらかった。

吐かれたつばが、ぼくの心を粉々にした。

ちょっと前にフェルとした会話を思い出す。あのときはよくわかっていなかったが、今はフェルの言う通りだと思う。これが最初のキスじゃなくてよかった。

帰り道で、ほかにも気づかされたことがあるとわかった。ぼくが恋する人は

（最初から存在しなかった）

もう存在しない。実際、もう彼に対して同じ気持ちを抱いてさえいないと思う。こんなに時間が経って、あんなにいろんなことがあって、それでも前と同じ気持ちを持ちつづけるなんて不可能だ。

これは前進だ、そうだろ？　少なくとも、そうであってほしいと思う。

それでもポケットの生地を通して太ももに当たるカッターの誘惑は、抵抗しづらいほど大きい。よくなったといっても、一時的なものに過ぎないとわかっていた。家に着くまで待てない。今すぐ刃を肌に押しつけ、温かくて赤い血が体を伝い落ちていくのを見たい。

第12章

El fuego en el que ardo

一晩じゅう
鳥のように飛んで
涙が乾いていくのを感じるの

『シャンデリア』
シーア

運悪く、家に帰ると父さんがいた。相変わらずソファに座ってテレビを見ている。一日中、いつテレビをつけてもなにかの試合をやっているのはどうしてなんだろうと思っていると、家に入る音を聞きつけて父さんがぶつぶつ言いはじめたので、ぼくはすぐに考えごとから引き離された。

「おい！　どこに行ってた？」部屋に隠れる暇もなく、父さんがぼくを呼ぶ。

「フェルの家」泣きはらした顔を見せないように気をつけながら、消えそうな声でつぶやく。

「ぼそぼそしゃべるんじゃないと、何回言えばわかるんだろうな……。こら、もっと大きな声を出せ！　おかまじゃあるまいし！」

「フェルの家」大きな声で繰り返す。が、語尾が震えてしまった。すると父さんが試合から目を離し、泣いたあとがはっきりわかる、ぼくの赤い顔を見た。缶ビールをテーブルの上に置いた父さんは、怒りのこもった表情をぼくに向ける。

「おまえはなにをやらかした？　またけんかしたのか？」

「そうじゃない……」

「ぼそぼそしゃべるなと言ってるだろうが！　殴られて泣いてるんだな？　答えろ、ぼうず！」

「うん」ぼくはいやいやながら答える。そうしないと、父さんはいつまでもどなりつづけるとわかってるからだ。

　父さんはうなり声を出す。

「それにしても、おまえは一体なんなんだ？」腹立ちまぎれにテーブルを叩く。ビールの缶がひっくり返り、中身がこぼれてテーブル一面に広がったけど、父さんは気にせず話しつづける。

「男か、おかまか？　今度は男として、おまえがそいつらを殴るんだぞ。赤んぼみたいにめそめそ泣いてないで、そうしなきゃいかん」

「うん、父さん」

「なにが『うん』なんだ？　おまえはどうするんだ？」

「ぼくは

（あんたが部屋に行かせてくれたら、すぐにリスカする）

あいつらの顔を殴るよ、父さん」

「それでいい」父さんはようやくそう言ってうなずく。「おれの息子は何者だ？　男かおかまか？」

ぼくはつばを飲みこむ。どう答えるべきか、この茶番を終わらせるためにはどう言えばいいのかわかっている。わかっていて、その言葉を言いたくて、喉が焼きつき、舌が燃え上がる。だけど、言えない。

ビールの海を見つめる。テーブルの上を流れて床にしたたりはじめている。それをふきとるのは母さんだと思うと、怒りが煮えたぎる。

「答えたくないのか、ぼうず」父さんの声が徐々に高くなる。「おまえはなんだ？　男か、おかまか？」

「男だよ」結局、ささやき声でそう答える。そんな自分がいやだ。自分の臆病さがいやだ。ぼくの体の隅々までがいやだ。吐きたくなるほど、心底自分がいやだ。

「それでよし。おれはおかまもホモも育てていないからな。わかったな？　さあ、母さんにもう一本ビールを持ってくるように言ってこい」

「自分でやればいいじゃないか」ぼくはつぶやく。

「なんて言った？」父さんが凍りつくような声で言う。眼の光りかたがやばい。

「なにも。言いに行くよ」

母さんに声だけかけて、立ち止まらずに自分の部屋へ行く。行かなきゃならない。部屋へ行

かなきゃ。一秒、一秒がつらい。カッターが必要だ。ぼくは

(死ななきゃ)

血を流さなきゃ。心の痛みを体の痛みで薄める必要があるんだ。

いつもはバスルームに閉じこもるけど、今日は入らない。時間がない。今すぐやらなきゃならないから、ドアノブの下に椅子を置いて、父さんたちが不意に入ってこようとしても開かないようにする。それからベッドのそばにひざまずき、マットレスの下に手を突っこむ。するとイラストに手が触れて一瞬ためらうが、紙はそのままにしてカッターを取り出す。

ズボンを脱いでベッドの上に放り投げ、パンツ姿で床に座る。タイルの冷たさで肌がヒリヒリするが、気にならない。ぼくの心もカッターの金属と同じくらい冷え切ってる。内側が凍りついている。太ももに押し当てた刃が、蛍光灯の下でまがまがしい光を放つ。

切りやすいとわかってるところに刃を当てて軽く力をこめる。するとすぐにぷくっと血が盛り上がる。うれしい痛みを受け入れる。やるたびに我慢できるようになり、心地よくなってきた、なじみのある感覚……。赤い液体が太ももを滑り落ち、床を汚すけど気にならない。

もうなにも気にならない。

だけど太ももだけでは物足りない、これじゃ心の痛みに対抗できない。後悔するとわかっていながら、足に沿ってカッターを走らせ、ふくらはぎの下で止める。ここだと傷あとが見えやすいけど、言い訳を考えるのはそう難しくないだろう。人って、しょっちゅうおかしなところ

に傷をこさえてるものね。そうだろ？

そう。

やるんだ。

だれも、他人にわかってもらう必要なんてない。

フェルのことを考えたけど、すぐに頭から追い払う。フェルが今ここにいて、ぼくを助けてくれるわけじゃないんだから。セルヒオのこともちょっと考えたけど、やはり追い払う。まだ知り合いとも言えないんだから。

だからぼくは肌にカッターを押しつける。傷口からさっきよりもっと多くの血が流れ、それにつれて心地よい痛みが広がっていくのを感じる。

そう。

そう、これだ。

深紅に輝く液体を見つめる。ルビーのような大粒のしずくが床に落ち、タイルの隙間に入りこんで、赤い小川のような細い線となり流れていく。だけどまだ、痛みが完全に消えたわけじゃない。もっと切らなきゃ。

そのときドアをノックする音が聞こえて、ぼくはぴたっと動きを止める。

「オスカル？」

母さんだ。

「入らないで！」

ぼくは急いで答える。母さんはノブをガチャガチャ言わせるが、幸い、椅子はびくともしない。

「ねえ、大丈夫なの？　学校で殴られたってお父さんが言ってるけど。ドアを開けてちょうだい、お願い」

「あとで！　ぼくは……今、裸なんだ、母さん！」

「オスカル、心配なのよ」母さんは譲らない。

「大丈夫だよ、ほんとに」言葉とは裏腹の、震え声になってしまう。「あとで話すよ、ね？」

ドアの向こうからため息が聞こえた。

「わかったわ。でも早く出てきてちょうだい、いいわね？　近ごろ、あなたのことがすごく心配なの」

「わ……わかったよ。あとで話すから」ぼくは念を押す。

足音が遠ざかるのを確かめて、ぼくもため息をつく。床に寝ころび、周りについた血の染みを、天井の灯りの下で病んだように輝くその赤い色を見つめながら、苦労して息を吸い、吐く。

このままでいるわけにはいかない。

ほかのやつに自分の人生を操られるなんてまっぴらだ。

生き残るためには、このままカッターに頼ってちゃだめだ。

だけど変わるための力を、どこから引っ張り出せばいいのかわからない。

El fuego en el que ardo

これまでのこと

またひとりの母の
引き裂かれた心が引き継がれてゆく
暴力が皆を黙らせるのなら
わたしたちはどこかでまちがったにちがいない

『ゾンビ』
ザ・クランベリーズ

「オスカル！」マリア姉さんが声をひそめて言った。「こっちへ来なさい」

でもぼくは無視して見つめつづけた。

「おれに逆らうなと言ってるだろうが！」父さんが叫んだ。

平手打ちの音が居間全体に響いて、ぼくは飛び上がった。戸口にうずくまり、黙っておびえながらその光景を見ていたぼくは、母さんがほほに手をやり、数歩あとずさりするのを見た。母さんはそれでも、うめき声も立てなければ痛そうなそぶりも見せなかった。

「それならわたしだって、二度と子どもたちを殴らないでとあなたに言ってたはずよ。さもなければ」母さんはきっぱりと言う。

「オスカル！」姉さんがまたささやいた。

「さもなければ、なんだ」父さんが訊く。

「あなたを訴えます」

父さんは不愉快な笑い声を立てた。

「おまえがおれを訴えるだと？　なら、ガキどもを養う金はどこから引き出すんだ？　おまえには行くところもないだろうが」

「オスカル、パパに見つかったらひどい目にあうよ」姉さんが小さい声で、さらに言う。「ほら、来なさいったら！」

「シー！」

「なんとかするわ」母さんが父さんに言い返した。「今すぐ出ていきます。酔っぱらったあなたは手がつけられないもの」

　さっきよりもっと大きな平手打ちの音がした。母さんはあとずさり、壁にぶつかった。

「ママ！」もうたまらなくなって、ぼくは叫んだ。

　でも、それは失敗だったとすぐに気づいた。あっという間に父さんは居間をすたすたと横切って、ぼくの髪をつかんだのだ。運よく姉さんは気づかれなかった。

「放して！」母さんが金切り声を上げる。「その子をほっといて！」

　そう言ってぼくたちのそばに走り寄ったが、三度目の平手打ちを食らって、母さんは床に倒れこんだ。目には涙がにじんでいる。

「けがをしてしまうわ！　まだたった七歳なのよ！」

「ママ！」ぼくはまた叫んだ。

「黙れ！」父さんはうなり声を上げ、ぼくの髪を引っ張ってソファまで引きずった。泣きわめいても無駄だった。そのまま無理やりぼくをソファに座らせて、覆いかぶさるようにかがみこむ。「鼻たれ小僧め、なにを見た？」

父さんが一言発するたび、ビールくさい息が鞭のようにぼくの顔を打ち、鼻の穴から忍びこむ。吐き気をどうにか抑えて、ぼくは言った。

「ぜ……全部」

今度はぼくが平手打ちされた。ぼくは顔に手を当て、母さんは叫んだが、父さんがにらんで黙らせた。

「おまえは黙ってろ。また殴ってほしいのか？」母さんを脅してから、父さんはぼくに向き直った。「鼻たれ小僧、なにを見たんだ？」

ぼくはつばを飲みこみ、少しためらってから答えた。

「なにも」

父さんはニヤリとした。明らかに、ぼくの答えが気に入ったようだ。

「それでよし。おまえはなにも見なかった、そうだな？」ぼくは急いでうなずいた。「いいぞ。これからもそうしていてくれよ。もし、今見たことをだれかにしゃべったら、一生忘れられないほど殴ってやらなきゃいけなくなるからな。わかってるな？」

目に涙を浮かべ、ぼくはまたうなずいた。

いつも同じ

どれだけトライしても同じ。どれだけ努力しても同じ。倒れたあとに何度起き上がっても同じこと。

いつもきみは同じことの繰り返し。

いつもきみを倒れさせようとするやつがいる。

たぶん大事なのは、起き上がることじゃない。

たぶん大事なのは、きみを倒そうとする力をやつらから奪うこと。

12月8日 20：34 投稿 ｜ コメント：0

シェア Linked In facebook Twitter Google Tumblr

第II部

ゴーストタウン

たぶんあまりにも酷だった
ひとりの人間が背負うには
すべては壊れる運命
遅かれ早かれ　遅かれ早かれ

『ゴーストタウン』
マドンナ

El fuego en el que ardo

第13章

できるだけ早くそこに行く
だけど今は忙しいんだ
ばらばらになった元の暮らしを
つなぎ合わせるのに

『アンインテンディッド』
ミューズ

ダリオとあんなことがあったというのに、水曜日はなんだかわくわくして目が覚めた。今日は柔道教室の日、ここからいろんなことが変わりはじめるかもしれない。それに、セルヒオとまた会える。新しい友だちができそうだという思いが、昨日の記憶をほぼ消去してしまっている。

あくまで「ほぼ」だけど。

休みのあくる日は午前中の授業がかなり長く感じられるけど、少なくとも暴言の数はいつもとさほど変わらないので助かった。それにあのけんか以来、フェルがぼくをひとりにしてくれないので、休み時間はラウラを交えて三人で過ごすようになった。これが心地いい変化だということはわかってる。だってその間、隠れている必要がなくなっただけじゃなく、楽しく過ごすことさえできるんだから。学校という建物のなかで、またこんなふうに過ごせるなんて思ってもいなかった。

午後、スポーツセンターに着いたぼくは、玄関へと続く石段にセルヒオが座っているのを見つける。スマホを見つめ、画面の上で忙しく指を動かしている。ぼさぼさの髪をして、コートの下から色落ちしたエックスメンのTシャツをのぞかせているセルヒオを見て、胸がドキドキしはじめる。確かにぼくを待ってるとは言ってたけど、心のどこかで疑ってたし、そうじゃなくても忘れてると思っていた。どっちにしても、期待しないでおこう。あそこに座ってるのは、きっとほかのだれかを待ってるだけだ。

だけどぼくが近づくと、セルヒオは顔を上げてほほえんだ。

「やあ！」そう言いながら立ち上がり、スマホをポケットにしまう。「待ってたよ」

うそ。

「マジで？」

「もちろん！　柔道を始めようって人は歓迎しなきゃ。アジア人は礼儀正しくて親切なんだよ」

「でもきみ、アジア人じゃないよね」セルヒオは明らかに西洋人の顔つきだ。

セルヒオはぼくをじっと見つめる。

「鋭い。一本取られたよ。ぼくは柔道のことになるとつい格好つけて、よけいなことまで言っちゃうんだ。行こうか」

ほんとに柔道が好きなんだなということが、こっちにまで伝わってくる。セルヒオについていきながら、ぼくは思わずニヤニヤしてしまった。コーチのアレハンドロは、またやってきたぼくを見てかなり満足そうで、練習相手にセルヒオを指名した。ほかのみんなはもう上達していて、ぼくのためだけに全体練習を止めて手ほどきをするわけにはいかない。だから先生は、少し離れたところで初歩的なことをすべてぼくに教えるようにとセルヒオに指示を出した。先生によると、セルヒオはクラスのみんなよりかなり先に進んでるから、ぼくのせいで遅れる心配がないのだそうだ。

　まず、今日の練習で使うキモノと白い帯を貸してもらい、セルヒオについて更衣室へ行く。するとセルヒオが目の前でなんのためらいもなく服を脱ぎはじめたので、ぼくはどうしようもなく恥ずかしくなった。意に反してつい赤くなり、視線をそらしてしまう。セルヒオはとがめる代わりにぼくのほほに手を当て、そっと自分のほうへ向ける。その瞬間ぼくのなかでぽっと火がつき、同時に寒気がして体中のうぶ毛が逆立った。セルヒオはほほえむ。ぼくの異変に気づかれたのはほぼまちがいない。

「ぼくを見て、着方を覚えて」

　それでぼくはセルヒオを見る。すでにズボンははいていたけど、上半身はまだ裸。この体を絵に描いたらどんなだろうと思う。そうしているうちにセルヒオは白い上着をつける。帯の結び方を覚えようと、ぼくはじっと見つめる。

「ほら、やってみな」

「うしろ向いててくれる？」

「オスカル。ぼくが男の裸を見るのは、これが初めてだとでも思ってるの？」セルヒオは笑いながら言う。ふと、その言葉にはなにか別の意味が隠されているような気がした。彼はゲイなんだろうかと、また思ってしまう。だからといって、ぼくにそれをほのめかしているわけじゃないだろうけど。

「お願い」それでも、ぼくは頼んだ。

実際にぼくが気にしているのは、裸を見られることじゃなくて傷あとのほうだ。セルヒオは眉を寄せてしばらくぼくを見つめていたが、やがて肩をすくめ、うしろを向いた。ぼくはキモノを取り上げ、セルヒオのやり方をまねて身に着ける。見た通りに帯を締め、一回目で成功したので満足して笑みを漏らす。

「できたよ」ぼくが言うと、セルヒオは振り向く。

そして爆笑した。

「ほら、だから言ったんだ。まちがってるよ」セルヒオは笑いながら言う。

ぼくの笑みはかき消えた。とまどいながらセルヒオを見て、自分のを見る。それからすぐに、またセルヒオを見る。

「同じに見えるけど」

セルヒオは首を横に振りながら近づいてきて、ぼくの帯を解いた。セルヒオの手が腰に当たっているのを感じて少し震えるが、なんとか隠し、危険ゾーンの近くに彼がいることを気にしていないように見せかける。セルヒオがぼくの上着の前をはだけると、指先がぼくの体をかすめる。さっき触られたときについた炎が、また燃え上がる。指は必要な時間より何百分の一秒か余分に、ぼくの肌の上にとどまっていたような気がするけど、すぐに考えすぎだと思い直す。

〈集中しろ〉

「左の襟は、いつも右の襟の上に来る」襟を合わせながらぼくに教える。「忘れるなよ、大事なことだから」

「キモノを着るのがこんなに難しいなんて知らなかった」セルヒオに帯を締め直してもらいながら、ぼくは平静をよそおって言う。といっても、帯の締め方は合っていたんだけど。

「柔道着だ」セルヒオが言いまちがいを正す。「これは〈柔道着〉っていうんだ。アレハンドロの前で〈着物〉なんて言ったら、教室から叩きだされるかもしれないよ」そうつけ加えて、声を立てて笑った。それから数歩うしろに下がり、ぼくを見てうなずく。「完ぺきだ。これで本物の柔道家に見えるよ。教室に戻ろうか？」

「うん」

ほんとのこと言うと更衣室でずっとふたりだけでいたいけど、そんなことできっこないから、ドアのほうへ向かうセルヒオについていくより仕方がない。

「ここに敷いてあるのは畳っていうんだ」練習場に戻ると、床を指してセルヒオが説明してくれる。「これも、アレハンドロの前でマットなんて言ったら、腕立て伏せをやらされるぞ」そう言って、ぶるっと震えてみせる。

「経験者みたいだね」

セルヒオはいたずらっ子のような笑顔をぼくに向ける。

「ばれた？」

その日の残りの時間は、セルヒオが柔道の初歩の初歩についてぼくに根気よく説明してくれた。最初に習うのは相手のつかみ方だが、ぼくはそれさえさっぱりわからなかったから、すごく助かる。ぼくがそれをうまく、というか、少なくともまずまずの形でできるようになると、セルヒオはごく簡単な基本の決め技をいくつか教えてくれる。間近で柔道着をつかまれると、ぼくは

（うれしい）

緊張する。だから床にころんと転がされても、まったく不思議はない。次にぼくが技をかけようとするが、セルヒオの足を畳からほんの一センチ浮かせることすらできない。ちょっとくじけたが、セルヒオの笑顔を見るとどうでもよく思えてくる。

「気にするなよ」セルヒオがなぐさめてくれる。「初日から人を投げられるやつなんていないよ」

「ぼくが下手すぎるんだよ」倒されたときに痛めたおしりをさすりながら愚痴る。「きみはびくともしなかった」

「すぐにできるようになるさ」セルヒオは鷹揚に言う。「こういうことはなんでも、時間と努力で解決できる」

＊＊＊

今日は柔道のあと、姉さんと待ち合わせしている。だからこの間のようにコーヒーを飲みに行こうとセルヒオに誘われても、断ってしまった。セルヒオはがっかりしたようだ。ほんとにそうなのか、ぼくにそう見えただけかはわからないけど。その代わりにぼくはいいものを手に入れた。セルヒオの電話番号だ。それも彼のほうから言い出してくれたんだ。さらにセルヒオは、次の金曜日こそ正式に柔道教室に登録するとぼくに約束させた。あまりに言い張るから、なにか下心でもあるのか、それとも単にぼくを気に入ってくれたのか、どっちだろうと考えてしまう。

どちらにしても驚きだ。はっきり言って最近は、多くの人に気に入られているとはとても言えない状態だから、ぼくに不満があるはずはない。

先週セルヒオと一緒に来たカフェに、今日はマリア姉さんがいるのを見てるとなんだかおかしくて、ニヤッとしてしまう。姉さんとはひと月以上会ってなかった。本音を言うと、姉さんが家を出ていってから寂しくて仕方がない。ぼくにとっては母さんと姉さんが支えだから、ずっと家にいてほしい気持ちもある。だけど同時に、姉さんが父さんから逃げ出して、自分自身の人生を始めたのを喜んでもいる。

「うれしそうじゃない」ハグして体を離したあとに、姉さんが言う。ぼくは肩をすくめる。「なにかいいことあった？」

「別に」ぼくはあいまいな答えを返す。セルヒオのことに少しでも触れようものなら、質問の嵐が吹き荒れるに決まってるからだ。「相変わらずだよ」

「家のほうはうまくいってる？」

ぼくはまた肩をすくめる。

「いつも通り」

「父さんも……？」

「相変わらずかって？　そうだよ」

マリア姉さんはため息をつく。

「ねえ、オスカル。そっちには友だちもいるだろうし、これまでのあんたの生活すべてがあるのはわかってる。でも、もし高校を変わってでも、引っ越してあたしのところに来たければ……」

姉さんが、

（うしろから刺してくるような）

存在もしない友だちのことを言ったときは、笑いをこらえた。姉さんのところに引っ越したら、村では決して手に入らない、あらゆる可能性に満ちた世界が開けるだろう。それに、街に住むのはすべてが変わるということでもある。新しい生活、新しい高校、新しい友だち……。過ぎたことは忘れて、またゼロから始める。

ぼくの本当の姿をだれも知るはずがないし、知ったところで、村のようにひどいことにはならないだろう。街の人たちはずっとオープンで、ぼくがどんな趣味を持っていようが、だれも気にしないと思う。少なくとも、今の学校で耐えているのと同じような地獄に突き落とされることはないはずだ。

「わかんないよ、姉さん……」どうにか答えを絞り出す。「今はまだ学年の途中だし、それに……」

「少なくとも考えてみて。いいわね？　あたしのアパートはそんなに広くないし、あたしひとりでは無理だから、あんたも学費を稼ぐためにバイトしなくちゃだけど、でも、あいつと一緒にいるより、そのほうが絶対いいから」姉さんはそこで言葉を切り、ぼくの目をじっと見る。「あたしは、出てきた甲斐があった」

ぼくはため息をつく。

「わかった。考えてみるよ」

「約束してくれる？」姉さんは念を押し、ぼくはうなずく。「母さんがあいつから離れられないのはわかってる。でも、あんたは強くならなきゃ。今のような扱いを許してちゃだめよ」

そう。だめだ。

「わかった」

「難しいんだけどね」姉さんはそうつけ加える。「あんたにとっては、なおさらにね。でも……。助けがほしいとき、あたしはここにいるから。いい？　忘れないで」

〈あんたにとっては、なおさらに〉。この言葉で、ぼくは姉さんが知っていると、おそらくずっと前から知っていたと気づく。そして、姉さんはそれを気にしていないということにも。これまでも姉さんのことは信頼していたけど、どんなことがあろうと姉さんを当てにしていいんだということを、今はっきり意識した。

「忘れないよ」

第14章

El fuego en el que ardo

> あなたはどこを走りたいの、教えてベイビー
> だってあたしは朝日のように燃えているから
> 手をとって、
> あなたもこの街をあたしと一緒に燃やせるわ
>
> 『ワイルドファイアー』
> デミ・ロヴァート

電車に乗っている間じゅう、セルヒオにメッセージを送ろうか、それとも向こうから送ってくれるのを待とうかと、ずっと迷って過ごした。試しに書いてみたけど、くだらないことしか浮かばないので全部消し、結局なにも送らなかった。もしセルヒオがまたぼくと話したいなら、向こうからなにか言ってくるだろう。

きっとセルヒオも、ぼくとまったくおんなじことを考えているんだろうな。ぼくたち、ふたりそろってばかみたいだ。

家に帰って自分の部屋に入ると、ドアノブの下に椅子を置き、すかさずマットレスの下の聖域に手を入れて、カッターと一緒に隠したスケッチブックを取り出す。開くと一枚の紙がひらひらと床に落ちる。なんだろう。拾い上げて見ると、空想でつくりあげた男の子のイラストだ。ページを破りとってはみたものの、細かくちぎるのはやめて、とりあえずしわにならないようにスケッチブックに挟んでおいたんだった。

あらためてちゃんと見て、ぼくは凍りつく。存在しないはずの男の子は、まさにセルヒオだ。いや、正確に言えば、顔にもう少し仕上げの筆を入れるだけでセルヒオになりそうだということなんだけど、基本的にはそっくりそのままだ。この絵を描くとき、顔の細かい部分にはそんなにこだわらなかったというのに、頭の形なんかはものすごく似ている。それにそのほほえみ……。イラストの笑顔は、セルヒオのとまるっきり同じ。指でくちびるをなぞりながら、

（キスしたら）

本物のくちびるをなぞったらどんなだろうと考える。

なにやってんだよ、オスカル。セルヒオのことはまだなにも知らないじゃないか。ほんのちょっと話しただけ。あとにも先にも、たった二回しか会ってないんだから。それに彼はノンケで、彼女だっているかもしれない。今まで出会った人はみんなそうだった。週に七日も女の子とヤッてるような、生まれついてのエロ男かも。期待しちゃいけない、まだ早すぎる。

だけどむくむくと、描きたい気持ちが湧いてきた。

鉛筆を手にとり、よく考えながらそこここに細かく線や影をつけ加え、顔を完成させていく。ちょっとでも失敗したらイラストが台無しだ。少しずつ、すっすっと自然に筆を走らせているうちに、存在しない男の子はセルヒオになっていく。描きおわった絵を見て満足した。完ぺきだ。すごく気に入った。

今何時かなと思ってスマホをちらっと見ると、セルヒオからメッセージが入っていた。四十

分近くも前だ。絵を描いてるといつもそうだけど、時間が飛ぶように過ぎてしまう。マナーモードにしてバイブの音にも気づかなかった自分を、このマヌケと叱りつけたくなる。
　メッセージはシンプルに「やあ」の一言で、笑顔の絵文字がついているだけだけど、ぼくはセルヒオと話したかった。まだ寝ていませんように。でも寝ているといけないから、こちらからも「やあ」と返して、送る寸前に笑顔マークを添える。すると、二分も経たないうちに返事が来た。

セルヒオ：あれ。
セルヒオ：無視してるのかと思ってた……。
セルヒオ：😢
オスカル：ごめん！
オスカル：イラスト描いてて、時間を忘れちゃってたんだ。
セルヒオ：ん、イラスト？
オスカル：そう、あまりうまくないけど。

セルヒオ：そんなことないと思うよ。

オスカル：そうなんだって。

セルヒオ：絶対、すごくうまいよ。

オスカル：絶対ちがう。

セルヒオ：描いたの見せてくれる？

うわぁぁ。

オスカル：えーと……。

オスカル：見ないほうがいいと思う。

セルヒオ：😔

セルヒオ：えー。

セルヒオ：ほんのちっちゃなイラストでも？

オスカル：うーん……。

オスカル：そのうちなにか見せるよ。

セルヒオ：約束だよ？

オスカル：約束する。

セルヒオ：よし、わかった。

セルヒオ：決まりだね。

セルヒオ：😉

オスカル：😁

セルヒオ：で、元気？

オスカル：元気。
オスカル：きみは？
セルヒオ：疲れた。
セルヒオ：寝ようとしてたとこだったんだ、もう遅いから。

メッセージを読んで、ちょっと赤くなる。更衣室での着替えを見たあとだから、ぼくはついセルヒオが（裸で）ベッドにいるところを想像してしまったけど、急いでその考えを頭から追い払う。その代わり、チャットに集中することにする。そんなことばっかり考えてると、自分がほんとのばかみたいな気がしそうだから。

オスカル：疲れてる？
オスカル：ぼくのせいじゃないといいけど。
セルヒオ：それは少しあるかも。

セルヒオ：でも心配しないで。
セルヒオ：疲れてるけど気分いいんだ。
オスカル：疲れてるのに気分がいいなんてことあるの？
セルヒオ：あるさ！
セルヒオ：楽しかったら、そのあと疲れても気分は全然悪くないよ。
オスカル：それじゃ……。
オスカル：ぼくといて楽しかったってこと？
セルヒオ：もちろん……。

そこでちょっとメッセージが止まる。
［書きこみ中……］
［接続しました］
［書きこみ中……］

セルヒオ：きみは楽しくなかった？😖

ちょっと待ってから答える。あまり前のめりになってると思われたくない。

オスカル：楽しかったよ。でも、きみにはつまらないんじゃないかと思ってた。
セルヒオ：なんで？
セルヒオ：新入りをしごくのはいつも楽しいよ。
オスカル：ひどいな。
セルヒオ：きみが考えてるよりね。

ちょっと踏みこんでみよう。

オスカル：きみはかなりいい先生だったと思うよ。だから、これからも我慢して教えてくれるとうれしいな。

オスカル：😜

セルヒオ：ぼくは喜んで。

セルヒオ：😝

セルヒオ：次は押さえこみを教えるよ。

オスカル：それって大変？

セルヒオ：かもね。

セルヒオ：😏

セルヒオ：床に押さえこんで動けなくする技だ。だからきみはぼくの思い通りになるんだよ。

オスカル：こわっ。

うそだ。すごく楽しみ。

セルヒオ：きみは上手だよ。

セルヒオ：さてと、もう寝るよ……。明日はハードなんだ！

オスカル：わかった。

オスカル：おやすみ。

オスカル：😚

セルヒオ：また明日！

セルヒオ：おやすみ😚

オスカル：おやすみ。

なんだかつかみどころのない会話。でもたったひとつ言えるのは、今日はほほえみながら眠りにつけるということ。昨日はめちゃくちゃ落ちこんだけど、今日はまた、リスカしなくていい日だった。

もしかしたらこんな日が普通になっていくのかもしれない。

第15章

El fuego en el que ardo

イケてなくたっていいのよ
自分の心に素直になるのが難しいときもある
涙を流すのは負けじゃない
傷つかない人なんていない
ただ自分らしくいて

『フー・ユー・アー』

ジェシー・J

木曜日の英語の時間、アナ先生は時間通りに入ってくると、一秒を惜しむようにすぐ切り出した。

「まずは『ウォールフラワー』の作文を出してちょうだい。提出しない人はマイナスをつけます。だから、やってきただけでも価値があるの。それから念を押しておくけど、グーグルの翻訳機能はなんの役にも立ちません。知ってるでしょうけど、使ったらすぐにわかるから」

しまった。

作文。ここのところいろんなことがあったから、すっかり忘れてた。席で小さくなって周りを見ると、みんな立って教卓の上に作文を置いていく。やっていないのはぼくだけだ。席に戻りながらダリオがぼくをちらっと見るが、すぐに視線をそらす。ぼくは席で体を縮めたまま。

ぼくが提出していないことに、たぶんアナ先生が気づいていないのはちょっとラッキー……そんなわけないか。目を上げると先生はぼくを見ていた。厳しい表情を浮かべている。普段ぼくを見るときには、まずしない表情だ。

「オスカル、作文はどこ？」

その言葉に赤くなる。教室で注目を集めるのは絶対いやだ。だってそうすると、みんながぼくの存在を思い出してしまうから。できる限り忘れ去られていたい。くすくす笑うのが聞こえるような気がするけど、現実なのかそれともぼくの妄想の産物なのかわからない。

「書くのを忘れてました」先生やほかのみんなの反応が怖くて、消えそうな声で答える。

先生は眉をひそめてため息をつく。それから首を横に振り、立ち上がる。

「ちょっと来てくれる？」

ぼくはつばを飲みこみ、立ち上がって先生のあとにつく。だれかが小さな声でぼくをちゃかしたが、だれが言ったのかわからない。

「静かに！　みんなは教科書の五十四ページを読んでから、五十五ページの練習問題をしておいて」アナ先生は戸口に立って言う。「戻ってきたとき練習問題を終えてなければ、その人にもマイナスをつけます」

教室から出た先生のあとをついて歩く。ただドアの外で話したいだけだろうと思っていたけど、そうじゃなくて、先生は廊下の別の側にある職員室までぼくを連れていく。怖くなってきた。ここにつれてこられるということは、ぼくが考えているよりずっと深刻な問題だということだ。作文を一回忘れたというだけで、そんなに困ったことになるはずないんだけど。ぼくが宿題を忘れたのはこれが初めてで、これまで成績はいつもすごくよかった。

職員室には、運よくだれもいなかった。これで、もしぼくがなにかで怒られるとしても、少なくともそういう恥ずかしいことをだれかに広められる心配はないだろう。

「オスカル、なにか飲む？」

部屋の隅に置いてあるドリンクサーバーを指して先生が訊く。一瞬、なにを言われたのかよくわからなくて、ついまじまじと先生を見てしまった。

「え？」

「コーヒー、紅茶、チョコオーレ……」飲み物を指しながら言う。「お水もあるわ。どれがいい？」

「えっと……、ほんとに？」

先生はほほえむ。

「もちろん。なにが飲みたい？」

「じゃあ……チョコ」

せっかくだから、甘えることにする。

アナ先生はうなずき、いそいそとした様子でサーバーのボタンを押す。間もなくぼくの前に、湯気のたつチョコオーレがたっぷり入ったコップが差し出された。ぼくはほほえみ、お礼を言いながら受け取るが、なにがどうなってるのかわからない。アンブリッジ先生の悪口を言ったから叱られると思ってマクゴナガル先生の部屋に行ったら、ビスケットをもらったハリー・ポッターのような気がちょっとだけする。

「叱るつもりでここにつれてきたんじゃないの」先生がまじめな顔に戻って話しはじめる。「でも、あなたの態度にちょっと驚いてるのも確か。映画が気に入ったように見えたけど、どうして作文を書かなかったの？　あなたらしくないわ」

　ぼくはまた赤くなる。

「すみません。気に入ったのはほんとだけど、でもどうしてだろう……。忘れちゃってた」

　アナ先生はまだ真面目な顔をしていたけど、すぐにほほえんだ。

「率直に言うとね、わたしにとってあなたはいちばん優秀な生徒なの」ざっくばらんな口調で言う。「一回くらい宿題を忘れたところで、どうってことはない。わたしの科目であなたは平均十点なんだから、ただ作文を忘れたくらいで成績は下がらないわ。もうこんなことはないようにしてほしいけど」先生は少し眉をひそめる。「ここに呼んだのはね、あなたが心配だからなの」

　ぼくはつばを飲みこんでから答える。

「ど……どうして？」

「その理由はあなたが言うべきだと思うけど。なにかわたしに話すことがあるんじゃない、オスカル？」

うわ、やばっ。先生が言ってるのは、ぼくが思ってる通りの意味だろうか？

「わ……わからない」

「話すことがあるのなら、言っていいのよ」目に落ちかかる金色の前髪を払いのけながら、優しい声で先生が言う。「わたしはいいとか悪いとか判断しない、絶対に」

その声には誠実さがにじんでいて、うそをついてるんじゃないとわかる。それに先生の声、先生の表情には信頼してもいいと思わせるなにかがある。このことでは先生を信用できるとわかる。

「うん……。ほんと言うと、二カ月ほど前からみんなにひどくいじめられてるんだ」ぼくは認めた。だれかに話せてほっとすると同時に、こんなことを声に出して言わなきゃいけない自分が恥ずかしいし、みじめにも感じる。だけど、これは必要なことだとわかっている。

先生は考えこむような表情で軽くうなずく。

「気づいてた」

「普段は暴言を吐かれるだけで終わるんだけど」ぼくはそこで言葉を切る。続けられるかどうかわからないけど、やってみることにする。「でもこの間はトイレで囲まれて殴られた」

先生はもう一度うなずく。もうとっくに想像がついていたにちがいない。目をつぶってなにも気づかないふりをしていたのだろう。殴られたあと、ぼくのあざは何日も消えなかったのだから。

「だれにやられたの？」ぼくに訊く。ぼくはきっぱりと首を横に振る。告げ口なんてしたら、さらにひどいことになる。先生はいらだったようにため息をつく。「ねえ、これからする質問は、必要があってするんだけど、いやなら答えなくてもいいのよ。もちろん、本音を言えば話してほしいけど」そっと笑みを浮かべて先生はつけ加える。ぼくはつばを飲みこみ、次に来るはずの質問に向けて心の準備をする。「オスカル、あなたゲイなの？」

かあっと顔が熱くなる。否定しようか、それともただ返事をしないだけにしようかと一瞬迷うが、すぐにその考えを捨てる。アナ先生は信頼できるし、本当のことを話すのがいちばんだという気もする。なによりも、きっと先生はもう知っている。

ぼくはため息をついてから言う。

「そうだよ」

「だと思ってた」先生は言う。表情を見て、先生がそのことを気にしていないとわかる。「ねえオスカル、ゲイだということはなにも悪いことじゃないのよ、わかるわね？」

「うん、もちろん」ぼくは言葉に皮肉をこめる。「だからみんな、それがぼくのせいかなにかのようにぼくの生活を台無しにするけど、でもそれ以上のことはしないんだ」

「それはただその子たちの問題であって、あなたのじゃない」先生はぼくの目をじっと見つめてきっぱりと言い、励ますようにぼくの腕にそっと手を置いた。「この村はとても狭くて、わたしたちみたいなちょっと変わった人間に対する偏見は強いわ」

〈わたしたち〉？

「でもそんなの、ぼくのせいじゃない」

「わかってる、だけどここの人たちは過去に生きてるから、わたしたち少数派はほかの人たちとあえて距離を置くのよ」先生がまた〈わたしたち〉と言うのをぼくは聞き逃さなかった。「あなたはなにも悪いことをしていない、そうなったことはあなたのせいじゃないし、それにそのこと自体もなにも悪くないのに、みんな気づいていないのよ。あなたはすばらしい男の子よ、あなたがだれを好きであっても」

ぼくはうつむき、なんだか気おくれがして黙りこむ。

「ぼくはただ、普通になりたいだけなんだ」何カ月も頭のなかでぐるぐる回っていた考えを、ぼくはようやく言葉にした。ぼくの意思に反した、裏切り者の涙があふれ出ようとするのを必死でこらえる。人前で泣くのは絶対いやだ。自分があまりに

（みじめで）

弱くて、あまりに傷つきやすいと感じるのがいやなんだ。

「オスカル、こっちを見て、よく聞いて」先生の言葉でぼくは視線を上げる。先生は険しい目をしてぼくを見ている。「あなたは普通よ。そのことは頭に入れておいて、いい？　あなたは普通なの。大多数の人と性的指向がちがっていたって、なんにも悪くない。それであなたの価値が損なわれることなんてないのよ。大事なのは、そのままの自分を愛せるようになること」

もうそれ以上こらえることができなくて、まばたきをしたとたんに涙がつうっとほほを伝って流れた。自分がみじめでたまらなくて、そんな自分が大嫌いで。

（自分が嫌い自分が嫌い自分が嫌い自分が嫌い自分が嫌い）

アナ先生が近づいてきて、ぼくを抱きしめる。最初はちょっと変な感じだったけど、なんだか元気づけられた。

「泣かないで、オスカル」ぼくの髪に口をつけて、先生がささやく。「お願い、泣かないで。あなたはすばらしいわ。頭がよくて、優しくて親切で、ハンサムで……。ねえ、これまで特別な男の子はいたの？」

一瞬セルヒオを思い浮かべたが、すぐに打ち消す。まだ知り合ったばかりだ。だれかに助けてもらって、これを乗り越えられればいいのに。でも、ぼくはひとりぼっちだ。

「いないよ」

「そう、でもきっとすぐに出会うわ。忘れないで、あなたはすばらしい男の子。それをわかってくれる人がきっとすぐに現れるわ」

ぼくはうなずくが、納得したわけではない。

「彼氏ができても、これが終わるとは正直思えない。もっと大変なことなんだ」

「そうね。だけど、普段の生活と離れたところに、このことで支えになってくれるような人がいるといいものよ。これは経験から言ってるの」

「どうしたら、みんなぼくを放っておいてくれるのかな」

「その子たちがだれか、教えてくれるつもりはないの？」もう一度きっぱりと首を横に振ると、先生は眉間にしわを寄せてぼくを見る。「ねえ、オスカル。言うのが怖いのはわかるわ。だけどそうしてくれないと、あなたを助けられない。ほんとに言わないつもりなの？」

「うん、ごめんなさい。もし言ったら、もっとひどい目にあわされるから」

先生は眼鏡を外して目をつぶり、鼻筋をそっとつまむ。そしてため息をつく。急に十歳も年を取ったように見えて、ぼくはひどく悪いことをしたような気がした。

「信用してもらえないのは残念だけど、言いたくないのを無理に言わせるわけにはいかないわね」一本調子につぶやき、すぐにため息をもうひとつ。「なにも言ってくれないのなら、わたし自身が見て、あなたをいじめていると思う人たちに対処するしかない。だから、今のところそうするつもり。だけど考えが変わったら、なんでも話してちょうだい」

「わかった」

先生はほほえみ、眼鏡をかけ直す。

「それでいいわ。よく考えてみて。それでもしこのことで話したくなったら、いじめた人の名前じゃなくてもいいから、なんでも言って。わかった？　どんなことでも、信用していいのよ」

ぼくはうなずく。

「ありがとうございます」

先生はほほえんで立ち上がる。ぼくも立ち上がり、今言われたことを思い返しながら、黙って先生のあとをついて教室に戻る。ドアを開けようとして、ふと先生はぼくのほうに向き直った。

「ところで、あなた読書が好きだったわよね」ぼくはうなずく。「この間の映画は小説がもとになっているのよ、知ってた？　ちょっと読んでみたらいいと思うんだけど」

ぼくはにこっとして答える。

「もう読んだよ」先生は驚き、ほほえみながらぼくを見る。「映画が気に入ったから、土曜日に本を買いに行ったんだ。それで週末に読んじゃった」

せいぜい数時間で読んだとは言わなかった。

先生はぼくを見てうなずく。くちびるの端が上がった。

「やっぱりあなたは特別だわ、オスカル。心配しないで。すぐにみんなもそのことに気づくから」

ぼくは引きつった笑みを浮かべる。どうか先生の言う通りでありますように。

第16章

El fuego en el que ardo

わたしが築いた壁を覚えてる？
そうよベイビー、その壁が崩れ落ちていくわ
抗うことなく
音すら立てなかったの

『ヘイロー』
ビヨンセ

そのあとは特に楽しいこともなかったが、いつもに比べれば驚くほど過ごしやすい一日だった。暴言は聞こえたがもう慣れてるし、フェルの主張に負けてずっとそばにいてもらうようになってからは、それほどひどくなくなった。おまけに家に帰っても、父さんがいつもよりずっとおとなしくて、昼食の時間はなにごともなく過ぎる。心のどこかでは、嵐の前の静けさに過ぎないんじゃないかと

(知っている)

恐れているが、あまり考えないことにして、ただこの平穏を受け入れる。

昼食が終わって部屋に戻ると、スマホにセルヒオのメッセージが届いていた。

セルヒオ：カッコー！

オスカル：……

オスカル：カッコー？
オスカル：なに言ってんの？
セルヒオ：なにを言えばいいのかわかんなかった。

オスカル：もうちょい工夫があってもいいんじゃないかな。

セルヒオ：遅いよ。
セルヒオ：どう？
オスカル：退屈。そっちは？

セルヒオ：退屈。
セルヒオ：やべ、ふたりともか。
オスカル：そうだね。
オスカル：なにしてる？

セルヒオ：なんにも。
セルヒオ：そっちは？
オスカル：なんにも。
セルヒオ：この会話、ちょっとマヌケじゃないか？

ぼくは声を出して笑い、「ハ、ハ、ハ」と書きはじめる。でもばかみたいだと気づいて、今にも送ろうとしていたメッセージを消して書き直す。

オスカル：そうだね、ちょっと。
セルヒオ：いい考えがある。
セルヒオ：もう一度やり直さない？
オスカル：いいと思う。

セルヒオ：じゃあ、きみからどうぞ。
オスカル：カッコー。
セルヒオ：また。
オスカル：どう？
セルヒオ：うん、退屈だ……。
オスカル：これじゃ前に進まないじゃん。
セルヒオ：最後まで言わせてくれ！
セルヒオ：退屈で、きみとちょっとしゃべりたかったんだ。

心臓の打つスピードがちょっと速くなる。読みまちがってるんじゃないかと、ぼくは思わずメッセージを二度見する。ほんとにぼくとしゃべりたいって？

落ち着け、オスカル。ただ、退屈だからってことじゃないか。セルヒオ自身がそう言ったばかりだろ。それ以外の意味なんてない。

そうだろ？

オスカル：なにを話そうか？

セルヒオ：わからない……。

［書きこみ中……］

［接続しました］

［書きこみ中……］

セルヒオ：自分のこと話してよ。

オスカル：自分のこと話すのすごく苦手なんだ。

オスカル：なにか質問して。

セルヒオ：ぼくは質問がすごく苦手。

オスカル：そしたらマヌケな会話に戻っちゃうよ。

オスカル：それでいいの？

セルヒオ：そうか、じゃあ……。

セルヒオ：努力してみる。

［書きこみ中……］

［接続しました］

［書きこみ中……］

セルヒオ：明日来る？

オスカル：行くって言ったよ……。

セルヒオ：もしかしたら気が変わってるかと思って。

セルヒオ：やる気になってくれてうれしいよ。

オスカル：ぼくも。

オスカル：😬

セルヒオ：きみの番だよ。

オスカル：？

セルヒオ：質問。

セルヒオ：このゲームは交代制なんだ。

セルヒオ：今度はきみの番。

ちょっとの間ためらう。変な質問をして頭悪そうと思われたらやだな。時間かせぎをすることにした。

——オスカル：そんなのないよ。

オスカル：明日ぼくが行くのは、もう知ってたじゃん。

セルヒオ：知らなかった。

セルヒオ：だから聞いたんだ。

オスカル：約束したし、ぼくは約束を必ず守る。

オスカル：だからまだきみの番だよ。

セルヒオ：オッケー。

セルヒオ：好きな色は？

オスカル：青。きみは？

セルヒオ：緑。

オスカル：好きな食べ物は？

セルヒオ：うーん……。

セルヒオ：ピザってあり？

オスカル：ハハハハ。

オスカル：ありだと思う。

オスカル：じゃあぼくもピザ。

セルヒオ：やった！

セルヒオ：いつか一緒にごはん食べることになったら、場所選びは困んないよね。

一緒にごはん？　いい響きだ。

オスカル：いいと思う。

オスカル：でも、パイナップルのピザは好きじゃなければいいんだけど……。

セルヒオ：パイナップルのピザ？？？

セルヒオ：法律で罰すべきだよ。

セルヒオ：どんな病気にかかったらそんな発想が浮かぶんだよ??

神さま、セルヒオは完ぺきです。

オスカル：ぼくもそう思う。
オスカル：じゃ、きみの番。
セルヒオ：好きなアイスは？
オスカル：チョコとバニラ。
オスカル：きみは？
セルヒオ：ストロベリー。
オスカル：これは合わないね☹
セルヒオ：でも、いいじゃん！

セルヒオ：それなら、一緒にアイスを食べるとき取り合いにならないよ。

一緒にアイスを食べる〈とき〉。〈アイスを食べたら〉じゃなくて〈アイスを食べるとき〉。もう、食べるのが決まってるみたいに。数カ月後、暑い季節になったときにも、まだ友だちでいると決まってるみたいに。ぼくの人生からいなくなってしまわないと、決まってるみたいに。

この会話、どんどん楽しくなってくる。

オスカル：ぼくの番だ。
オスカル：うーん……。
オスカル：海が好き？　それとも山？
セルヒオ：山。
セルヒオ：きみは？
オスカル：ぼくも。
オスカル：海、大嫌い。

セルヒオ：ぼくも！

セルヒオ：砂だらけだし、暑いし……。

オスカル：水はしょっぱいし、うるさいし……。

オスカル：ぞっとする。

セルヒオ：ほんとだよね。

セルヒオ：サイテー。

オスカル：じゃ、きみの番だよ。

セルヒオ：もうなんにも浮かばないや……。

オスカル：残念。

オスカル：想像力を使って。

［書きこみ中……］

［接続しました］
［書きこみ中……］

―セルヒオ：彼女いる？

え？　そう来た？　動揺したが、正直に答えることにする。もちろん細かいことは言わないけど。

―オスカル：いない。

［書きこみ中……］
［接続しました］
［書きこみ中……］
［接続しました］
［書きこみ中……］

―セルヒオ：まさか。

オスカル：まさか？

セルヒオ：なんでもない、驚いただけ。

オスカル：なんで？

セルヒオ：わかんない。

セルヒオ：きみ、イケメンだしイケてるから。

セルヒオ：だれかとつきあってると思ってた。

ぼくはまた固まる。イケメンでイケてる？　今世紀最大のお世辞だけど、もちろん、ぼくはそんなこと言ってほしかったんじゃない。まさかほんとにぼくに興味があって、つきあってる女の子、それとも男の子がいるのかどうか、確かめようとしてるんだろうか？　そんなわけない、というのをはっきりさせるためにとりあえず、もう少し探りを入れることにする。

―オスカル：ちがうよ。だれともつきあっていない。きみは？

お願いだ、いないと言ってくれ……。

――セルヒオ：ぼくもいないよ。

よし。ゴーサインが出たような気分だ。彼は男の子が好きだというのはもちろん推測に過ぎないけど、でもそうだと確信してる。だからと言ってぼくに興味を持ってるかどうかは別だけど、ああいう質問をしてきたということは……。

止まれ、オスカル。止まれ。

好きなんじゃない。好きになるはずがない。知り合ってからたった……六日？　七日？　そうだよ、気持ち的にはもっと前から知ってる感じだけど、まだたった六日しか経っていないんだ。日にちを数えてることや、明日会えると思って緊張しているということがなにかを意味してるのかもしれないけど、でも……。

やめろってば、もう。

ぼくはスマホの画面を見つめる。

[書きこみ中……]

[接続しました]

[書きこみ中……]

［接続しました］

［書きこみ中……］

なんだよ、たったひとつのメッセージを書くのに、なんでこんなに手間取ってるんだ？　ぼくは緊張で今にも死んじゃいそうだ。

［書きこみ中……］

――セルヒオ：近いうちに会えないかな。

心臓が全速力で打ち出す。これって、ぼくの考えてる意味だろうか？

――オスカル：もちろん。

――オスカル：いつがいい？

――セルヒオ：今日、これからとか？

くそっ。

オスカル：ちょっと都合が悪い。
オスカル：😣
セルヒオ：なんで？
セルヒオ：😥
オスカル：ぼくの住んでるのは街じゃないんだ。で、柔道のない日にしょっちゅう出かけたら、うちの親はあまりいい顔をしない。
セルヒオ：そうなんだ。
セルヒオ：心配しないで😌
セルヒオ：明日、柔道のあとは大丈夫？
オスカル：もちろん！
オスカル：明日は全然大丈夫。
オスカル：😁

セルヒオ：やった！
セルヒオ：😁
セルヒオ：この間のカフェに行こうよ。
オスカル：いいよ。
オスカル：陰謀の罠にはまりつづけるべきかどうかは知らないけどね。
セルヒオ：確かに。
セルヒオ：それなら、会わないほうがいいね。

オスカル：😢

セルヒオ：冗談だよ。
セルヒオ：会いたいんだ。
セルヒオ：😜
オスカル：マジで？

セルヒオ：マジで。

オスカル：😁

フェルと映画を観る約束をしていたからすぐに出かけなきゃいけなかったのに、そのあともしばらくはくだらないこととかそれぞれの好きなものとか、特になんでもないことを言い合ったりしていた。フェルの家に向かって歩きながら、ぼくはあることに気づく。

今日も一日じゅう、ただの一度もリスカしたいと思わなかった。

親愛なる神さま

あなたとぼくは、それほどうまくやってきたわけじゃないよね。ほんとのところ。隠したって意味がない。話すのなら、誠実で率直に話したほうがいい。そう思わない？

ところでぼくは、あなたが存在するのかどうか知らない。でももし存在しても、あなたとはうまくいくはずがないと思う。だってあなたは、ぼくをひたすら困らせようとしているみたいだもの。でも、きっとあなたはいないよね。だからこれは十六歳の少年のばかみたいな雑談ってだけじゃなく、なんの役にも立たない文章ってわけだ。

どうせ、実際はだれもこんなブログ読んでいないんだから。

いや、だれも読んでいないってことはないか。もし読んでる人がいるとしたら、こんにちは！　せっかく来たんだから、コメントやアドバイスを残していってくれるかな。なんでもいいけど。たぶんきみは宗教とか無神論とか、ブログを通して信じてもいない神と話してるばかな少年のことなんかを話したいんだろうね。

ああ、話がそれちゃった。

神さま？　やあ？　まだそこにいる？　ところでぼくはタメ口でいいの？　それとも敬語で話すべきかな。こういうことってしきたりはあるの？　あまり気が合わないにしても、あなたを怒らせたくはないんだ。

また、話の道筋がそれちゃってる。

はは。ぼくは道をそれている、か。わかる？　ああ、そうだね。クソ面白くもなんともないよね。

しまった、「クソ」なんて言っちゃった。すみません。これで地獄に落とされたりしませんように。ぼくたちゲイは地獄に行くなんて、ほんとかどうか知らないけど。これについての公式声明は？　どっちみち、ぼくたちの書いたものなんてだれも読まないけど。

そうだ、なんの話だっけ。ええと、さっきも言ったようにあなたが存在するかどうか知らないけど、ものごとが変わりはじめてるのはわかる。だからあなたに感謝すべきだと思う。存在したらだよ、もちろん。してるとは思わないけど。だけどいずれにせよ、ありがとう。

追伸：これと引き換えにまた教会に行けっていうことなら、今言ったことは忘れて。そんなことにはならないから。

12月10日 16：57 投稿 ｜ コメント：0

シェア　Linked In　facebook　Twitter　Google　Tumblr

第17章

El fuego en el que ardo

会ったばかりなのはわかってる
きっとばかみたいだよね
だけどぼくたちが触れ合ったときから
なにかがあったような気がするんだ

『キッド・イン・ラブ』
ショーン・メンデス

金曜日、わくわくと胸を弾ませながらスポーツセンターに着くと、この間と同じように入り口でセルヒオがぼくを待っていた。目が合ってほほえむと、セルヒオも笑みを返してくれる。近ごろはスマホで少し話すようになったけど、やっぱり直接会うのはちがう。

「来たね！」

ぼくが数メートルの距離まで近づいたとき、セルヒオが大声で言った。

「そう言ったよね？」

セルヒオは肩をすくめる。

「だって、気が変わったかもしれないと思って」そう言ってからにっこりした。「でも、そうじゃなくてうれしいよ」

ぼくがそばまで行くと、セルヒオは立ち上がった。そしてぼくをハグした。びっくりしてぼくは思わず、ちょっと

（興奮した）

茫然とした。具体的になにかを予想してたわけじゃないけど、まさかハグされるとは思わなかった。だけどハグはほんの一瞬。もっとしてほしかった。

「登録につきあおうか？」

ぼくはうなずく。まだ彼の香りが鼻さきにただよってるような気がする。ぼくと会ったことが本当にうれしそうで、なんだか幸せだ。セルヒオのあとについてロビーの右の廊下を突き当たりまで行くと、ビルの管理事務所がある。入って柔道教室に登録し、ネットで調べておいた会費を払う。父さんのお金で払わなきゃいけない自分にちょっと腹が立つけど、へりくだらないと教室に参加できないんだから仕方ない。

「柔道着のことはアレハンドロ先生と相談して」応対してくれた女の人が温かい笑顔を見せる。「先生が注文してくれるわ」

「わかりました！　どうもありがとう」

「どういたしまして。がんばってね！」

それからセルヒオと一緒に更衣室へ向かう。先週借りた柔道着を彼のロッカーに保管してもらってたからだ。セルヒオが着替えるのを横目で見てから、傷あとがばれないようにうしろを向き、まねをしてみる。この間習った通りに注意して上着をつける。一瞬、またまちがえてちゃんと着させてもらおうかなという考えがよぎったけど、ばかだと思われるからやめておく。着終わって、ちゃんとできているか三度も確かめてから振り返ると、セルヒオは「よし」という感じでぼくを見る。

「いいね！　覚えるの、早いんだ」

「きっと教え方がうまかったからさ」ぼくは肩をすくめそう言いながら、セルヒオがロッカーから黄色の帯を取り出すのをながめる。「すごい、もう黄色い帯なんだ。どのくらいやればぼくもそうなるんだろ」セルヒオは大きな声で笑い、ぼくの顔を楽しそうにのぞきこむ。ばかにされてるみたいで、ぼくは少しむっとして眉をひそめる。「なんだよ」

「オスカル、黄色の帯は初級の人が締めるものなんだよ。いちばん下が白帯で、その次だ。だからきみも数カ月で黄色になるよ」

　ほほが熱くなってきて、ぼくはそっけなく答えた。

「ああ、そう」

「でも、気にしないで」セルヒオはまだ笑いながらも、あわてて言う。「なんなら、つけてみなよ」

　セルヒオは近づいてきて、両手でぼくの腕をそっと押し、向きを変えさせる。柔道着の分厚い生地ごしなのに、全身でセルヒオの手を感じる。またさっきの香りがただよってきた。大きな鏡のなかのぼくは、ごまかしようのないほどほほを赤く染め、目を見開いている。セルヒオは真うしろにいて、片方の手をまだぼくの肩にかけて、鏡のなかの、ちょうどぼくが見ているのと同じ光景を見ている。そのことに気づき、ぼくはさらに赤くなる。

しばらくすると、セルヒオはぼくの腕をさするようにしながら手を下ろした。上着を閉じてくれるとき、おへその辺りをすっと手がかすめて、ぼくをぞくっとさせる。それから彼はぼくの帯の上にそっと自分の帯を回して、ゆっくり締めた。手があまりにも腰の近くで動くので、ぼくは柔道着のズボンがゆったりしていることに感謝する。

セルヒオはそのまま腰の上にちょっと手を置き、それから離した。

「どうかな？」耳元でそうささやかれ、ぼくはくすぐったいのと同時にうぶ毛が逆立った。「似合うよ」

振り向くと、セルヒオの顔がすぐ近くにある。青い目がじっとぼくの瞳を見つめている。ぼくは一瞬息が止まり、このあとどうなるんだろうなんて考えてしまう。セルヒオはささやいた。

「練習に遅れちゃうよ」

ぼくは思わず声を出して笑い、帯を外して彼に返した。

「帯の色っていくつあるの？」帯を締めるセルヒオを見ながらぼくは訊く。「白、黄色、黒のほかに」

「主な色を順番に言うと白、黄色、橙、緑、青、茶、黒」セルヒオは数え上げながら帯を締め終わる。「それからもちろん、中間色がある」

ぼくは眉をひそめる。

「中間？」

「そう、普通はひとつの色から直接次の色に行くわけじゃなくて、まずは中間色に移ることになる」鍵を閉めるために自分のロッカーのほうへ行きながらセルヒオが説明する。「白と黄色、黄色と橙、橙と緑、って感じで」

「ややこしそうだね」

「全然。覚えちゃえばすごく簡単だよ、すぐわかるさ」笑いながらそう言った。

練習場に向かいながら、セルヒオが何度か繰り返してくれたので、ぼくはちゃんと順番どおりに帯の色を言えるようになった。難しそうだけど、要領がわかるまでそんなに時間はかからなかった。練習場には、すでに何人かの生徒とアレハンドロ先生がいた。

「新しい仲間だよ！」セルヒオが大声で言うと、皆が振り向いてぼくを見た。近寄ってきて自己紹介し、大仰に歓迎してくれる子もいる。みんなに受け入れられ、ぼくはまたちょっと赤くなる。

「とうとう決めたんだね？」ぼくの肩をポンポンと叩きながら、アレハンドロ先生が言う。

「はい」新入りのぼくをみんながうれしそうに見てくれるので、ぼくはなんだか幸せで、にっこり笑いながら答える。「さっき登録したばかりです。」

「よく決めてくれた」

受付の人に言われたように柔道着のことをたずねると、先生はぼくのサイズを訊いてから、次の火曜日に届くようにしようと言った。あとから来た生徒がそろったところで、ぼくは先生に言われて自己紹介する。高校とは大ちがいの和気あいあいとした雰囲気にぼくは、長いこと水のなかに潜ったあとできれいな空気を吸いこんだときのような、暗闇のなかで長時間過ごしたあとでやっと光を見たような気持ちになった。

ここでやっと、自分自身になれそうな気がした。

一通りのウォームアップをみんなと一緒にやってから、またセルヒオとペアになる。全体練習には加わらずに、離れたところでセルヒオから引き続き初歩を教わるんだけど、もちろんぼくに不満のあるはずがない。この間教えてもらった体のつかみ方と決め技をおさらいすると、その大部分をぼくが覚えていたので、セルヒオは満足そうな顔になる。

技のひとつを使ってセルヒオを床に投げ飛ばそうとするが、うまくいかない。それなのにセルヒオがやると、ほとんど力を入れた様子もないのに、ぼくはなんの抵抗もできずにあっというまに畳の上に倒れてしまう。すぐにセルヒオはぼくの上に覆いかぶさり、力をこめて体を抱えこむ。ぼくの心臓は

（興奮して）

ドキドキしはじめるが、すぐに、今なにをしているのか思い出した。今日は「押さえこみ」を教わるって言われてたんだった。ぼくはセルヒオの腕から逃れようとしてみるができない。体がしっかり床に押しつけられている。もう少し強くもがいてみたが、やっぱりだめ。どうかみんなの注意がほかにそれていて、ぼくのズボンに気づきませんように。

「逃れられそう？」セルヒオが訊く。

「きみはどう思う？」ぼくはどうにか声を絞り出す。

「逃れられないと思ったら、畳を二回叩かなきゃならない」説明しながら、その動作をやってみせる。「それが降参の合図なんだ」

ぼくがあわてて畳を叩くと、セルヒオはぼくを放して立ち上がる。ぼくも立ち上がろうとすると、手をつかんで支えてくれた。

「あんなに強く押さえることなかったのに」眉をひそめて筋肉をさすりながらぼくがこぼすと、セルヒオは肩をすくめる。「ぼくが初心者だってこと、忘れないでよ」

「新入りってだけで、やりやすくしてあげるとでも思ってるの？　ここに入ればみんな同じだよ」

「そんなの不公平だ。きみは前からやってるのに、ぼくはまだ自分の白帯さえ持ってないんだよ」

「確かに最後に入ったのはきみかもしれないけど、初心者はほかにもいるよ」セルヒオはほかの白帯の子たちのほうに顔を向けて言う。「彼らと試合をするなら、もう条件は同じだ。だからもしぼくがわざと負けたりしたら、全然きみのためにならない。そうやって上達していくしかないんだよ、そうだろ？」

＊＊＊

あっという間に終わりの時間が来ると、練習よりハードな試練がぼくを待っていた。シャワーだ。前回はほとんどなにもしていないに等しかったから、それを言い訳にしてシャワーは浴びなかったけど、今日は逃げ道がない。だって今日は押さえこまれてもがいたりしたから（楽しかった）

かなり汗をかいていた。セルヒオに先に行ってもらおうと思って、アレハンドロ先生との話を長引かせたりしたけど、なんの役にも立たなかった。彼はドアのところで話が終わるのを待っていたから、一緒に行くしかなかった。

シャワーを浴びずに出ていくためのいい口実が浮かばないまま更衣室に入ると、みんなはなんのためらいもなく人前で裸になっている。どうしてあんなに楽しそうに他人に体を見せられるのか、さっぱりわからない。千年かかってもぼくには無理だ。

でも、セルヒオは勘が鋭い。

「どうした？　シャワーが恥ずかしいのか？」セルヒオが訊く。笑いを押し殺そうとしているみたいだけど、あまり成功していない。「心配すんなよ。最初は裸を見られるのを恥ずかしがるやつも多いけど、すぐに慣れるさ」

ぼくは赤くなってうなずいたけど、心配なのは裸を見られることでも、ほかの人のをぼくが見ることでもない。心配なのは、せっかくしっくりいきそうな場所が見つかったのに、ぼくの体が思わぬ反応をしてまた学校で起きたことが繰り返されること。楽しみをみつけることの大事さを思い出してしまったあとで、柔道を失うなんて耐えられそうにない。

それに、最近は全然リスカしてないけど、だれかに傷あとを見られるのはやっぱり怖い。ほとんどは近くで見ないとわからないけど、青白いぼくの肌で目立ってしまうピンクの傷も多いし、最後につけた傷はまだ赤い色をしている。

「心配すんなって。すぐに慣れるさ」セルヒオが念を押す。

「ぼくのこと、ばかだって思ってるでしょ」

「心配ないって、マジで。なんてことないよ、最初は恥ずかしがるやつが多いんだ」セルヒオが繰り返す。「よし、じゃあこうしよう。ぼくは先にシャワーに行くけど、きみはここに残る。それでだれもいなくなったら、きみも行けばいいんだよ。ほら、ひとりずつの仕切りがあるし、曇っててよく見えないだろ」そう言いながらシャワーブースを指す。「だれにも見られないですむよ」

「わかった」それでもまだ気おくれがして、か細い声になった。

誘惑に耐えきれず、こちらに背を向けて服を脱いでいるセルヒオをちらっと見ると、すぐ真っ赤になってしまう。裸を見ちゃった。今日何度目かのズボンの軽い圧迫を感じ、やだなと思うと同時にどこか心地よさもあって、ため息が出そうになるのをこらえる。いまいましいホルモンめ、ちょっとは休ませてくれ。セルヒオが振り返ったとき気づかれないようにぼくはうしろを向き、スローモーションとまではいかない程度に、できるだけのろのろと着替えやタオルをリュックから取り出す。

「お先に！」セルヒオが声をかける。チラ見しないように全力で我慢しようとするけど、意志が弱いぼくはつい見てしまう。すると驚いたことに、セルヒオは腰にタオルさえ巻いていないものだから、今度はしっかりその体が見えてしまった。

ぶっちゃけて言うと、いいお尻だ。

だめだ、こんなこと考えてちゃいけない。ちょうどだれもいなくなったので、ぼくはあわてて服を脱ぐ。腰にしっかりタオルを巻き、だれにも見られていないのを確かめてから、空いているシャワーブースに駆けこんだ。なかに入ると、必要最低限の時間をかけ、目いっぱい急いで体を洗った。

セルヒオがまだ出てきていないのはよかったけど、ぼくより先にシャワーを終えた子たちはいる。恥ずかしくて死にそうで、つま先から髪の生え際まで真っ赤になり、ぼくは急いで服を着る。周りの濡れた裸の体を目にとめないようにがんばったけど、なにも見ないというわけにはいかなくて、ぼくは全身の血の流れが速くなるのを感じる。それから大急ぎで更衣室を飛び出し、外でセルヒオを待つことにした。

シャワーを浴びないですむような、うまい言い訳を考えなきゃ。毎日こんなだったら

（カッターが恋しくなる）
どうやって我慢すればいいんだろう。

El fuego en el que ardo

これまでのこと

傷心がわたしたちの国歌
高らかに歌い上げるわ
踊るのに忙しくて
驚いている暇はない
そうよベイビー、
わたしたちは新しいロマンチスト
最高の生き方は自由でいること

『ニュー・ロマンチックス』
テイラー・スウィフト

「悲しいな」

「ダリオのことで？」

「なにもかも。もうダリオが、とかじゃなくて……、全部。わかんないよ。ぼくはただ幸せになりたいだけなんだ。どうしてなれないの？」

「なれるよ」彼はきっぱり言った。「これがうまくいかなくても、時間の問題だ。今にわかるさ」

「ぼくはただ、自分を愛してくれる人に会いたいだけ。ぼくをちゃんと扱ってくれる人。これって欲張り？」

彼は同情と優しさの混じった目でぼくを見た。

「なあ、ぼくらはまだ十六歳だよ。出会えるって。今にわかるよ、心配しないで」

ぼくは「ははっ」と乾いた笑い声を上げた。

「こんなクソみたいな小っちゃい村でか？　どうだろうね」

「いつまでもここに住むわけじゃないんだし。そうだろ」

それがわかっていたところで、そのときのぼくにはなんの役にも立たなかった。

「じゃ、それまでぼくはどうしよう」

彼は肩をすくめた。

「とりあえず……、きみにはぼくがいるよ」

「ああ、ぼくがこんなじゃなかったらなあ。ぼくがノーマルならよかったのに」

フェルはすごく真剣な顔をしてぼくの目を見た。これまでの会話で初めて、怒っているように見えた。

「もう二度とそんなこと言うな。きみはノーマルだよ。そりゃ、きみは男が好きかもしれないけど、それのどこが問題なんだよ？」

「いや、でも……」

「もう『でも』は、なしだよ。自分が自分を好きにならなきゃ、だれもきみを好きになんてならないよ」フェルは言い切った。「だからそこから始めなきゃ」

「その通りだ」

「ねえ、男とそうなったことある？　教えてくれてもいいだろ、ずっと聞いてみたかったんだ」

顔がかっと熱くなった。本当のことを話していいかわからなかったから、時間をかせぐことにした。

「なんのことを言ってるの？」

「うーんと……。キスしたことある？」

　ぼくが首を横に振ると、フェルはほほえんだ。それから顔を近づけてきて、ぼくのくちびるにキスをした。激しいキスなんかじゃなくて、ほんの数秒間くちびるをかすめたくらい。舌さえ使わなかったのに、ぼくの体じゅうのうぶ毛が逆立ち、ほほが赤くなるのがわかった。顔を離すと、フェルがぼくの目を見た。なにを言えばいいのかわからなかった。

「もう経験ありだね」

「なぜこんなことを？」

　息を切らしながら、ぼくはようやくそれだけ聞いた。ほかになにを言えばいいかわからなかったんだ。

　フェルは肩をすくめた。

「本で読んだんだ。世の中にはいやなやつがいっぱいいるから、ファーストキスはきみを愛してくれる人とするのがいいって」

「きみ、ゲイなの？」そんなはずないと思いながら訊くと、フェルは声を上げて笑った。

「ぼくが？　もちろんちがうよ。だってラウラといちゃつくたびに興奮しちゃうんだぜ。知らないだろ、ぼくがどれほどやりたくなるのか……」

「それで？」ぼくはフェルの話をさえぎった。あまり細かいことは聞きたくない。

　フェルはまた肩をすくめた。

「ぼくが伝えたかったのは、ファーストキスには意味があるってこと、それだけ。いやだった？」ぼくは首を横に振った。まだ、ちょっとぼうっとしてた。「それに、これはテストでもあったんだ」フェルはほほえみ、つけ加えた。「これでぼくがゲイかどうか証明されたからね」

ぼくはこらえきれずに声を上げて笑った。

「で、どうだった？」

「絶対ちがう」

それからしばらく、ふたりともなにも言わなかった。

「ありがとう」ぼくはようやく、ぽつんと言った。

「お礼なんて言う必要ないよ」

第18章

El fuego en el que ardo

どうかぼくを
夢や空想のとりこになったただの少年だとは思わないで
見えないだれかに
手を差し伸べようとしているぼくを見て
ぼくの手をとって
明日ぼくらが目を覚ます場所を見よう

『ロスト・スターズ』
アダム・レヴィーン（映画『はじまりのうた』主題歌）

「アイスコーヒーにする？」

カフェに入ると、先週のぼくのうそを思い出したセルヒオがたずねる。いつかきっと本当のことを言わなければと、頭の隅にメモをする。どんなに小さなことでも、ぼくたちふたりの間に秘密をつくりたくないんだ。

そんなことより話さなきゃいけない大きな秘密はあるけど、それはまだ難しそうだから。

「いや、実を言うと、今日はあまりコーヒーの気分じゃない。ホットチョコレートのほうがいい」

飲み物を注文し、この間の席がまた空いていたのでそこに座る。お客さんのなかには先週も見た顔がちらほらある。どうやら自分の席を決めている人が多いらしい。ぼくはちらっとテーブルを見て、なんだかぼくたちのものになりはじめたような気がして笑ってしまう。こういうの初めてだけど、ふたりのためのものがあるっていう感覚は悪くない。

「ほんとのこと言うと、この間はもっとしゃべりたかったんだ」

向かい合って座り、セルヒオが言う。大きな青い目で見つめられると、心の奥底まで見られているような気がする。抑えようとするけど、つい笑みがこぼれてしまう。

「ぼくも」本音が出た。「実際、まだきみのことなにも知らないよね。いくつ？」

「十七歳」頼むぞ、オスカル。走って逃げたくなかったら、映画『トワイライト』に出てくるようなまぬけな台詞を引用なんてするんじゃないぞ。そんなぼくの気持ちをよそに、セルヒオは訊く。「きみは？」

「十六歳」

セルヒオは驚いたみたいだ。

「ほんとに？　もっと上に見えるよ」

「まさか」ぼくは鼻を鳴らす。「いつも、年の割にはチビだって言われるんだよ。子どもみたいだって」

このことがいじめられることと関係しているんだろうかと、しょっちゅう思う。体つきが子どもみたいだから餌食になりやすいんだ。

「どうしてかな、きっと話し方のせいだね」セルヒオが肩をすくめる。「でもぼくには、子どもになんて見えないよ。全然」あいまいな笑みを浮かべてつけ加えた。

「まあいいけど……。それじゃ、十八になるのはいつ？」

「五月。だからあと数カ月は、悪いことをしても刑務所に行かない。きみはいつ十七歳になるの？」

「もうすぐだよ。二月だから」

「そうか、やっぱりあと数カ月だね。なにか、特別にお祝いとかするの？」

「ううん、なんにもしない」ぼくは肩をすくめた。「たぶん親友と、親友のカノジョと一緒にお茶でも飲みに行くと思うけど、たぶんそれだけ……。ぼく、高校にあんまり友だちいないんだ」

　そう言うと、セルヒオはちょっと気の毒そうな顔をした。

「理由を訊いてもいい？」

　ほんとのことを言うべきかどうかわからない。心のどこかから「そうしろ」という声が聞こえてくるけど、やっぱり怖い。昨日の先生とのこともあるし、二日足らずで二回のカミングアウトはたぶんやりすぎだ。そして二度目はうまくいかないかもしれない。きっと彼は完全なノンケで、ゲイだってことを知ったら、もうぼくにそれ以上の興味をなくしちゃうだろう。でももしそうなら、もちろん少しでも早くノンケだってことを知っておいたほうがいい。だって、彼との可能性がないのなら

（ぼくのこと好きじゃないのなら。ちぇっ）

　夢を見てからがっかりする前に、できるだけ早く知ったほうがいい。ここは学校とはちがう。

もしいじめが始まったら、教室をやめてしまえばいいことなのだから。

だけど本当は、そんなことになりたくない。いろんなことがあったあとで、やっと自分の居場所、しっくりくる場所が見つかったような気がしているところなのに。

いずれにしても、セルヒオが男の子も好きだということはかなり確信している。そして、彼もぼくのことを疑ってるとしたら？　たぶんもうぼくが抱えてる問題に見当がついていて、質問はその疑問を確認する以上の意味はないんだろう。そうじゃなくても、ぼくはなにも失うものはない。ちょっとためらってから、本当のことを言おうと決めた。

「ぼくの住んでいるのは小さな村で、同性愛嫌いの人が多いんだ」言葉を選びながら説明する。まだぼくには〈ゲイ〉という言葉を大きな声で、しかも自分に当てはめて口に出す勇気はない。「実を言うとそれでクラスメートともうまくいかないんだ」

セルヒオはうなずきながら考えこんでいる。眉をひそめているのは同情のせいなのか、それともほかの気持ちの表れなのかはわからない。

「わかるよ」

ちょうどそのとき、ウェイトレスが飲み物を運んできた。ぼくらがなんだかどぎまぎして顔を見合わせている間に、飲み物をテーブルに並べ終えたウェイトレスはにこっとして去っていく。そのあとも、ふたりともなにも言い出せずに、気まずい時間がしばらく続いた。そしてぼくが口を開こうとしたちょうどそのとき、セルヒオのほうから沈黙を破った。

「ぼくも最初はいじめられてた」

カップを見つめ、消えそうな声で告白する。その表情と声がいつものセルヒオとはかけ離れていることに、ぼくは驚いた。

だけど大事なのはそこじゃない。セルヒオが認めたことだ。彼にもつらい時期があったことを喜ぶわけにはいかないけど、ぼくは気持ちが軽くなり、思わずため息を漏らす。セルヒオもそれに気づき、怒るどころか、またぼくの目を見ながら恥ずかしそうに笑った。それを見て脈が速くなり、急に暑くなってきた。ぼくは上着を脱いだ。

「家はこの近くなんでしょ」再び沈黙があってから、ぼくがたずねる。

「うん」

「じゃあ、ぼくとはちがうよ。街の人はこういうことにずっとオープンで、おおらかそうだもん。だけどぼくの村なんて……、そりゃもう、すごいよ」

「想像つくよ。ひどいことされるの？」

そっとうなずくと、それ以上セルヒオの目を見ていられなくて、今度はぼくがカップを見つめ、こぼれそうになる涙をこらえる。

「毎日が拷問の連続だよ。ぼくをいじめて、暴言を吐き、野次る……。ときどき、先生が教室に入ってきてもやめないことがある。でも、いつもはみんな、見つからないようにすごく気をつけてる。ひとりだけ、いじめに気づいてぼくの味方になってくれる女の先生がいるんだけど、ほかの先生は見て見ぬふりをしてるのか、それとも、どうでもいいと思ってるのかもしれない。たぶんその両方なんだろうね」

「殴られたりもするんでしょ？」セルヒオの勘の鋭さに驚きながら、ぼくはうなずく。「だからこの前、目にあざができてたのか。だから柔道を始めたんだね。自衛のために」

もう一度うなずくと、こらえきれなかった涙がすっとほほを伝った。セルヒオが腕をのばして、指でぼくの涙をぬぐう。触れられてぼくはぞくっとする。心地のいい感覚だ。

「実際は、そんなにしょっちゅう殴られるわけじゃないんだ」ぼくは説明を始める。「この間のは例外だった。でも……、それでもぼくはやつらから身を守りたいんだ。もう二度とみじめな思いはしたくない」

最後の言葉で声が震え、涙が止まらなくなった。だれにも気づかれないように、声を押し殺して泣く。他人に見られるのは恥ずかしかった。でも目の前で泣かれたセルヒオは、どうすればいいのかわからない様子だ。ぼくのせいで困ってるにちがいない、そして

（抱きしめてほしい）

ぼくを嫌いになってるにちがいない。そう思うとぼくはますます悲しくなる。

だけど突然セルヒオの手が伸びてきて、ぼくの手をつかんだ。そばに置いたホットチョコレートよりもっとあったかい手が触れて、ぼくは反射的にびくっとする。視線を上げると、セルヒオの笑顔がそこにあった。

「ひとりじゃないよ、オスカル。まだ知り合ったばかりだけど、ぼくはいつもきみのそばにいるって知っててほしいんだ。いいかい？」

「ありがとう」ぼくは心からそう言って、まだ涙が出ているのに顔がほころんだ。空いているほうの腕を上げ、袖で顔をふく。「みっともないとこ見せちゃった。ほんとに、知り合ったばっかりなのに……。居心地悪いよね、ごめんね」

　セルヒオは首を横に振る。

「なに言ってんだよ。ずっと張りつめてたんだろ、泣くのは当たり前だよ。だれだって、ときどき涙を流す必要があるんだ。だれかに気持ちを打ち明けられるようになるのも大事だよ……」そこでちょっとためらってから、セルヒオは少し声を低めてつけ加えた。「ぼくはきみに、おかしなことをしてほしくないんだ」

　その言葉を聞いてぼくは青ざめ、目を見開いた。涙がぴたっと止まる。彼は傷あとに気づいたのか？　見られないように気をつけて着替えたけど、でも……。いや、見られたはずはない。見られていたら、そのときなにか言われたはずだ。そう、偶然にちがいない。なにも見られたはずはないんだから。

　少なくとも、そうだと思いたい。

「ど……どういう意味？」

「うまくいかなくても、大切な人たちを信用しなくちゃってことだよ。その人たちはきみを助けてくれる」

「そんな人、あまりいない」

「親友がいるんだろ？」セルヒオはたずね、ぼくはうなずく。フェルのことはもう話していた。

「それでひとり。その子のカノジョもいるよね。それから先生。あと、ぼくもいるよ」遠慮がちにつけ加えた。

「それじゃ、きみはぼくの友だちってこと？」

セルヒオはどこか悲しそうにも見える笑みを浮かべる。

「きみがそう思うのなら、そうだよ」

〈きみがそう思うのなら〉

「ありがとう」

「お礼なんて言わなくていいよ」

＊＊＊

カミングアウトというハードルを越えてしまうと、話題はもっと日常的なことになった。特に深い会話というわけじゃないけど、音楽の好みがかなり似ていることがわかった。連続ドラマとか映画の好みはそんなには似ていない。だけど映画のことを話すセルヒオはすごく印象的だ。とことん、映画にとりつかれてる。

「根本的には、ぼくは俳優になりたいんだと思う。「残念ながら、演技にはあまり向いていないけど」とセルヒオ。「でも監督とか、製作に関する仕事もすごく好きだから、視聴覚コミュニケーション学科に入って学べることはなんでも勉強したいんだ。だから、いつか自分の映画を撮るのが夢かな。それが無理でも、プロデューサーになりたい」

「どんな映画をつくりたいの？」

「わからない？」Tシャツにプリントされたキャプテン・アメリカの盾を指して言う。「スーパー・ヒーローものを撮りたいんだ」

ぼくは片方の眉を上げる。

「マジで？」

「マジで。映画を撮りたい人間の希望としては、きっと深くもなければ普通でもないんだろうね。だけど小さいころからの夢なんだよ」

「ぼくは演技をしたいな」少し考えてから、ぼくは打ち明けた。

「マジで？」

「うん。ああ、でも実際にやったことはないよ。どこかの劇団かなにかに入りたいけど、ぼくの村にそんなものないし、だから……」

「大丈夫、大学に行けばできるさ」セルヒオが励ましてくれる。「始めるのに遅すぎることなんてない」

「そうだね」

「それに、これで少なくとも俳優がひとりできたわけだから、ショートムービーとかそういうのを撮れるよ。きみが演じてぼくが監督する。どう？」

ぼくは声を立てて笑った。

「すごいと思う」

映画の次は本の話をした。セルヒオはなにがなんでも読まなきゃいけない本をぼくに勧めてくれた。スマホでタイトルを表示して、そのうち何冊か貸してくれるらしい。

「『きみに太陽を』は読まなきゃだめだよ。マジで。宝石のような小説だ」

「知らないな。ちょっと気取ってるように聞こえるけど」

セルヒオはむっとした表情になる。

「気取ってる？　全然。すばらしいよ」

「きみがそう言うなら……」

「読まなきゃいけないんだって、マジで」セルヒオは言い張る。「絶対好きになるよ。それに、主人公がやっぱりゲイなんだ、それで……」

自分が言ったことに気づいて、セルヒオはぴたっと口をつぐむ。ふたりの間でその言葉が出たのは初めてだ。ぼくはほほえんでセルヒオを見た。

「貸してくれる？」

「今度持ってくる」

今度。すごくいい響きだ。

気がつくと夜になっていた。もう行かないと帰りの電車がなくなってしまう。ぼくが立ち上がると、セルヒオは駅まで送ると言い張った。

「ところでさ、この週末は忙しいんだけど、次の週は暇なんだ」ぼくがホームへ向かおうとしたちょうどそのとき、セルヒオが言った。「お茶でも飲みにいかない？　土曜日とか？」

ぼくはにっこり笑って、間髪入れずに答えた。

「いいよ」

これまでのこと

すべてがどん底、あたしたちはただの野蛮人
シャツとタイ、結婚の影に隠れて
どうしたらなにかを期待できるというの
あたしたちはただの動物
まだ這い方を覚えてるところ

『野蛮人』
マリーナ・アンド・ザ・ダイアモンズ

学校に着いたときに聞こえてきたくすくす笑いの意味が理解できなかった。気がつくとみんながこっちを見ていた。みんなこそこそかくれてぼくを指さしている。なかには隠そうともせず指さし、ぼくとすれちがうときに笑うやつもいた。ぼくは自分の服装をざっと点検した。場ちがいってわけじゃない。パジャマを着てもいないし、Ｔシャツが裏返しなわけでも、ハトの糞がくっついてるわけでもない。スマホを取り出して画面に顔を映したが、なにもついていなかった。いつもと同じだ。

一瞬、ダリオがなにか言ったのかなと考えたけど……、でも、ちがう。ダリオが怒っているのはわかっていたけど、あいつがぼくになにかをできるはずがない……。少なくとも、そう思いたかった。だって、親友なんだから。

廊下を通って教室に着くまで、くすくす笑いはずっとぼくにつきまとっていた。入り口で見えたのは、カルロスやその取り巻きと笑っているダリオの姿。珍しい組み合わせだ。ぼくが教室に入るとすぐ、ダリオたちは隠そうともせず笑いはじめた。そのときになって初めて、最悪の事態が起きたのかもしれないと怖くなった。

だしぬけに数学の教師が入って来ると、笑い声はぴたっと止んだ。みんな自分の席に着いたが、あいかわらずちらちらとこちらを見てくる。

「教科書を出しなさい」先生が言う。「静かに！」そうつけ加えたのは、カルロスが先生の言葉を聞いて笑い声を上げたからだ。

ぼくは教科書を取り出し、そして、見た。表紙に油性ペンのでかでかと目立つ文字で、〈**ぼくはおかまです**〉という、シンプルだけどインパクトのある文が書かれていた。ぞっとして辺りを見回すと、クラスの半分が、ぼくをじっと見ながら笑いをこらえている。ぼくのリアクションを待っているのだ。どうすればいいのかわからなくて、考えもせずに表紙を根元から引きちぎった。何人かが隠しきれずに笑い声を立てるのが聞こえた。

ありえない。

知っていたんだ。

みんな知っていた。

これまで通りの生活は、もう終わった。

ときどき笑ってみるのって、びっくりするほど簡単だ。

12月11日 22：50 投稿 ｜ コメント：0

シェア Linked In facebook Twitter Google Tumblr

第19章

El fuego en el que ardo

あきらめるべきかしら？
それとも自分の道をただ追いつづけるべきなの？
たとえどこにもたどり着かないとしても

『チェイジング・ペイブメンツ』
アデル

朝になってブログをチェックすると、コメントが一件ついていたので驚く。思い返してみたが、記憶がちがっていなければ、開設してからこれが初めてのコメントだ。

> きみが幸せそうなのでうれしい。:)
>
> 投稿者：匿名　12月11日23時57分

正直に言えば、コメントとしてはそんなに大したものじゃない。だけどそれでも、ひとりの人がわざわざブログを読んでくれて（開設したとき、ほんとにこれを読む人がいるなんて考えてもいなかった）、その上どれほど短くても、少なくとも何秒かかけてコメントを書いてくれたんだ。ぼくにとって計り知れないほどの価値があった。額縁に入れて飾っておこうかと思ったほどだ。

　返信しようと思ったけど、ぼくへの最初のコメントに、ただ「ありがとう」だけじゃいやだった。それでどう書こうかと考えながら画面を見つめているうちに、十分ほど経ってしまった。

> きみがだれだか知らないけど、ほんとに、どうもありがとう。
> だれかが自分のことを気にかけてくれるのは、力になるよね。 :)
>
> 投稿者：ロストボーイ　12月12日13時17分

元気が出たのでツイッターに入ると、そこではまた別の驚きが待っていた。ブログと同じ内容を書いた昨夜のツイートに、なんと「いいね」がふたつとリツイートがひとつ、ついてたんだ。これはぼくのツイッター史における画期的な出来事だ。おまけに、フォロワーもひとり増えた！　知らないうちにツイート界のスターになっちゃってたらどうしよう。

それからメンションも一件あった。

> **@Pablx9**
> **Paul Pinkman**
> @LostBoy_99　なにかいいことあったみたいだね :)（8時間前）

ぼくは急いで返信した。まあ、ぼくがツイート・スターの地位に達するにはもう少しかかるから、こういうこともできちゃうわけなんだけど。

@LostBoy_99
Lost Boy
@Pablx9　そうだと思う：）（0分前）

ちょうどそのとき、まるでぼくの心を読んだかのように、セルヒオからメッセージが入った。

セルヒオ：カッコー。
オスカル：また。
セルヒオ：おはよう！
オスカル：おはよう。

オスカル：😊
オスカル：よく寝た？

セルヒオ：ぐっすりね。

セルヒオ：😁
セルヒオ：きみは？
オスカル：よく寝たよ。
オスカル：😁
オスカル：今日の予定は？

セルヒオ：クラスメートとお昼を食べる約束がある。
セルヒオ：だからほんとは、もうシャワー浴びて行かなきゃ。
セルヒオ：ただ「おはよう」を言いたかっただけ。
セルヒオ：😊

なんだろ。なんかもう、めちゃくちゃかわいい。

オスカル：じゃあ、行きなよ。
オスカル：ぼくのせいで遅れてほしくない。
セルヒオ：はいはい。
セルヒオ：今夜話せる？
オスカル：いいよ。
オスカル：😉
セルヒオ：じゃあ、シャワー浴びるよ。
セルヒオ：またね！
オスカル：楽しんでね！
セルヒオ：シャワーを？😝

オスカル：😒
オスカル：友だちとだよ😂
セルヒオ：😜
オスカル：ほら、遅れちゃうよ。
セルヒオ：はぁぁぁぁい。
セルヒオ：じゃね！
オスカル：またね。
オスカル：😁

たとえ、ばか話と「おはよう」の挨拶を言うためだけでもぼくのことを思い出してくれたのがうれしくて、ため息をついた。だけどまだ時間は早いのに、もうやることがない。退屈で、フォローしている人たちのツイートをちょっと眺めたけど、すぐに飽きた。ほんとのこと言うと、ぼくはツイッターの面白さがよくわからない。仕方がないからメールを開いて、下のほう、古いのからチェックしていく。最初のふたつはいつも通りスパムだ。三番目は……。

三番目、木曜午後のメールでぼくは凍りつく。〈オカま〉という件名だけで中身は一目瞭然だ。文字の使い方もなんだか変。見なくても中身は予想できるけど、とにかく開いてみる。心臓がドキドキしている。ダウンロードするわずかな時間が、ぼくには永遠にも思えた。

> おい、オカマちゃん。もしあのことを話そうト思つたら、おれたちはおまえのにんせいをめちゃくちゃにするからな。いいな??

心がずきっと痛んだのは脅し文句のせいか、それとも「人生」を「にんせい」って書いてるせいか、正直言ってわからない。どっちにしても胃がむかむかして吐きそうになる。ぼくはこういうの、だめなんだ。どうしてこいつらは毎日毎日、こんなにしつこくぼくを傷つけようとするんだろう。まだ傷つけ足りないとでもいうのか?

やつらはぼくが死ぬまでやめないんじゃないかと、ときどき思う。

きっとやつらは、それを望んでる。

きっとやつらは、いつかぼくが深く切りすぎて、起こるべきことが起こるのを待っている。

ぼくはメールを削除したが、すぐに後悔してごみ箱を開き、元に戻す。いつか、このばかどもに突きつける証拠として必要になるんじゃないかと思ったからだ。パソコンを消して

（リスカしたら）

寝転んで本を読むか、映画でも見たらたぶん気分転換になるんじゃないかと思う。だけどその代わり、ぼくはマゾだから受信トレイに戻って下から順に見ていくと、昨夜も同じ件名で同じアドレスから来ている電子メールがあった。もちろん、ぼくの人生を台無しにしつづけるために書かれたものだ。

> どうした？　返事はないのか？
> よお、マジでか⁇　なにかしゃべってみろ、ひどい目にあうぞ。

最後のメールはほんの一時間ほど前で、もっと簡単なものだったけど、それを読んだときは身の毛がよだつ思いがした。

> しゃべったら、おれたちはおまえころす。

どうしたらいいのかわからなくて、ぼくは目をぎゅっとつぶる。絶対にぼくをほっといてくれないってことか？　大したことは望んでいない、ただ幸せになりたい、そっとしておいてほしいだけ。いや、幸せでなくたっていい、ただ静かに生きさせてくれるだけでかまわない。だけどたったそれだけのことが、すごく大それた望みに思える。

ふと窓の外に目をやると、雨が降っている。ぼくはまたツイートすることにした。

@LostBoy_99
Lost Boy
ときどき、前へ進もうとすることになんの意味があるんだろうって思ってしまう。
（0分前）

皮肉にも、だれかがぼくの昔のツイートに「いいね」をつけているのを見つける。ベッドのほうをちらっと見て、自分自身と闘う。しっかりしろ、ぼくは今、進歩しはじめたんだから。ぼくの人生は今、ついに変わりはじめたんだから。だけど誘惑はあまりにも強い。今受けた傷は、あまりにも深い。

カッターを取り出す。

手のなかにある小さくて鋭い刃が、天井の灯りを受けてぼくにほほえみかける。こんなもの大っ嫌いだと思うそばから、やっぱり大好きと思ってしまう。ぼくの命を少しずつ奪いながら、同時に与えてもくれる。表面にぼくの顔が少しゆがんで映っているのをながめていると、意志を裏切り涙が一筋ほほを流れた。深呼吸して誘惑に打ち勝つため、カッターを放そうとする。切りたいという欲求より、もっと強い心を持とうとする。

だけどぼくは弱い。

ついに決めた。ポケットにナイフをしまうと浴室へ向かう。シャワーを浴びるために。

そして痛みを和らげるために。

El fuego en el que ardo

第20章

最近聞いた話よ
だれにでも飛ぶチャンスはあるんだって
そしてもしわたしがひとりで飛んでたら
少なくともわたしは自由に飛んでることになる

『デファイング・グラヴィティ』
イディナ・メンゼル（ミュージカル『ウィケッド』より）

「ちょっと来てくれるかな、オスカル」授業が始まってすぐに、アナ先生がぼくの席までやってきて言った。「話があるの」

なんだろうと思いながら教室の外に出る。今日は職員室まで行かず、先生は教室のドアから二、三メートル離れたところで足を止める。

「どうしたの？」

ぼくは不安でたずねたが、先生がにこっとしたので、少し気が楽になった。

「落ち着いて。ただ、調子はどうかなと思って」

「いいよ」ぼくはそう言い、笑顔をつくろうとする。

「今日はいつもより少し元気そうに見えるわ。なにかいいことがあったの？」

先生に話すなと、ばかどもが脅しのメールを送ってきたことのほかに？　うん、でも確かにいいことはあった。

「柔道教室に入ったんだ。自分を守る方法とか、そういうのを覚えたくて」あまり詳しいことに触れずに答える。「まだ二回くらい行っただけだけど、今のところうまくいってる」

ところが、ぼくの言葉を聞いて先生の表情はがらっと変わり、真剣そのものになった。

「まさか、学校でけんかしようなんて考えてないわよね？」普段の先生らしくない厳しい口調で、ぼくの目を見て問い詰める。「学校では、そういうことは許されないって知ってるでしょ」

「ちがうよ！　もめごとを起こす気なんか全然ない」そんなことをしたら困るのはぼくだってわかってるから、きっぱり言った。「なにかされたときのために、ただ自分で自分を守る方法を覚えたいだけ」

先生はぼくをじっと見ている。口をきゅっと結んで、まだ眉をひそめているが、表情はさっきより少し柔らかい。そして元気づけるようにぼくの腕に手を置くと、言った。

「気をつけるのよ、いいわね」

ぼくは笑みを浮かべて先生を見る。

「気をつけるよ」

「柔道はどんな感じなの？　知り合いはできた？」

その目はまだ、どこか疑っているようにぼくには思える。

「えーと……うん、友だちができた」

先生はほほえむ。

「それはよかったわ。それで、学校ではどうなの？　また、クラスの子たちになにかされたりしてない？」

皮肉たっぷりの笑い声を上げそうになるのをこらえる。こんなふうに訊かれると、まるでたまにしかいじめられてないみたいで、ちょっとウケた。実際には、あいつらは一日も休まず、ひたすら

（ぼくを拷問する）

ぼくに暴言を吐くのだから。どう答えたらいいのかわからなくて、ぼくは肩をすくめる。メールの件は言うべきじゃないと思ったから、あとはうそをつくしかない。うそをつく自分は嫌いだけど。うそをつく自分自身が、いやでたまらなくなるんだけど。

「いつも通りだよ。少なくとも、あれ以来殴られてない……。まあ、それだけでもましかな。それに、暴言を吐かれるのには慣れたかなっていう気がする」

「オスカル、だれにやられてるのかを言ってくれなくちゃだめよ」先生はきつく言うが、ぼくはきっぱり首を横に振る。「どれだけ助けてあげたくても、あなた自身がそうさせてくれないんじゃ、できないでしょ」

それでもぼくは首を横に振る。

「いや、言わないほうがいい」そう言い張った。「それに、言ってなんの役に立つの？　ほと

んどみんなだから」

　先生はため息をつく。

「ねえ、オスカル。あなたの態度がそんなだと、なにも解決しないわ」声が重々しい。「ちゃんと向き合わなきゃ。自分がやるべきこととしてその子たちと向き合えないのなら、柔道教室に入ったってなんにもならない。このままだと、ずっと彼らのやりたい放題よ。そのことに気づいていないの？」

　キツイ言い方だけど、それに絶対認めたくないけど、でもたしかに先生の言う通りだ。だけどそんなことできない。ぼくには無理。なにもしていない今でさえこんな扱いを受けるんだから、もしやつらの名前を先生に言ってそれがばれたとしたらどうなるか、想像もしたくない。きっとこてんぱんに殴られる。

「先生は学校でぼくにけんかさせたいの？　先生たちはその反対の立場なんだと思ってた」

　先生はいらいらしたのか、息遣いが荒くなる。

「そんなこと言ってない。わたしが言いたいのはね、その子たちの名前を教えてくれれば対応できるということ」

「じゃあ、考えておく。それでいい？」

　ぼくはうそをついた。先生はぼくをじっと見つめていたが、結局うなずいた。

「いいわ。さあ、もう入ったほうがいいわね」先生は教室の入り口をちらっと見て、つけ加えた。「みんな、なかできっと大騒ぎよ」

＊　＊　＊

授業の終わりに丸めた紙が飛んできて、ぼくの机にきれいに着地した。

Aとなにをあんなにしゃべってた？
考えて話さないと、ひどい目にあわせるぞ

つばを飲みこみ、視線を上げる。前を見ると、こちらを振り返って見ている顔がいくつもあった。そのなかにはカルロス、ホルヘ、アイトールもいる。三人のうち、だれがやったのか突き止めるのは不可能だ。それに、これはきっと、だれかひとりの考えじゃない。先生のあとを走って追いかけ、メモを渡そうかとちょっと思ったけど、結局やめた。脅し文句があまりにも怖かった。だって、やつらがほんとにやりかねないのはわかってるから。

「なんて書いてあるの？」フェルがのぞきこんでくる。「なにかのメモだろ？」

「なんでもないよ」ぼくは答えながら、紙きれをびりびり破った。「いつものくだらないやつさ、わかるだろ」

フェルはあごをぎゅっと押さえた。

「ああ、そっか。うんざりだ。あのばかども、ぶん殴ってやろうか」

そう言ってフェルは立ち上がろうとしたが、ぼくは腕をつかんで机に押しつけ、引き留めた。フェルはぼくより力が強いから難しかったが、抵抗せずにいてくれた。その代わり、眉を寄せてぼくを見る。明らかにぼくの態度が変だと思っている。

「だめだよ、フェル」ぼくは声の調子を強めてそう言い、手をゆるめた。フェルは机の上に腕を載せたままでいる。「ぼくのせいで、もうこれ以上面倒に巻きこまれちゃだめだ。ばかを見るだけだよ」

「だって、だれかがあいつらを止めなきゃ」

ぼくは首を横に振る。

「きみがまたあいつらを殴ったら、きみのいないところでぼくが仕返しされる。この間みたいに」

こんな言い方は卑怯だってわかってる。フェルがまだそのことで、自分を責めているのもわかってる。だけどそんなこと気にしていられない。フェルを引き下がらせるにはそれで十分だし、今のぼくにとって大事なのはそのことだけだ。

＊ ＊ ＊

放課後になると、フェルはぼくと別れてラウラを迎えに行き、ぼくは出口に向かった。トイレのドアのそばを通ったとき、だれかに背中を軽くぶたれた。驚いて振り返ると、見えないところにいるだれかが乱暴にぼくをトイレに押しこんだ。そいつもぼくに続いて入ってきて、ドアを閉める。それがカルロスだとわかって心臓が跳ね上がった。叫ぼうかと思ったが、外はざわざわしていてぼくの声は届かず、結局殴られるだけということになるだろう。

「おい、おかま。アナとなにをあんなにしゃべってやがった？　メールを見てないってか？」

「あ……、あれは、この間の作文のことを話してただけだよ」ぼくはあわてて、最初に頭に浮かんだ出まかせを言う。「宿題をやってこなかったから、落とされるかもしれないんだ」

「くだらねえ」カルロスは吐きだすように言う。「おかまってだけじゃなくて、おまえはゴマすりのガリ勉野郎だ。おまえの平均点が十だってことくらい、みんな知ってるよ。チクってないだろうな」声を低め、脅すように言う。

ぼくは思い切り首を横に振ったが、カルロスは納得しきってはいないようだ。

「ほんとか？」

「ほんとだよ。だれにも、なんにも言ってない」

「よし……。もしチクったらどうなるか、思い出せるようにしてやろうか」

そう言いながらカルロスが近づいてきたので、ぼくは両手を上げてさえぎった。

「もしまたぼくの目に青あざができたりしたら、先生たちだってなにか起きてると気づくよ」

ぼくは一歩下がりながら、早口で警告する。やつがいかにも自信ありげに、ニヤッとするのがかなり気持ち悪い。

「知らせてくれてありがとう、おかまちゃん。でも心配すんなよ、目に青あざをつくらなくたって、おまえを痛めつけることはできるんだから」

そしてなんの前置きもなくいきなり胃の辺りを強く殴られたので、ぼくは息が止まり、あとずさりして洗面台にぶつかった。胃がむかむかするけど、幸いぼくはほとんど朝ごはんを食べないので、吐くようなものはなにもない。そのときいつも一緒にいる

（友だち）

カッターが、ポケットのなかからぼくを呼ぶかのように、ジーンズの生地を通してそっと太ももに触れた。今はカルロスひとりきり、この間のように助っ人もいない。もしカッターを取り出したら、自分の身を守るのもそんなに難しくない。そうしようと思えば、ほんとにやつを傷つけることだってできる。これまでぼくを苦しめてきた報いを、ついに受けさせることだってできるんだ。だけど誘惑に負けちゃだめだと、ぼくは自分に言い聞かせる。

その代わり、やつを怒らせることにした。気まぐれで殴られるのはもう、うんざりだ。このまま我慢しつづけられるとは思えない。

「カルロス、どうした？　オトモダチに『きみたちのこと、死ぬほど好きなんです』って言えないからいらいらして、ぼくに八つ当たりしなきゃいられないのか？」

やつの表情が怒りでゆがんだ。脳内でカチャカチャとぼくの言葉を処理しているプロセスが見えるようだ。

「おい、おかま……」

「どうしてぼくをおかまって呼ぶんだ？」声が震えないように注意しながら続ける。「きみだって男が好きなくせに。だけどぼくみたいに、それを認める勇気はない。それじゃ、どっちがおかまなんだろうな。きみは男っぽくふるまってるけど、ほんとは全然ちがうってこと、ぼくらふたりとも知ってるじゃないか」

カルロスはもうかんかんになって、怒声を上げながらまたぼくにとびかかってきた。ぼくはげんこつの飛んできそうなところから本能的に離れ、やつの腕とＴシャツの胸の辺りをつかむ。ぼくの反応に驚いたらしく、やつはもがきもしない。ためらっている貴重な瞬間を逃さずに、ぼくは柔道の基本の技を実践してみた。セルヒオから最初の日に習った大外刈りだ。

まだ、ちゃんと自分の身を守ったり、ほんとの意味で相手にダメージを負わせることはできないけど、ためらわなければ相手の不意を衝くことができるから、セルヒオに習った通り右脚を素早く出して、一連の滑らかな動きを意識しながら相手の脚にひっかける。驚いたことに一度目で成功し、カルロスはドスンと音を立てて床に倒れた。ぼくは

（やつを殺したい）

やつにダメージを与えたい。もうぼくも、ほかのだれもやつにいじめられないようにしたい

と思った。畳の上じゃないから、かなり痛かったはずだ。でもそんなの、知ったことじゃない。

ざまあみろ。

でもぼくはやつが立ち上がったのか、それとも本当にダメージを負ったのか、確かめなかった。その代わりに振り返りもせずトイレから走り去り、息が切れて立ち止まったのは学校を出てからだった。あとを追ってきていないのを確認すると、ぼくはまた走り出して家へ帰った。

第21章

El fuego en el que ardo

だけどぼくはきみの隣で眠りたい
そしてきみの待つ家に帰りたい
きみの手をにぎりたい
きみのそばにいたいんだ

『トーク・ミー・ダウン』
トロイ・シヴァン

驚いたことに、けんかの翌日、カルロスはぼくになにもしかけてこなかった。暴言もないし、すごく珍しいことだけど、ぼくをほとんど見もしない。ぼくのほうを見ていても、ぼくが気づくとすぐに視線をそらす。ボスの指令がないので、やつの手下もぼくを放っておいてくれた。昨日のことがなにか役に立ったのか見極めるにはまだ早いと思うけど、今のところは奇跡的に効果があったような気がする。

このあと仕返しがないことを祈るだけだけど、まだこの段階で過剰な期待を抱くのは考えが甘すぎる。

午後になって柔道教室に行くと、セルヒオがスポーツセンターの階段に座ってぼくを待っていてくれた。ほほえみながら立ち上がり、この間よりもっと長く、ぼくをぎゅっとハグする。ぼくにとってはなじみのないこの仕草に、また少し驚いて一瞬固まるが、

（うれしくて）

その優しさに感謝して、すぐに両腕をセルヒオの体に

回した。セルヒオと一緒のときはもういつものことだけど、心臓がドキドキする。彼の香りに包まれて、ぼくは目を閉じその感覚を味わう。すごくあったかくて、親密で、そして……人間らしい感覚。カッターを肌に滑らせるときとは大ちがいだ。この感覚を絶対に失いたくないと思った。

「着替えないの？」セルヒオがまっすぐ更衣室に行かず、ぼくと一緒に練習場へ行こうとするので、驚いてたずねた。「ぼく、アレハンドロ先生に柔道着をもらいに行くんだけど」

「ぼくのことは気にしないで。きみについていくよ」

「なんで？」不思議に思ってたずねる。

「きみはまだ新入りだからね」さばさばした口調で言う。「ぼくがいなけりゃ、きっと柔道着をうまく着られないよ」

なぜかはわからないが、彼の言葉をそのまま信じることができなかった。その口調になんとなく、練習した言葉のような、自然に聞こえるようにと何度もとなえてきた文章のような印象を受けた。そうしているうち、畳の敷かれた部屋に着く。アレハンドロ先生にお金を払って柔道着の入った袋をもらい、セルヒオと一緒に更衣室に向かった。体と傷あとを見せないようにうしろを向いて着替えたが、ズボンをはきおわって振り返ると、セルヒオがこちらを見ていた。

ちょっと赤くなってさっと視線をそらしたが、セルヒオのあいまいなほほえみといたずらっぽい目つきが頭から離れない。心臓が、さっきよりもっとドキドキしはじめた。

＊＊＊

金曜日とちがって火曜日の悪いところは、セルヒオが練習のあとにお茶を飲みに行けないことだ。だけどその代わりに送ると言い張って、今日は駅までついてきた。そして電車の時間になると、セルヒオはまたあのハグをしてくれた。あったかくて、元気をもらえるようなハグ。そのあとぼくが電車に乗り、イヤホンをして窓の外をながめていると、別れてからせいぜい四、五分しか経っていないのに、もう彼からメッセージが届いた。

セルヒオ：カッコー。
オスカル：カッコー。
オスカル：😊
セルヒオ：火曜日は遅くなれないから嫌いだ。
セルヒオ：😠
オスカル：ぼくも。

オスカル：😔
オスカル：金曜日はカフェに行ける？
セルヒオ：もちろん！
セルヒオ：毎週行けるよ。
セルヒオ：きみがよければだけど……。

最後のメッセージを読んであきれた。いやなわけないだろ？　カフェでセルヒオとおしゃべりするときは、週のうちで断然、最高の時間なんだから。

オスカル：いいと思うよ😉
セルヒオ：やった！
オスカル：😁

そのあと何分か、どちらもメッセージを送らなかったけど、セルヒオが接続中なのは画面を

見てわかっていた。しばらくすると、また書きこみを始めたのがわかった。

［書きこみ中……］

［接続しました］

［書きこみ中……］

セルヒオ：ねえ……。

オスカル：ん？

セルヒオ：ちょっと言いたいことがあるんだけど、いいかな。

えっ。心臓がドクドクしはじめたのに気づく。

オスカル：言ってくれなきゃわかんないよ。

［書きこみ中……］

［接続しました］
［書きこみ中……］
［接続しました］

ありえない。絶対ありえない。こんなに時間をかけてなにを書いてるんだろうと思うと、いやでも緊張してしまう。落ち着かなきゃと思うのに、鼓動は激しくなる一方だ。音楽がガンガン響いて、ぼくはアイポッドを止める。

［書きこみ中……］
［接続しました］

―オスカル：生きてる？

［書きこみ中……］
［接続しました］
［書きこみ中……］

セルヒオ：きみがいなくて寂しい。

ぼくはまばたきも忘れ、画面をじっと見つめた。今見ているものが信じられない。本当に彼が書いたのか？　心臓がバクバクして、マジで健康に悪いんじゃないかという気がしてきた。どう答えたらいいかわからないけど、まじめに返そう。こういうことってほんとにあまり経験がないけど、いつでもまじめにしておくのがいちばんだと思う。そうだろ？

オスカル：ぼくも。
セルヒオ：ほんとに？
オスカル：ほんとに。
セルヒオ：😁
セルヒオ：今が金曜日だったらなあ。
オスカル：そうだね。

またなにか返ってくるかなと思って見ていたけど、メッセージは来なかった。でも、つながってるのはわかってる。画面の向こうにいるセルヒオの姿を想像してみる。ぼくがなにか書くのを待っているのかな？　どう書こうか考えている？　それともただ、だれかほかの人としゃべってて、だから返信してくれないのかもしれない。沈黙の時間が何分か過ぎたけど、向こうからはなにも言ってこない。もっと話したかったから、別の話題を振ってみることにした。月並みな手だけど。

オスカル：なにしてる？
セルヒオ：家に着いたとこ。
セルヒオ：シャワーに行くとこだった。
オスカル：ぼくを捨てちゃうの？😢
セルヒオ：よかったら一緒に来る？😉

ぼくはとまどって、目をぱちくりさせた。ほんとにぼくが思ってるような意味で言ってるん

だろうか？　変な答えをしてしくじりたくないから、ぼくは何度もメッセージを読み直して確認した。うん、そう書いてある。

オスカル：うん、それも悪くないね。
オスカル：でも、ぼくはちょっと遠いからな……。
セルヒオ：残念。
セルヒオ：😥
オスカル：😞
セルヒオ：また今度？
オスカル：たぶんね。
セルヒオ：それってオッケーってこと？

オスカル：たぶんね。
セルヒオ：よーーーーし。
セルヒオ：またあとでね。いい？
オスカル：いいよ。
オスカル：😁
セルヒオ：😁

第22章

El fuego en el que ardo

いつかあたしは大都市に住むわ
あんたはいつまでたってもただの意地悪
いつかあたしはあんたの手が届かないほど
ビッグになるわ
あんたはいつまでたってもただの意地悪

『ミーン』
テイラー・スウィフト

「この子、あからさまにナンパしてんじゃん。見え見えだわ」この間のセルヒオとのチャットを読み、ラウラはふふんというように笑みを浮かべてきっぱり言うと、ぼくにスマホを返した。あまりにしつこくせがまれて、仕方なく見せたところだった。「マジで疑ってたの？」

「なんのこと？」ぼくはちょっとたじたじとなりながらも言い返す。自分のほほが赤く染まりはじめているのがわかった。「こういうの、わかんないんだ。だって男をナンパしたことなんてないもん。ぼくにとってなにもかも初めての経験だよ」

　ラウラがあきれたような目をする。

「そうは見えないけどね、坊や」フェルが笑いながら口を出す。「シャワーの話なんて、かなり軽そうだよ」

「すごくね」ラウラがつけ加える。

　ぼくはさらに赤くなる。

「ねえ、言い出したのは向こうなんだよ」消え入りそうな声で抗議する。それからぼくは下を向き、訊きたくてたまらないことを口に出した。「ほんとに、彼はぼくに気があると思う?」

「当たり前でしょ、そんなの!」ラウラはニタニタ笑っている。「きみがいなくて寂しい、〈一緒にシャワーに入ろうよ〉……。もう、それしかないよ。ほんとに、なんでわかんないんだろ」

「わかってるんだよな、マッチョくん」フェルが笑みを浮かべ、ぼくの肩をポンポンと叩く。「今度の金曜日はしっかりヤるんだろ」

「もう、フェルったら!」ラウラは文句を言いながらも、最後はこらえきれずに爆笑した。「いやらしいこと言わないで」

「そうだよな、それともちがうの?」

「ちがうよ」そう言いながら、顔がほてっていた。「ぼくが望んでるのは、彼とそうなることじゃない」

「ふうん。じゃ、どういうこと?」

「えーとね。そうなりたくないわけじゃないんだけど……、でもそれだけを望んでるわけじゃない」本音を言うときは、消えそうな声になった。

ラウラがニヤッとしてぼくを見る。

「好きなんだよね、でしょ?」おどおどしながらぼくがうなずくと、ラウラは満面の笑みになった。「オスカルと巡り合えたなんて、その子すごくラッキーだよね、そう思わない?」

まったくだ。自傷せずに一日過ごせることなんてめったにない、いかれた恋人がほしいのならね。

なんだか悲しくなってきた。

「そうかもね……」

「本気で言ってるんだよ。オスカルはすごくいい子だもん。もしノンケなら……」

「おい！」フェルがムッとして、ラウラが笑う。

「冗談よ、ばかね」ラウラはそう言い、フェルにくちびるのキスをする。ぼくは視線をそらし、顔をしかめそうになるのを我慢する。このクソみたいな村で、ぼくも堂々とあんなことをしてみたい。

無理だけど。

会話の間じゅう心のなかに感じていた幸せのシャボン玉が、耳をふさぎたくなるほどの音を立てていきなり破裂した。周りを見ると、あんなに大きな音だったのに、だれにも聞こえた様子はない。ぼくの心のなかの出来事などおかまいなしに、フェルとラウラはキスしてる。シャボン玉が壊れた音を聞いたのはぼくだけだった。大勢の人に囲まれているのに、ぼくはひとりぼっちなのかもしれない。

（そしてこれからもひとりなのだろう）

どれほどちがうと言われても。

ここでは決して、自分自身でいることはできない。ぼくが人とちがっているうちは。

家に帰りたくてたまらなくなった。

＊＊＊

ぼくは部屋に閉じこもり、マットレスの下に手を入れた。帰り道はほとんどずっと走っていたので、息が切れている。スケッチブックに手がぶつかるが、ぼくがほしいのはこれじゃない。カッターだ。取り出す前に少しためらうが、いちばんいいのは考えこまずにただやることだと心を決める。刃をしっかりにぎってバスルームに閉じこもり、アイポッドをスピーカーにつなぐ。大音量で音楽が流れ出すが、ぼくの頭のなかに響く叫び声をしずめることはできない。

この村。

すべてはこのいまいましい村だ。ああ、ここから出られればいいのに。永遠にさよならできればいいのに。逃げ出して、振り返りもせずにうんと遠いところへ行く。もう二度と戻らない。こんなくだらないことを我慢してばかりいるのはもういやだ。こんな場所が存在することさえ忘れてしまいたい。

無理だけど。

刃を腕に押し当て、深呼吸してから切る。見えにくいところを選ぶことさえ、もうどうでもいい。今さらだれに見られたって同じことだ。金属の刃が心地よい痛みとともに肌にめりこんでいく。今まで気づかなかったけど、この感覚が恋しかったんだ。ひんやりとした鋼の感触は、昔の友だちみたいだ。長い間会わなかった昔の友だちが、よく来たねと言ってくれてる。

たった四日間切らなかっただけなのに、流れる血を見ると、長い間打ち壊そうとしていた扉がとうとう開いたような感じがする。その扉からぼくの不幸のすべてがゆっくり出ていく。ぼくのすべての苦痛が。来る日も来る日も

（存在することで）

ぼくがぼくであることで、こんなぼくであることで、幸せになろうとすることで感じる、恥ずかしさのすべてが。ぼくには幸せになる価値なんてないんだ。来る日も来る日も、そのことをみんなに思い知らされる。逆らうには、ぼくはどんな人間になればいいんだろう。

叫びたい。泣きたい。だけどそんなことをしたってなんにもならない。どれほど叫んでも、泣いても、だれにも聞こえないだろう。だれもぼくを救ってくれないだろう。きっと、だれもぼくを救おうとさえ思わないんだ。

リスカすると、傷の痛みがぼくであること、自分で選んだわけでもない人間として存在することの痛みを忘れさせてくれる。

カッターの金属の冷たさが懐かしかった。鋭い痛みが。腕をしたたり落ちる血が水と混ざりあい、ぼくの抱える問題と同じように薄まってゆく。これはただ一時的な、束の間の解決策だ

ということくらいわかってるけど、今のところぼくにはこれで十分だ。ずうっといやな思いをしているよりは、たまにいい気分のほうがいい。大して役には立たないかもしれないけど、なにもないよりはいい。

もっとよく流れるようにと傷口近くを押さえると、手が真っ赤に染まる。急な衝動に駆られ、両手を顔まで持ち上げてパチッとほほを挟む。なんでそんなことしてるのかわからないけど、してしまってるんだからしょうがない。顔じゅうを血まみれにしたい。両手の人さし指を使ってほお骨からあごの先まで線を描く。それから目を閉じ、今度はどこを切ろうかなと考える。

太ももは切りたくない。腕より痛いからだ。結局、ぼくは相変わらず臆病ということだ。それでもっと下、足首の近くの、この間つけた傷のそばを切ることにする。肉がそんなに柔らかくないところだから、そんなにつらい思いをしなくてもカッターで簡単に傷が開く。血が流れはじめたときにちょうどスマホが鳴って、メッセージの到着を告げた。ちらっとそのほうを見たが、浴槽からは遠すぎて画面は見えない。

目を閉じてリラックスしようとしたが、スマホがまた鳴った。それからもう一度。そしてまた。さらにもう一度。うっとうしいなと思って立ち上がろうとすると、とたんにスマホは鳴りやみ、静かになった。それで、浴槽に栓をしてお湯をためることにした。

浴槽とカッター、お湯を使ってできることは考えないでおこう。あまりにも魅力的だから。その代わりに少し体をもたせかけ、別のことを考えようとする。傷口の鋭い痛みと、心の痛みを無視しようとする。だけど、静かな時間はせいぜい二分も続いただろうか、またスマホが鳴り出した。今度はもうあきらめて栓を抜き、急いで体を洗って浴槽から出る。
まだ半分濡れた体で画面を見ると、セルヒオからのメッセージが入っていた。

セルヒオ：やあ 😊
セルヒオ：いる？
セルヒオ：まあいいや、ちょっと話したかっただけなんだ。
セルヒオ：きみがいなくて寂しい。
セルヒオ：きっともう寝たんだね……。
セルヒオ：ぼくも寝るよ。
セルヒオ：おやすみ。
セルヒオ：それとも、おはようかな 😉

ぼくはあわてて返信する。まだ起きててくれるといいな。

オスカル：ごめん！
オスカル：シャワー浴びてて、スマホの音が聞こえなかったんだ。

——オスカル：今、出たとこ。

一、二分待ってみるけど、返信がない。十分待ってようやく、もう寝てしまったか、電源を切ってしまったんだろうとわかる。あ〜あ、どうしてこんなについてないんだろ。もう一度メールを書いてみた。

——オスカル：もう寝ちゃったみたいだね。
オスカル：おやすみ！
オスカル：それとも、おはようかな ☺

腕と足は痛いけど、起きてぼくのメッセージを見つけたときのセルヒオを想像すると、ばかみたいにニヤニヤしてしまった。そのとき、どうして三日以上もリスカせずにいられたのかを思い出した。もう今までほど切羽詰まってない。セルヒオのおかげで、ぼく自身であることがそれほどつらくなくなったんだ。実際に切ったところはひりひりして痛いけど。

でもときどき、画面の向こうに彼がいても、それだけじゃだめなことがある。

El fuego en el que ardo

これまでのこと

声がする、あたしのうしろで呼ぶ声が聞こえる
あなたの幻影があたしのなかで燃えている

『ランニング・ブラインド』
t.A.T.u.

学校に行けば来る日も来る日もさらされる嵐のなか、ほんの一瞬でいいから安らぎを、静かな時間を得たいと思って、ぼくは浴室に閉じこもった。

ばかにされたり暴言を吐かれたりする毎日が始まってから二週間、これが近いうちに終わるとはとても思えなかった。あそこで過ごす一分、一分がまさに地獄そのもので、生まれてこなければよかった、いや、せめてダリオになにも言わなければよかったという思いは、日ごとに強くなっていく一方だった。これまでずっと仲良くやってきたのに、というか少なくとも、あの状況のなかでは精いっぱいうまくやってきたのに、ぼくがなにもかもぶち壊した。そしてそれ以来、すべてが変わってしまった。もう二度と元には戻らないだろう。

そんなことをぼんやり考えながら、ほほにうっすらはえていた毛をそっていると、うっかり切ってしまった。一瞬だけど鋭い痛みが走る。ぼくはあわてて傷口を洗い、髭剃りが終わるまで血が流れないようにするために、トイレットペーパーを少し切り取って貼りつけた。

数分後、ぼくはあることに気づいて驚いた。ほほを切ってしまったあとは、自分の抱える問題をすっかり忘れていたんだ。痛みが悩みごとを消してくれたような、一瞬だけでも存在しないものにしてくれたような気がした。

ぼくはかみそりをちらっと見た。

でも、だめだ。そんなことできない。思ったより深く切ってしまったら？　軽い気持ちでやってみて、手に負えなくなってしまったら？　まるでそれが自分たちの使命のように、クラスのやつらは寄ってたかってぼくの生活をめちゃくちゃにするけど、だからって自殺しようとは思わない。そこまで絶望しているわけじゃないと、少なくとも、そう考えていた。

でも……。

たった一回切るだけだ。一度切ったところで、ただどんな感じか試してみたところで、なにも起こらない。

そうだろ？

ぼくはかみそりを持って浴槽に入った。

かみそりをながめると、刃が浴室の蛍光灯に照らされて、にこっと笑ったような気がした。

用心深く前腕に近づける。ほんのちょっと切るだけだ、全然大したことじゃない。自殺したくなんかない。ただどんな感じがするのか試してみたいだけ。本当に心の痛みを消せるのかを見たいだけ。リスカ中毒とか、そんなのになるわけがない。ぼくはそんなにばかじゃない。いつだってやめられるんだ。

かみそりを肌に当て、押してみた。最初は少しためらって、それからもっと力をこめて。ちょっと時間がかかったけど、やがて血がぷくっと出てきた。今まで経験したことのない鋭い痛みだが、同時に奇妙な心地よさもおぼえていた。傷をながめている間、学校に関することは頭のなかからかき消えていた。

気がつくとまっすぐな切りあとが四本ついていた。皮膚が少しまくれ上がって、そこから血が流れている。傷の周りを押さえると、血がさらに少し湧き出た。血に染まった指を目の前に持ち上げて、近くでながめる。こんな単純なものが人を生かしたり殺したりするなんて、面白いなと思う。

そしてそのとき、思った通りだったことに気づいた。切った傷み、肌を流れ落ちていく血が、ぼくの人生を変えてしまいつつある地獄を忘れさせてくれていた。

もう一度前腕に刃を押し当て、今度は少し強く力を加える。血の流れかたが速くなり、量も増えた。痛みもさっきより強くなったが、ぼくはそのことに感謝した。頭がすっぽり雲に覆われたようになって思考が止まり、浴槽のなかはただぼくと、刃と、そして赤い液体が存在するだけになった。

痛みが弱まってくると、また切った。そのとき気づいたのが、かみそりはあまりこういうこと向きの道具じゃないなということ。かみそりで自分の体を傷つけるのは、ちょっと難しい。もっといい刃物を見つけなきゃいけないな。

El fuego en el que ardo

第23章

ときどき少し怖くなる
そんなときわたしはあなたの目の
その表情を見るの

『愛のかげり』
ボニー・タイラー

目を覚まして最初に見たのは、セルヒオのメッセージだった。

セルヒオ：おはよう！
セルヒオ：今日がいい日でありますように😉

ほとんど気づかない間に、へらへらとばかみたいに笑っていた。これじゃまるで十二歳のガキだ。あんまり期待しちゃいけないのはわかってるけど、せずにいられない。この数カ月は地獄だったけど、やっと穏やかに過ごせる時間ができはじめた。

何度も何度もメッセージを読み返してから、セルヒオと同じ内容を素早く打ちこむが、送ろうとして少しためらった。もっとなにか書いたほうがいいかな？〈ありがとう〉とつけ足してから笑顔のマークをつけて送信ボタンを押す。そして、

（そわそわしながら）

画面をじっと見つめて何分か待ったが、返事がないので、仕方なくあきらめた。さあ、動作開始。

ようやく起き上がり、床に足をついたとき、脚につけた傷が痛んだ。見てみると、深く切りすぎていた。ベッドに目をやり、シーツについた血の染みを見つける。母さんにどう説明しよう。

ぼくはばかだ。切ったりしちゃいけなかったんだ。せっかく前へ進みはじめたというのに。

キッチンへ行くと、父さんがいたので驚いた。トレードマークの仏頂面でコーヒーを飲んでいる。いつもならこの時間は出勤途中のはずだけど、訊くと面倒なことになりそうなので、できるだけ気配を消しながらトースターにパンを入れ、冷蔵庫からミルクを取り出す。

だけどうまくいかなかった。

「なんだ、ぶすっとして」ぼやくように父さんが訊く。ぼくは肩をすくめて答えた。

「別に」

「今度そんな口のききかたしてみろ、ぶん殴るぞ。いいな？」

あきれて目をむきそうになったけど我慢して、いやいやながらうなずいた。

「わかった」

「だからそういうしゃべりかたをするなと言ってるだろう」父さんが立ち上がる。一瞬、殴られるんじゃないかと思ってびくっとしたけど、手は出なかった。「おまえの聞き分けが悪いから、仕事に遅れそうだ」
　そう言って父さんはキッチンを出ていく。カップに半分近くも残って、まだ湯気を立てているブラックコーヒーは、父さんの心のように真っ黒だ。
　朝ごはんを食べながらフェルに素早くメールを打ち、セルヒオのメッセージのことを伝える。いつも通り、ほとんど待たずに返信がある。送信して電源を落としたかと思うと、もう返事が届いて画面がまた明るくなった。

フェル　：結婚式はいつごろ？

オスカル：ばか。

フェル　：知ってるよ。

フェル　：でも付添人はぼくだからね。

フェル　：うれしい？

オスカル：すごく。

オスカル：😁

フェル　：紹介してくれなきゃ。だろ？
オスカル：そんなに急ぐなよ。
オスカル：まだつきあってもいないんだよ。
フェル　：ふん。
フェル　：時間の問題だろ。
オスカル：ばかなこと言うなよ。
フェル　：そうだってば、絶対。
オスカル：そう思う？
フェル　：もちろん。すぐわかるよ。
フェル　：今週中だね。

——オスカル：きみがそう言うならね。

そんなことになるのかな？　ぼくはパジャマのズボンをまくり上げ、脚につけた傷を見る。フェルの言う通りになるかどうかなんてわかんないけど、ぼくの願いはただひとつ、この状況が続いてほしいということ。またリスカしなくちゃいられなくなるのはいやだ。そして確かなことは、セルヒオと知り合ってから、どんどんリスカの必要を感じなくなっているということ。まる三日しなかったのは個人記録だ。昨日はまたやっちゃったけど、それでも自分にとってはすごい成果だ。ただ、心を強く保ち続けられるかどうかだけの問題。

そうすればここから抜け出せる。

必ず、やってみせる。

＊＊＊

学校で、またアナ先生に話があると言われた。今度は授業が終わりかけの時間だった。

「みんな、チャイムが鳴るまで六十六ページの練習問題をやっておいて。オスカル、あなたはちょっと来て」厳しい顔つきでそう言うので、ぼくは今度こそなにかやったのかなと心配になる。「この間の作文のことで話があるの。ほら、ほかのみんなは静かに！」

ぼくは席を立ち、なんだろうと思いながら先生についていく。だけどドアを出たとたん、先生はこっそりウィンクした。

「大丈夫よ、作文はただの口実。わたしのせいでほかの子たちにいじめられたりしたらいやだから」

「それは悪くないね」ぼくはうなずく。「この間、先生と話してたせいでいじめられたんだ」

先生はあごに手をやる。

「だれなの？」とたずねるが、ぼくはきっぱり首を横に振る。「オスカル、どうしても……」

「わかってる。ほんとに、わかってる。だけどまだ、だめだよ。できない」

「どうして？」

「だって怖いから」ぼくが白状すると、先生はため息をついた。

「ねえ、オスカル。あなたの意見を無理に変えさせることはわたしにはできない。だけどあなたは、気づかなきゃいけないのよ。気づかなきゃ……」

「ぼくはある人と知り合った」

ぼくは前置きなしに言った。話題を変えたかったのもあるけど、言いたくてたまらなかったからでもある。だってフェルとラウラをのぞけば、アナ先生はこのことでぼくを助けてくれるただひとりの人だから。

「なんのこと……？」

「ある男の子と」

「まあ」先生はほほえんだけど、話題が急に変わったことに驚いてもいるようだった。「それで？」

「この間、柔道教室に申し込んだって言ったの覚えてる？」先生はうなずく。「えーと、そこの生徒なんだ。最初の日に知り合って、友だちになって、それからその、一種の……、つながりみたいなものが生まれた。わかる？」自分がうっすら赤くなっているのがわかったけど、かまわず続けた。「火曜日はあまりしゃべれないけど、金曜日は練習のあとでお茶を飲みに行くんだ。それに、土曜日もぼくら……」

　先生を相手になにを延々と話してるんだと、急に恥ずかしくなってぼくは言葉を切った。たぶん、すべて言葉にする必要があったんだろうし、そうしたのは正解だったと思う。なんだか元気が出た。ありふれた言い方かもしれないけど、重荷を下ろしたような気分だ。

　重荷を下ろすっていうのは、正確なたとえでもないかもしれない。ほんとの重荷はずっと心に抱えていて、そんなに簡単に消え失せるものではないのだから。

「ねえ、オスカル……。わたしは確かにあなたの先生だけど、このことではあなたと同じ。いいわね。言いたくないことを言う必要はないけど、あらゆることであなたの支えになるつもりよ。それに、あなたがそんなふうにしているのを見るとすごくうれしいわ。ほんとよ」

　ぼくは感謝の気持ちをこめてほほえむ。

「先生がいてくれてよかった」

先生もほほえんだ。

「ほんとに？」

「ほんと」

「そう言ってくれて、どんなにうれしいか。でもオスカル、何度でも言うわ。その子たちの名前を教えてくれなきゃだめ。このまま好きなようにされてるわけにはいかないのよ、わかるでしょ？」

「わかってる。ほんとに、わかってる。でも……、今はまだ」

「今週はテストがあって、来週からクリスマス休暇が始まる」先生が言うのを聞いて、二週間ここに来なくていいんだということを思い出し、ぼくはにっこりした。「新学期が始まってからこのことを話し合ったほうがいいかしら？」

また？　もういやだ。

「わからない。たぶんもう少し時間が必要だと思う」

「なんのための時間なの、オスカル？」そうたずねる声の調子が、少しいらだってきているのがわかる。そうなるのも仕方ない。「もっとひどいことをされるかもしれないのよ？　あなたが黙ったままで、その子たちを今のうちに引き留めることができなかったら、いつかめった打ちにされたりするかもしれないのよ？」

「準備しなきゃいけないんだ」

「なんの？」

「これからあいつらにされる、すべてのことに対して」

＊＊＊

セルヒオ：なにしてる？
オスカル：もう寝るところだった。
オスカル：パジャマ着てる最中。
セルヒオ：どんな？
オスカル：パジャマが？
セルヒオ：そう。
セルヒオ：……

オスカル：青で、子羊の絵。

セルヒオ：マジで？

オスカル：マジで。

セルヒオ：😂

オスカル：なんだよ。

セルヒオ：なんでもないよ😂

オスカル：言っとくけど、すごくかわいいんだよ。

［書きこみ中……］

［接続しました］

［書きこみ中……］

セルヒオ：きみのように？

はっ？

オスカル：ぼくはかわいくないよ。

セルヒオ：絶対かわいい。

はっ？

オスカル：わかったよ、でもパジャマはもっとかわいいから。

セルヒオ：ほんと？

［書きこみ中……］
［接続しました］
［書きこみ中……］

——セルヒオ：見たいな😝

ぼくはしばらく答えをためらっていたが、やがて書くことを決めた。こうなったら……乗りかかった船だ、そうだろ？　セルヒオがぼくに興味を持ってるのはまちがいないって、ラウラが言ってた。ラウラはこういうことの達人だし、ぼくが失うものはなにもないんだから。

オスカル：うーん……。

オスカル：たぶん、いつか。

セルヒオ：えっ。

セルヒオ：写真一枚送ってよ。

オスカル：えー……やだよ。

セルヒオ：😥

オスカル：うん……。

オスカル：たぶんいつか、直接見せてあげるよ。
オスカル：いい子にしてたらね。
セルヒオ：😝
セルヒオ：ほんとに？
オスカル：ほんと。
セルヒオ：約束だよ😚
セルヒオ：いつ？
オスカル：いつか。
セルヒオ：ひどいな。
オスカル：ぼくが？

オスカル：😌

セルヒオ：そう、きみが。

オスカル：柔道のあと、カフェテリアに行くよね？

セルヒオ：うん。

セルヒオ：パジャマで行くの？

オスカル：……行かないよ。

セルヒオ：えっ。

オスカル：どうしてぼくがパジャマで柔道に行くんだよ、ばか。

セルヒオ：いいじゃん。

セルヒオ：どうせ着替えるんだし。

オスカル：だからって。

セルヒオ：だからだよ。

セルヒオ：なにが問題なの？

オスカル：知らないよ。きみはどう思うの？

セルヒオ：恥ずかしいんだ？

オスカル：そりゃそうさ。

オスカル：ほかの人にパジャマ姿なんてみられたくない。

セルヒオ：じゃ、土曜日は？

セルヒオ：😝

オスカル：たぶん。

オスカル：そうしてほしいなら、服の下に着ていくこともできるけど。

セルヒオ：マジで？

オスカル：いいよ。
オスカル：寒いし。

セルヒオ：😖

オスカル：でもだからって、きみに見せるとはかぎらないよ。
オスカル：😏

セルヒオ：わかった。
セルヒオ：でもせめて、子羊一匹くらいは見せてくれなきゃ。

オスカル：ハハハハハ。
オスカル：大それた願いだな、そう思わない？

セルヒオ：大それた？
セルヒオ：子羊のパジャマを持ってるって言ったのはそっちなんだから、それくらいしてくれてもいいいと思うよ。
オスカル：わかった……いいよ。
オスカル：交渉成立。
セルヒオ：一匹見せてくれるんだね？
オスカル：うーん……。
オスカル：二匹までならいいかな。
セルヒオ：言っていい？
オスカル：なに。

［書きこみ中……］

［接続しました］
［書きこみ中……］

—セルヒオ：きみのこと大好きだよ。

は？　はっ？

—オスカル：うは。

@LostBoy_99
Lost Boy
いろんなことがあるけど、幸せになるのはときどき、すごく簡単。（0分前）

El fuego en el que ardo

第24章

ぼくの人生
きみはぼくの人生に電流を通す
ふたりで点火しよう
死にゆくさだめのすべての魂が、
生きていると感じられるためだけに

『星明かり』
ミューズ

セルヒオはスポーツセンターの入り口の階段でぼくを待ってくれていた。いつも通りだ。だけど今日はいつもとちがって、ハグだけじゃなく、ほほにキスをしてくれた。肌が焼けるように熱くなり、体が離れたあともずっと、くちびるの感触が残っている。

　ハグそのものもいつもとはちがった。ぼくがそう感じただけかもしれないけど。たとえばフェルみたいな、友だちとのなにげないハグでも、家族とのハグでもない。うまく言えないけどあったかくて、内側からぼくを元気づけてくれるなにかを感じる。それがなんなのか、ぼくにはまだわからない。だけどなにかがある。そのことだけは、はっきり言える。

　それがなんなのか、早くわかりますように。

　そしてどうか、まちがった答えを出しませんように。

　柔道の練習時間はぼんやりと過ぎていく。頭が霧みたいなものに包みこまれたようで、周りで起きていることをうまく処理できないんだ。そして気がつくと、ぼくは

（ようやく）

カフェでセルヒオと向かい合って座っていた。ぼくたちを隔てるものは、コーヒーカップがふたつ載ったいつものアルミのテーブルだけ。

「それでさ……、明日、なにしようか？」

何分か沈黙が続いたあとに、セルヒオが言った。その声が少し遠慮がちなことに、ぼくは気づく。

ぼくの答えは決まってる。〈キスしたい〉だ。

もちろん、そんなこと言えるわけないけど。

考えろ、オスカル。考えろ。

「うーん……。わかんないや、ほんと。なにか考えてる？」ぼくは時間かせぎをする。

セルヒオはまた少し黙りこむ。言いたいことをどう表現しようかと考えてるんだろう。それともただ、勇気をかき集めているのかな。頭のなかのスマホが「書きこみ中」から「接続しました」へと次々に変わっていく様子が見えるようで、思わずニヤニヤしていると、セルヒオがようやく口を開いた。

「あのさ……、映画なんてどうかな」Tシャツの胸の辺りにプリントされたスーパーマンの「S」の文字をぽりぽりかきながら、おずおずとぼくに訊く。「ちょっとありきたりだけど、でも……」

「いいね」ぼくは考えもせず急いで答える。考える必要なんてない。

「ほんと？」

ぼくはうなずく。

「ほんと」

「やった！」セルヒオは顔をぱっと輝かせ、にっこり笑った。「どんな映画がいい？」

「なんだろう。映画館で今なにをやってるのか、全然わかんないから……」

十分かけてインターネットの映画案内を見ながら、どれにしようか話し合った。なにを見るかということより、セルヒオと過ごせることのほうが重要なんだけど、それでも念入りに選びたい。だって一緒に見る初めての映画なんだから。やっと意見の一致するのが見つかり、時間も決めた。遅く家に帰ると父さんにどんな目にあわされるかわからないから、六時半の回にする。セルヒオと過ごした日の終わりを、台無しになんかされたくない。

「それじゃ……明日、何時に待ち合わせる？」

ちょっと間を置き、まだ温かいカップに手を伸ばしながらセルヒオが訊く。手首に黒いブレスレットを巻いていることにぼくは気づく。革でできているようだ。カプチーノをひとくちすするセルヒオのくちびるをじっと見つめていると、ありとあらゆる考えがとめどもなく頭のなかを通り過ぎる。

「五時半はどう？」変なことは考えるなと、自分に言い聞かせながらぼくは答える。「それなら、昼ごはんのあと電車に乗って余裕で着くから、一緒に映画館に行けるよ」

「いいと思う」

セルヒオはほほえみながらそう言って、テーブルの上、自分のカップの横に手を置いた。それには気づかないふりをしながら、ぼくもホットチョコレートをひとくち飲み、セルヒオのまねをしてテーブルに手を置く。セルヒオの手まで、あと数センチのところに。

もしぼくがこういうタイプじゃなかったら、

(こんなに臆病じゃなくて)

もっと経験豊富か、もっと大胆だったら、手を伸ばしてセルヒオの手をつかんだだろう。もしぼくがぼくじゃなかったら、カップの上に身をのり出してセルヒオにキスしただろう。なにも考えず、迷わずに。だけどぼくはそんなタイプじゃないし、そんなタイプには絶対なれない。だからテーブルの上の数センチの距離が、けっして渡れない深い淵のようにぼくらを隔てている。

ぼくはセルヒオを見る。

セルヒオもぼくを見る。

ほほに血がのぼってきたのに気づき、ぼくは目をそらす。そうしようと思えば、今のぼくなら顔の上で目玉焼きがつくれるだろう。

セルヒオがじっとこちらを見つめているのがわかって、ぼくはまたおずおずと顔を上げる。

セルヒオがほほえみかける。ぼくはつばをごくんと飲みこんで、セルヒオにほほえみかえす。心臓が胸から飛び出しそうにドキドキする。一瞬、ほんとに飛び出すんじゃないかと怖くなりさえした。

するとそのときセルヒオの手が、ゆっくりとぼくの手のほうに動いた。

セルヒオは少し眉をひそめ、さぐるようにぼくを見る。はねのけられる可能性はどのくらいかと考えているような目だ。そんなことあるわけないのに。ぼくはほほえみながら、そうしてほしいという気もちを視線にこめる。セルヒオの目から不安の色が消える。そしてほとんど間を置かずに、セルヒオの指がぼくの指をかすめる。ぼくの心臓が一瞬、止まる。

これまで読んできた本には必ず、こういうときは主人公たち（もちろん、男の子と女の子）の手に電流が走り、触れあった指先から火花が散ると書いてあった。だけど実際にぼくが感じたのは電気どころじゃない。焼けつくようにすさまじいなにか、ぼくの内側を震えあがらせ、外側を熱くさせるなにか。

それは炎そのもの、ぼくはそのなかで焼き尽くされたい。

ああ、ぼくはなんてありきたりの表現しかできないんだろう。

かなり長いこと、ぼくたちはそのままじっとしていた。手をつなぎ、なにも言わず、はにかんだ笑みを浮かべながら、ただ見つめあっていた。実際になにも話すことがない。いや少なくとも、この沈黙以上のものなどない。キスしたいと思っている自分もいるけど、本当はその必要もないとわかっている自分もいる。今こうしていることが、完ぺきな瞬間。

どのくらいそうしていたんだろう。やがてセルヒオが冗談を言って沈黙が破れるまで、かなり長い時間が流れたはずなのに、あり得ないほど短い時間だったようにぼくには思える。だけどいざしゃべろうとしても、なにを話せばいいのか、ふたりともよくわかっていなかった。それでぼくは、セルヒオの家族についてたずねることにする。それまでセルヒオは、その話題を出したことがなかった。たぶんちょっとした言葉の端々から、ぼくの家がうまくいっていないことに気づいていたからだろう。でも自分の家族のことを話しはじめると、セルヒオはすぐに夢中になった。それでわかったのが、すごく結びつきが強い家族だということで、ぼくは突き刺されるような

(痛みを)

うらやましさを感じずにはいられない。ぼくの家族とは大ちがいだ。運よく幸せな家族に生まれつくって、どんな感じなんだろう。

気づいたときには八時を過ぎていた。すぐ駅に向かわなければ、家に着くのが遅くなる。セルヒオが送ろうと言ってくれたので、ふたりで肩を並べて歩き出す。すぐ近くにいるはずなのに、ものすごく遠いようにも感じる。ときどき腕が軽く触れあい、そんなときぼくは

(キスして)

もう一度手をにぎってほしくなる。すると、駅に着くまであと数分というときになって、セ

ルヒオが手をにぎってくれた。

ぼくはちょっと緊張し、あわててきょろきょろして、だれにも見られていないのを確かめる。きっと近くに人がいないところに来るまで、セルヒオは手をにぎるのを我慢していたんだ。

「迷惑？」

セルヒオの声がおどおどしている。その顔を見れば、ぼくの反応を心配していたのがはっきりわかる。指の力をゆるめて今にも離しそうになったので、ぼくのほうから強くにぎり返した。セルヒオの指と自分の指をからめることで、二度と離したくないという思いを伝える。

「迷惑なんかじゃないよ」きっぱりと言って、セルヒオに笑いかける。「ただ……」ぼくは言葉を途中で切るが、セルヒオはうなずく。

「わかるよ」

「ぼくにとっては、あまりないことだから」

「ほどいたほうがいい？」

ぼくは首を横に振る。セルヒオがほほえむ。そのまま歩きつづけていると、向こうから、人影が二つやってくるのが見える。体が少しこわばるが、その人たちはこちらをほとんど見もせずに通り過ぎる。ほっとして思わずため息が出た。

とうとう駅に着いた。大勢の人がいるので、ぼくは少し緊張して、入るときに手をほどく。こんなふうに男の子と歩くところを、他人に見られる心の準備はまだできていない。

「ごめんね」ぼくはつぶやく。

「なんでもないよ」

次の電車が出るまで十五分もない。ぼくが券売機で切符を買う間、セルヒオは待っている。

切符を手にしたぼくは振り向き、セルヒオを見る。

「じゃ、そういうことで」

どう挨拶していいのかわからなくて、ぼくは口ごもる。セルヒオはほほえむ。そのくちびるからぼくは視線を外せず

（外したくなくて）

キスしたらどんなだろう、どんな味がするのだろうと考えている。

「じゃ、そういうことで」

「明日会えるよね？」

「もちろん。ここまで迎えに来ようか？」

〈少しでも早く会えるほうがいい〉

「うん」

「じゃ、そういうことで」ほほえみながら、セルヒオが繰り返す。

「じゃ、そういうことで」

「たぶん〈じゃ、そういうことで〉は、ぼくらにとっての〈ずっと〉になりそうだね」笑いな

がら言う。

ああ、そうか。セルヒオがなんのことを言ってるのか、やっとわかった。

「やっぱり！　ジョン・グリーンのファンにちがいないと思ってた。次はなんだろう？　カメーラみたいなのを聴いてるとか？」

最後の言葉を聞いてセルヒオは大笑いした。

「ジョン・グリーンのファンでなにが悪い？」

なんだか身がまえているので、ぼくは笑いをこらえるのに苦労した。

「もし知らなかったら……」ぼくはさらに突っついてみる。

「ん？　どういう意味？」

「なんでもない。きっと知ってるよ」

「ひょっとしてきみ、ベストセラーに入った本を読むのを毛嫌いするタイプの人じゃないよね？」

今度はぼくが大笑いする番だ。

「そんなんじゃない」

「それじゃ言ってよ！」

「説明すると長くなるよ。もうすぐ電車が出るから、また今度」

「じゃ、いいよ」

「じゃ、そういうことで」ぼくは言い返す。

セルヒオが笑う。ぼくもつられて笑ってしまう。

「まったく」

「でも好きなんだろ」

「ぼくが好きなのはきみだよ」

つい口から出てしまったらしく、気づいて赤くなるセルヒオ。だけど、ぼくの目をじっと見つめつづけている。

ぼくはなんだか気おくれして視線を落とすが、顔はほころんだままだ。なにか言わなくちゃと思うけど、言葉が出てこない。それでも、えいっと勇気を出して腕をのばし、彼の手をつかんだ。セルヒオはにぎり返す。心臓がドクン、ドクンと激しく打ちはじめた。絶対、もうすぐ破裂する。

「もう行かなきゃいけないんじゃない」少ししてから、セルヒオが列車の発着時刻を示す大画面のほうをちらっと見て言う。「列車に乗り遅れるよ」

「そうだね」

だけどぼくらはそのあとも、お互いの目を見つめながらなにも言わずにじっとしていた。

〈キスして〉

だけどしてくれない。

それにぼく自身、ここでそんなことしてほしいのかどうかわからない。

その代わりにセルヒオはぼくに近づき、ぎゅっと抱きしめてくれた。また、あのふしぎな感覚を覚える。あったかくて心地いいなにかが、ぼくの内側を満たす。セルヒオの香りを吸いこむ。もう親しみを覚えはじめた香り、かぐたびに好きになっていく香り。

この香りに、いつか慣れるときが来るのかもしれない。

おなかのなかにチョウチョ？

恋をするとおなかのなかにチョウチョがいるようにざわざわするって言うけど、ぼくのはむしろスズメバチだ。

今はきみの気持ちがすごくよくわかるよ、イーサン・ウェイト。つまんないたとえなんてくそくらえだ。

12月18日 20：31 投稿 ｜ コメント：0

シェア Linked In facebook Twitter Google Tumblr

第25章

El fuego en el que ardo

光がきみを家へと導くだろう
そして骨の髄から燃え立たせる
ぼくはきみを癒してあげたい

『フィックス・ユー』
コールドプレイ

映画館は駅から歩いて三十分のところにあるから、時間の余裕はたっぷりある。だけど今日は、ぼくらの間にいつもとちがう空気が流れている。最初はそれがなんなのかわからなかった。そのなにかを、言葉に表すこともできなかった。だけど黙って数分歩くと、ようやくこの気持ちに名前をつけることができた。臆病さ。以前にはなかった臆病さが、ふたりの間に生まれていた。

二十時間と少し前のこと、初めて手をつないだ。原因はそれだ。昨日ぼくらは一歩前に踏み出して、以前は「たぶん」に過ぎなかったことが、はっきりそうだとわかった。そしたらもう、なにが起こっても、前へ進むしかないんだ。そして今日、もう一歩前へ進みそうだと気づいていて、ぼくはそれを怖がってる。恐怖さえ感じている。セルヒオもきっとそのことを考えてるはずだけど、彼がどう思ってるのかまではわからない。

だからぼくは黙ってる。なにを言ってもばかだと思われてしまいそうだから。

「なにかあったの？」映画館までの道を半分ほどまで来たころ、たっぷり三分以上も黙りこくっていたあとで、セルヒオがぼくにたずねた。

「なにが？」

セルヒオは肩をすくめる。

「なんだか、今日はすごく静かだから」

「きみだってそうだよ」

「きみがなにも言わないから、ぼくも黙ってるんだ」セルヒオはニヤッと笑って答える。目が楽しそうにキラッと光った。

「たぶん、きみがなにも言わないから黙ってるのはぼくのほうだよ」ぼくも笑いながら反撃する。

「じゃ、そういうことで」

「じゃ、そういうことで」

ぼくらは一瞬顔を見合わせ、こらえきれずに爆笑する。さっきまでの緊張が、まるで最初から存在しなかったみたいにぱっと消えた。それからはいつも通りの会話になった。はにかんだ笑みを浮かべ、ときどきちらっと視線を合わせては、またそらしながら。

「うそ、冗談だろ」映画館の入り口の料金表を見てぼくは言った。「マジでひとり九ユーロ二十セント？」

セルヒオが眉を上げてぼくを見る。

「どう思ってたの？　今日は土曜日だよ」

「ぼくの村では、週末は五ユーロだよ」そう言うと、セルヒオは信じられないという表情でぼくを見た。

「ありえない」

「ほんとだってば。それに平日は三ユーロ五十セントなんだ」

「すごいな。お金、足りる？」

ぼくは肩をすくめた。

「映画代はね。ポップコーン買いたかったけど、今日は十五ユーロくらいしか持ってないから、まあいいや……」

「大丈夫。ぼくがおごるよ」

ぼくはちょっと赤くなった。

「だめだよ！　マジで大丈夫だから。ジュースを買うくらいのお金はあるから、それで十分だよ」

「ばか言うなよ。映画館なんて暗がりでキスするためと、ポップコーンを食べるために来るところだろ。世界の常識だよ。ぼくがおごる、はいおしまい」

ぼくはますます恥ずかしくなったけど、同時にちょっと期待する。〈暗がりでキスする〉だって？　その考え、全然嫌いじゃない。

「いいから、マジで」

「だめだよ」セルヒオは笑いながらも言い張る。「それに、これで公平なんだよ。きみは往復の電車賃を払わなきゃならない。だからぼくが埋め合わせにしてあげられるのは、おごることくらいなんだから。そう思わない？」

ほんとは別のかたちで埋め合わせてくれるほうがよかったけど、そんなこと声に出して言えるわけないから、ただうなずくだけにした。

「わかった」

ホールに入ると、満席なので驚いた。ぼくの村の映画館はいつもせいぜい十人くらいしか入っていない。それによく見ると、ここには同性のカップルが何組もいる。男同士もいれば、女同士のペアもいた。二列前の席では男同士がキスしていて、ついまじまじと見てしまう。キスしてる男のカップルを実際に見たのはこれが初めてだけど、それより驚いたのが、ぼく以外にだれもそのふたりを見ていなかったことだ。ふたりに向かって暴言を吐いたり、指さしたり、笑ったりする人はだれもいない。だれかにだめだと決めつけられる心配がないから、ふたりはただ幸せでいられる。自由でいられる。あの村に住んでいる限り、ぼくは絶対あんなふうになれない。

映画の始まりのために灯りが消えると、突然周りの人たちが姿を消し、暗がりのなかにセルヒオとぼくだけがいるような錯覚に陥った。セルヒオはぼくの左側にいる。右の太ももの上にポップコーンが置いてあるものだから、おなかがすいて食べたくなっても、とても手を伸ばす勇気はない。

そのときセルヒオがぼくのほうに体を傾け、耳元でささやいた。

「ポップコーン、とっていいよ。噛みついたりしないから。もちろん、ほしくなければ別だけど」

温かい息がかかって、耳に心地よいくすぐったさを覚え、全身に震えが走る。ぼくはうなずき、おずおずとポップコーンのカップに手を入れる。ひとつかみ取り出したとき、セルヒオの指がぼくの指をかすめた。ぼくはびくっとして、ポップコーンをセルヒオの上に落としてしまう。ぼくらは顔を見合わせて、しばらく笑いをこらえていたが、やがて我慢できなくなって吹き出した。周りの人に静かにしろと注意されると、それがおかしくてさらに笑ってしまう。でもなんとか笑いを引っ込めたので、映画館からつまみ出されずにすんだ。

数分後、また同じことが起こった。今度手が触れたのはぼくのほうからだった。でもセルヒオはぼくの手を放さず、ぼくもふりほどこうとしない。数秒間そのままじっとしていたけど、ぼくの腕がしびれてきて、放すしかなかった。目は画面をじっと見つめているけど、映画のなかでなにが起こっているのかさっぱりわからない。爆発があって、人間の姿をした怪物が出てきているけど、それらがなにを意味するのかほとんど意識していない。

その後しばらくは手が触れることもなく過ぎ、やがてポップコーンがなくなると、セルヒオはカップを床に置いた。それから手をひじ掛けに載せる。今ぼくがすべきこと、おそらく彼が期待していることがなにかはわかってる。でもなぜだか、できない。だから両手を脚の上に置いたままじっとしてると、数分後、とうとうセルヒオはひじ掛けから腕を離した。

それを見て、ぼくは急いでひじ掛けに腕を載せた。

セルヒオが押し殺した笑い声を漏らし、ぼくは映画館の暗闇に感謝した。ほほが赤くなってるのを見られなくてすむからだ。このまま待たされるのかなと思ったけど、ほんの数秒後にセルヒオの指が

（ついに）

ぼくの指にそっと触れ、それから包みこんだ。ぼくはつばを飲みこみ、これは現実に起きていることだとはっきりさせたくて、そっと頭を動かしセルヒオを見る。くちびるに笑みを浮かべながら彼もぼくを見ていて、手に少し力をこめるので、ぼくも急いでにぎり返した。背もたれに頭を戻して目を閉じ、幸福のため息をつく。男の子との最初のデートはどんなだろうと何度も何度も想像したけど、ここまで完ぺきなのは予想していなかった。

そのあと勇気を出すのに三十分以上もかかったけど、ぼくはとうとう頭を横に傾けて、セルヒオの肩にもたせかけた。セルヒオは体をこわばらせた。離されるんじゃないかと思った瞬間、セルヒオはぼくの肩に腕を回した。この瞬間が永遠に続けばいいのに。決して終わらなければ

いいのに。ぼくはそう思わずにはいられなかった。

だけど幸せな時間は必ず終わるんだ。気がついたとき、画面にはエンドクレジットが流れていた。ぼくはセルヒオの肩から頭を離し、しびれた首筋をもみほぐす。セルヒオはほほえんでぼくを見る。でも立ち上がるそぶりを見せず、ぼくもそのまま座っていた。するとそのとき、なんの前触れもなく、不意に彼の顔が近づいてきた。キスされる、そう直感した。わくわくしているぼくと、すごく怖がってるぼくがいる。すると急に、ホールにいるたくさんの人たち、周りにいる人たちを意識しはじめた。きっとみんなぼくらを見ている。ここでキスされるかもしれないと思うと、パニックの波が荒々しくぼくの体を駆け抜けた。

次の瞬間、ぼくはセルヒオから顔を遠ざけた。

セルヒオはぼくの顔から数センチのところで固まっていたが、それからそっと頭を下げて、ぼくの頭にもたせかけた。

「ごめん」

ぼくはつぶやく。涙が一滴、すっとほほを流れ落ちた。セルヒオは首を横に振った。

「ううん、ぼくこそごめん。こんなことすべきじゃなかった。まだ早すぎるもんね。でも……」

「ちがうよ、マジで。きみのせいじゃないんだ、ほんとに。ただ……。まだ心の準備ができてないんだ。少なくとも、ここでは。人が多すぎるし」

セルヒオがつばを飲みこんだ。

「わかった」

「きみのせいじゃないよ、ほんとに。でも、つまり……」

「わかったよ、落ち着いて」セルヒオはそう言うと、ぼくの肩に載せていた頭を上げて、顔を見る。「えっ！　なんで泣いてるの？」

　言われるまで気づかなかったけど、ほほに手をやると涙でびしょびしょだ。

「いや……、わかんない」消えそうな声で答える。「ただ、今日が完ぺきな日になるといいなと思ってたのに、ぼくがだめにしちゃったから。それに……」

「完ぺきだったよ」

「ううん、そうじゃなかった。ぼくがだめにしちゃった。それで……」

　もうそれ以上言わなくていいというように、セルヒオはぼくの口にそっと手を当て、もう一方の手で涙をふいてくれた。

「いいか、オスカル。きみはなにもだめになんかしてないよ。わかる？　ぼくにとって今日は、ほんとに完ぺきだった」

「ほんとに？」

「ほんとだ」

「こんな、ばかみたいにぼくが泣いてても？」

「心配すんなって、マジで」

そんなこと言われたって、そう簡単に安心できない。

「うん」

それからしばらくぼくらは黙りこんだ。ホールは少しずつ客が少なくなっていく。

「ぼくがキスしようとするのがいやだった？」

ぼくは首を横に振る。

「ううん、ただ人が多すぎて、ぼくはこういうのに慣れていないから、それで……」

「うん、ただ確かめたかっただけ」

「ごめんね」

「謝んなくていいよ。謝らなきゃいけないのは、きみをこんなふうにしたやつら、毎日きみをいじめているやつらで、きみじゃない。きみは全然悪くない」セルヒオの言葉に、なにを言えばいいのかよくわからないままぼくはうなずく。「ぼくはきみがまた楽しく過ごせるようにしてあげるって決めたんだ。約束する」

ぼくはごくりとつばを飲みこむ。セルヒオはきっと、ただそう言ってみてるだけ、本気じゃないに決まってる。でも、彼の瞳は真剣そのものに見える。ぼくは答えた。

「ありがとう」

＊＊＊

駅に着き、セルヒオはぼくが行く前に抱きしめてくれた。この抱擁が空気のように逃げていきそうで、ぼくはぎゅっとしがみつき、もうなじみ深くなった香りを吸いこみながらセルヒオに寄りかかる。そうしていないと、自分を責める気持ちの重みで倒れてしまいそうだったから。

「ごめんね」

また目に涙をためているのが見えないことにほっとしながら、ぼくは彼の耳元でささやく。

「気にすんなよ」

「気にするよ」

「いいから、マジで。心配しないで。ぼくは待つよ、いい？　きみの準備が整うまで待つ」

「待つのに飽きちゃったらどうしよう」消えそうな声でぼくは言う。セルヒオの目を見る勇気はない。

ぼくの髪にキスをしてから、セルヒオは答えてくれた。

「飽きたりしないよ」

＊＊＊

「もうごはんができるわよ」家に帰るなり、キッチンから母さんの声がした。「早く来なさい！」

「ごはん、食べてきちゃった」うそをつく。胃になにかつっかえてるような気がして、なにも食べられないとわかってたからだ。

「そうなの？」母さんはいぶかしそうにドアから顔をのぞかせる。「座ってなにかつまんだらどう？」

「いや、ほんとに、おなかすいてないんだ。母さんたちだけで食べてよ」

「でも、オスカル……」

「したいようにさせておけ」居間から父さんの怒鳴り声がする。理由はわからないけど不機嫌そうだ。きっとひいきのチームが負けてるとか、単にビールがちゃんと冷えていなかったとか、そんな理由だ。「飢え死にでもしたいんだろうよ」

　部屋に入るとすぐにベッドに寝転んだ。なにも考えないようにしようと思ったけど、そんなこと不可能だ。頭のなかに繰り返し、今日の光景が現れる。そうなっていたかもしれない光景、ぼくが愚かなせいでそうはならなかった光景。今日は完ぺきなはずだった、完ぺきなデートになるはずだった。でもぼくは、それを台無しにせずにいられなかった。

　ぼくが楽しく過ごせる日なんて来ないのには気づいてる。少なくとも、心から楽しめる日は。ぼくはひどい目にあいすぎた。今もひどい目にあわされつづけている。そのうち体じゅうが傷だらけになるかもしれないけど、ほんとの傷、ほんとに痛い傷は肌の下、ぼくの心の内側についている。あまりに深くて手が届かないところ、決して治せないところについている。その傷が消えることはない、痛みが止まることはない。

あとひとつくらい増えたところで、それがどうした。

ぼくはマットレスの下に手を突っこみ、カッターを取り出した。

第26章

El fuego en el que ardo

ベイビー、あなたがあたしのものになれば
あたしはパラシュートがいらなくなる
あなたがあたしを受けとめてくれるから
あたしが落ちてもあなたが受けとめてくれるから

『パラシュート』
シェリル・コール

火曜日はスポーツセンターに行くのが恥ずかしくて仕方なかった。土曜日の午後を台無しにしたことか、そのあとリスカしたことか、どっちのせいでこんなに恥ずかしいのかはわからない。いずれにせよ、どっちもやるべきじゃなかったってことだけはわかる。

土曜日のあとも普通にチャットしていたけど、心のどこかでは、階段で待っていてくれなくていい、もう飽きてくれればいい、ぼくを立ち直らせるなんて無理、ぼくの心が壊れすぎていることに、気づいてくれればいいのにと思っている。ぼくなんてその辺のどこにでもいる男の子と同じ、ぼくのために時間を無駄にするのはもったいないよ。

だけどセルヒオは今日もいた。

「やあ」ぼくを見て、いつものようにほほえむ。立ち上がり、いつものようにハグしようとして立ち止まり、とまどうような表情になる。この間のことがあるからそれも無理はない。そう思った次の瞬間には、ぼくは彼の両腕に包まれていた。そうされると、何時間も水に潜っていたあとでふたたび呼吸したような気持ちになる。

「ありがとう」

ぼくは小さな声で言う。なんに対するお礼か、自分でもよくわからないけど。

セルヒオはなにも答えず、たださらに力をこめてぼくを抱きしめる。ゆるめると、ぼくが床に倒れてばらばらになってしまうと恐れてでもいるかのように。もちろんぼくに不満があるはずがない。だからされるままになって、その感覚と彼の体温、なじみ深い香りを味わう。この瞬間がずっと続いてほしいけど、そういうわけにもいかないから体を離し、ぼくらは建物のなかへ入る。

練習が終わるとぼくはさっとシャワーを浴びて、セルヒオに土曜日の傷を見られないように急いで服を着る。セルヒオは服を着ながら、いぶかしむようにぼくを見る。ぼくの態度が変なのか、気づかないうちに見られていたのか、それともなんとなくぼくのやったことを想像しているのか、理由はわからない。だけどぼくが見ているのに気づくと、セルヒオはいつもの温かい笑顔になった。そのぬくもりが、ぼくの体の冷たさを少しずつ溶かしていってくれるような気がする。

だけどセルヒオはなにかに気づいている、なにが起こったか知っている。その感覚を、ぼくはぬぐい去ることができない。更衣室のドアへ向かいながらセルヒオのほうを振り返ったとき、なにかがぶつかって胸の辺りが濡れたのを感じた。前を見ると、十四、五歳くらいの金髪の男の子が戸口に立っていた。ふたの開いたボトルを持っていて、その中身がぼくにかかったらしい。

「ごめんよ」その子がうろたえながら謝る。「水を飲んでて、前を見ずに入って、それで……」

「気にしないで」

セーターだけでなくその下のＴシャツまで濡れてたけど、ぼくは無理に笑顔をつくった。

「ほんとにごめん」男の子は続ける。「ぼく、どうしよう……」

「いいんだ、ほんと」

ぼくはベンチのあるところまで戻り、セルヒオに背を向けてＴシャツとセーターを脱ぐ。セルヒオの視線がぼくの背中に突き刺さってくるのを感じる。ぼくはタオルで胸をふく。幸い、そんなに濡れていない。だけど服はかなり濡れていて、乾きそうにない。

「あーあ、びしょ濡れだ」

「ぼくのセーターを貸してあげるよ」

ぼくが濡れたＴシャツをもう一度着たのを見て、セルヒオが言う。ぼくは首を横に振る。

「問題ないよ。気にしないで」

「ばかなこと言うな。この寒いのに、そんなの着て出ていったら肺炎になるぞ」

「じゃあ、脱いでコートだけ着るよ。それでもかなりあったかいから……」

　セルヒオは片方の眉を上げる。

「それじゃまるで、ポルノ映画の出だしのシーンだよ。でもその考えは気に食わないな。この寒さでそんなことしたら、濡れた服で出ていくよりもっとひどいことになる。とにかく、セーター貸すから」セルヒオは言い張って、セーターを脱ぎはじめる。「そうすれば、少なくともコートだけってことはなくなるよ」

　セルヒオの言葉を聞いてぼくはちょっと赤くなる。でも結局折れて、うなずいた。

「うん、わかった」手渡されたクリーム色のセーターを着る。セルヒオが今まで着ていた服、彼のにおいがする服。今度会うときまで持っていていいんだと思うと、背筋がぞくぞくっとした。

「ありがとう」

　セルヒオはいつもの明るい笑顔をぼくに向けると、肩をすくめた。

「どういたしまして」

「でも、それだけで寒くないの？」『ローガン』のＴシャツを見て、ぼくはたずねる。「ぼくのせいで、きみが肺炎になったらどうしよう」

「気にするなって。ぼくのコートはきみのとちがってすごくあったかいから」Ｔシャツの上にコートを着ながら、セルヒオがつけ加えた。「大丈夫だよ」

　ぼくらは駅に向かって歩きはじめた。

「週末はどうするの？」

「うーん、まだなにも決めてない」セルヒオが肩をすくめて言った。「でも、できればきみに会いたいな」

ぼくは恥ずかしくてうつむきながらも、笑みがこぼれる。

「えっ、ほんと？」

「もちろん。金曜日はクリスマスだから、柔道がないだろ。一週間も会えないなんていやだ。きみがよければだけど」

「もちろん、会いたいよ」

「それじゃ……土曜日？」セルヒオがほほえむ。

「土曜日だね」ぼくはまだうつむいたまま繰り返す。「なにしようか？」

「うん、もしきみさえよければ、ぼくの家で映画を観るとか、そういうのどうかなと思ってたんだけど」この前と同じように、前もって準備していた台詞のようだ。ぼくは笑みがこぼれそうになるのをこらえる。セルヒオはさらにつけ加える。「その日両親はいないから、ふたりだけで家を使えるよ」

そうしたらどうなるかに気づいて、ぼくはかあっと顔が熱くなる。

「えっ……」

「あっ、そういう意味じゃないから！　別に、なんにもしなくていいから」

トマトみたいに真っ赤になって、セルヒオがあわてて言う。かわいい。ぼくはそんな彼を見

て、

（キスしたくてたまらなくなる）

また一所懸命、笑いをこらえる。

「ほんとに、そんなふうに聞こえちゃってたらごめんね。なんにもする必要ないんだよ、マジで、ただぼくは……」

「ぼく、きみの家で映画観たいな」ぼくがそう言うと、セルヒオはにっこり笑った。

「ほんと？」

「ほんと」

また幸せそうに笑ってから、セルヒオは真剣な顔になる。

「ねえ、オスカル。この間のことだけど……」震える声で話しはじめ、つばを飲みこんでからまた続けた。「ぼくの家に来ても、ぼくがしたがってるとは思わないでほしいんだ……、その、この前しなかったこととか、そういうのを。つまり、ぼくはしたいんだけど、急いではいない。わかった？」

ぼくはうなずき、少しためらいながら答えた。

「わかった」

「ただ、誤解してほしくないから言ったんだ。ぼくの家に来てもらって、ふたりっきりで過ごしたいけど、でも心の準備がまだなら……。それなら、気にしないで。いい？　ぼくは待てる」

「ありがとう」

なにを言えばいいのかわからなくてそれだけ伝えると、セルヒオはほほえんでまたぼくを見る。

数分間沈黙が続いたけど、驚いたことに、不快な沈黙じゃなかった。それどころか心地いい沈黙、ひそかに交わしあう視線とほほえみに彩られた沈黙だった。どんな言葉よりも、その沈黙のほうがはっきり気持ちを伝えていた。

あっという間に駅に着き、気がつくといつもの通り、さよならのハグをされていた。セルヒオと一緒のときは、憎らしいほど時間が速く過ぎてしまう。

「土曜日に言ったこと、今も変わってないからね」ぼくの耳元でセルヒオがささやく。心地いいくすぐったさが、全身に広がっていく。「きみがまた楽しく過ごせるようにしてあげる。約束するよ」

すてきなこと

朝の４時まで電話で話すこと以上にすてきなクリスマス休暇の始めかたって、あるのかな？

ぼくはないと思う。

12月23日 04：11 投稿 ｜ コメント：0

シェア Linked In facebook Twitter Google Tumblr

第27章

El fuego en el que ardo

まだ夜は早い
そしてぼくたちは生きている
両手が動く、しっかり動く
そして時間はもっとゆっくり動いてる
ぼくらがもっと、
もっと近づいてるのを感じてる

『タッチ』
トロイ・シヴァン

クリスマス休暇が特別楽しみってわけじゃないけど、少なくとも二週間、学校から離れていられる。だけど善き夜のはずのクリスマスイブ、ぼくの家ではあまりいいことがない。何週間も前から母さんは、うちで一緒に夕食をとろうとマリア姉さんを誘ってたけど、説得は失敗した。だから結局、イブも三人だけで夕食だ。幸いセルヒオがスマホの向こうにいてくれるから、まだ我慢していられる。

セルヒオ：親戚とのディナーなんて大嫌いだ。

オスカル：どうした。

セルヒオ：そっちは大変なことになってる？

オスカル：まだ始まってないよ。

オスカル：ぼくは自分の部屋にいる。

セルヒオ：ラッキーだな。
オスカル：そうかな……。
セルヒオ：こっちはテーブルに着いてからもう一時間になるけど、まだ前菜も来てないんだ。
オスカル：ありえない。
セルヒオ：それがあるんだよ。
セルヒオ：きみはラッキーだよ、絶対。
オスカル：それならそうかもね。
オスカル：もう降りていかなきゃ。
オスカル：早く行けば、早く帰ってこれる。
セルヒオ：ぼくを捨てていくの？

セルヒオ：😢
オスカル：だってうちの父さんは食事のときスマホを使わせてくれないんだ。
オスカル：☹
オスカル：そんなに時間はかからないよ、安心して。
オスカル：三十分もすれば戻るんじゃないかな。
セルヒオ：寂しくなるよ。
オスカル：ぼくも。

「おい、ぼうず。その格好は一体なんだ？」ぼくが居間に入っていくと、父さんがたずねた。「クリスマスイブなんだぞ」

　ぼくは肩をすくめた。ぼくが着てるのはそんなに古くないジーンズと、火曜日にセルヒオが貸してくれたクリーム色のセーター。あまりちゃんとした格好とはいえないけど、そんなにひどくもないはずだ。

「かまわないでしょ？　ぼくたち三人だけだよ」

父さんは素早く部屋を横切って、気づいたときには顔を思いっきり平手打ちされていた。

「おまえの姉の、あの尻軽がいれば三人じゃなかったんだ」

「なに言ってるの！」母さんが腹を立てて大声を出した。「今日はけんかはやめて。それに、あたしたちの娘をそんなふうに呼ばないで」父さんはぶつくさ言ったが、驚いたことに、言い返さなかった。どうやら、すっかりクリスマス精神に取りつかれているらしい。「せめて今日だけでも穏やかにして。クリスマスイブなんだから」

ほとんど黙りこくったまま、夕食の時間は過ぎていった。ときどき母さんがぎこちない質問をして、ぼくたちはそれに「うん」とか「ああ」とか答えるだけ。二十分後にぐったりして夕食を終え、ようやく部屋に戻ってくると、スマホにはセルヒオからのメッセージがぎっしり詰まっていた。

セルヒオ：やだ。
セルヒオ：やだ。
セルヒオ：やだ。
セルヒオ：**やだ。**
セルヒオ：**ありえない。**
セルヒオ：**魚。**

セルヒオ：**前菜は魚のスープ。**

セルヒオ：**助けて。**

セルヒオ：**殺してくれ。**

セルヒオ：**魚、大っ嫌い。**

セルヒオ：**ソーの愛によって。**

セルヒオ：**ぼくがなにをしたというんだ。**

セルヒオ：**こんな目にあうほどの。**

セルヒオ：**神さま。**

セルヒオ：**ああ、気持ち悪い。**

セルヒオ：**ひどいにおい。**

セルヒオ：**助けて。**

セルヒオ：**クリスマスイブのディナーは大嫌いだって言ったよね？？？？**

セルヒオ：まあいいや。

セルヒオ：いいニュースがある。

セルヒオ：おじいちゃんが、下のいとこのために普通のスープをつくったんだ。

セルヒオ：**クリスマスの奇跡だ。**

セルヒオ：**ぼくは救われた。**

セルヒオ：つまんないな。
セルヒオ：まだ、だいぶかかりそう？
セルヒオ：少なくとも、こっちはメインディッシュが出てきた。
セルヒオ：**戻ってきて。**
セルヒオ：お願い。
セルヒオ：きみがいなくて寂しいよ。

メッセージを全部読み、ぼくは声を立てて笑った。最後のが届いてから一分くらいしか経っていない。ぼくは急いで返信した。

オスカル：メールを打ちつづけで、楽しそうだね。
セルヒオ：なんだと。
セルヒオ：だって。
セルヒオ：**魚だよ。**
セルヒオ：ぼくがどんな思いをしたか、わかってんのか？？？？？？
セルヒオ：**魚、大っ嫌い。**

オスカル：解決してぼくもうれしいよ。
オスカル：メインはいいものだった？
セルヒオ：そりゃもう、ずっといいよ。
セルヒオ：肉だよ。
セルヒオ：大好物。
セルヒオ：今はもう、デザートが出てる。
オスカル：よかったね。
セルヒオ：そっちのディナーはどう？
セルヒオ：よかった？

殴られたことを言おうかとちょっと迷ったけど、話さないことに決めた。さんざんぼやいてるけど、セルヒオが親戚そろってのディナーを楽しんでいるのはわかってるから、台無しにしたくない。

オスカル：うん、父さんはぼくの服が気に入らなかったみたい。
オスカル：ほかのことはよかったよ。
セルヒオ：なに着てたの？😝

しまった。やっちゃった。

オスカル：えーと……。
オスカル：きみのセーター着てたんだ。
セルヒオ：ああ。
セルヒオ：どうして？
オスカル：だって気に入ったから。
オスカル：それにきみのにおいがするから。
セルヒオ：ぼくのにおい好きなの？

オスカル：大好き。

オスカル：😍

セルヒオ：😁

セルヒオ：まだ着てる？

オスカル：もう脱いじゃった。

オスカル：今はそれを抱きしめてる。

セルヒオ：なんで？

オスカル：このほうが、においがよくわかるから。

セルヒオ：☺️

セルヒオ：ほかになに着てるの？

オスカル：ジーンズ。

セルヒオ：Tシャツは？
オスカル：なにも。
オスカル：😣
オスカル：きみはなに着てる？
セルヒオ：いま部屋に戻ってきたとこ。
セルヒオ：だからこれから着替える。
セルヒオ：一秒待って。

オスカル：なに着るの？

セルヒオ：いま着替え中。
セルヒオ：ということで今のところなにも。
セルヒオ：😏

おお、神さま。

オスカル：どういうこと？

セルヒオ：ヒーターがちょっと暑いんだ。
セルヒオ：きみは暑くないの？

実を言うとぼくも暑かった。ぼくの場合はヒーターのせいではないんだけど。目を閉じてセーターの香りを吸いこみ、片手でメールを打ちながら、セルヒオが自分の部屋で裸でいるところを想像し、もう一方の手を体に沿って下げはじめる。

オスカル：そう言われれば、暑いかも。
セルヒオ：じゃ、ズボン脱げば。
オスカル：そうだね。
セルヒオ：ほんとに？😝

オスカル：うん。

オスカル：😊

ジーンズを床に放り投げ、ぼくはそっと自分の体をなではじめる。それをセルヒオの手だと思うのはたやすかった。だって彼の香りに包まれてるんだから。どちらからも発信しないまま数分過ぎたとき、ぼくのスマホが振動しはじめた。

セルヒオ：どうかまだつながってますように。

オスカル：いいかな？

セルヒオ：どうぞどうぞ。

オスカル：なにしたい？

セルヒオ：今とおんなじこと。でもここで、きみとぼくとで。

おお、神さま。

オスカル：ところで今、なにしてんの？
セルヒオ：きみとおんなじこと。
セルヒオ：勘ちがいかな？
オスカル：勘ちがいじゃないと思う。
セルヒオ：😝

それからふたりとも、かなり長い間発信しなかったけど、セルヒオが遠くにいる感じはしなかった。それどころか、まるで一緒にいるような気がした。ぼくの隣に、それともたぶん、ぼくの上に。うっとりする香りに包まれていると、セルヒオの手がぼくをこんなふうに感じさせてくれるとき、これよりもっとずっと感じさせてくれるときってどんなだろうと、そう考えずにはいられなかった。

El fuego en el que ardo

第28章

そしてわたしの心は鼓動する
世界の帝国のように結びついて
わたしたちは生きている
あなたはわたしを夜ごと照らす野火
わたしたちは生きている
そして星々が愛を宇宙へと変える
そしてあなたはわたしに触れる

『エンパイア』
シャキーラ

興奮していると言ったら、遠回しに過ぎるだろう。緊張しているという言い方でも足りない。

実際には吐きそうなほど高ぶっていた。ほんとのこと言うと駅までの道で三回、もう少しで引き返しそうになった。だけどなんとか電車に乗り、耐えられないほど長い道のりだと思ったけど実は予定時刻より五分早く到着して、今ぼくはここにいる。きょろきょろすると、間もなく彼が見つかった。前を開けたコートの下に瞳の色とおそろいの青いトレーナーを着ている。めちゃくちゃかっこいい。早めに来て待っててくれたんだと思うと自然に笑みがこぼれ、心臓がドキドキしはじめる。

たぶんぼくが着くのは五分後だと思っているからだろう、のんびりスマホを見ていて、ぼくが近づいていっても気がつかない。一メートルほどの距離まで近づいたとき、視線を上げてぼくを見つける。口角がきゅっと上がって満面の笑みになり、そばに来てぼくを力強く抱きしめる。

「会いたかった」ぼくの髪に口を寄せてセルヒオがささやく。ふわりとあたたかな香りがして、ぼくはうっとりする。

「ぼくも」どこまでが確かなことなんだろうと思いながら、セルヒオの香りを吸いこむ。

かなりの速足で、スポーツセンターの反対側にあるセルヒオの家まで歩く。駅から二十分ほどの距離だ。ぼくは

（キスしてほしい）

手をにぎってほしいと思うけど、にぎってはくれない。まだ昼間で、通りにはたくさんの人がいるから、ぼくが居心地悪い思いをしないようにと気を遣ってくれているのがわかる。はじめのうちはふたりともしゃべらなかった。木曜日の夜の電話と、金曜日の夜のチャットのあと、会うのは初めてだ。だからふたりとも少し気おくれを感じて、氷のような沈黙を壊すにはなにを言えばいいのかよくわからないまま歩いている。

ぼくはセルヒオを見る。

セルヒオもぼくを見る。

セルヒオがほほえむ。

ぼくは視線をそらす。

こうして五分が経ち、ようやくセルヒオが口を開いた。

「じゃ、そういうことで」

「じゃ、そういうことで」

「ネコに舌を食べられちゃったの？」

「ぼくもきみにおんなじこと言ってあげるよ」

ぼくは笑いながら言い、セルヒオも笑ってくれた。それでやっと話のとっかかりができて、いつものように、会話が自然に流れ出した。セルヒオはぼくに「どうしてた？」とたずね（あいかわらず、面白いことはなにもない）、ぼくもセルヒオに同じことをたずねる（朝から掃除をしていたらしい。ぼくのためだと思って、ニヤリとしてしまった）。

話をしながら歩いたことでずいぶんリラックスしていたはずなんだけど、セルヒオのマンションに着いたとき、まるで自分の頭くらいのサイズのものが喉につっかえてるような感じがした。心臓の打つスピードがどんどん速くなってきて、今にも爆発するんじゃないかと怖くなる。一緒にいるときはこれが普通になってきた。このままだと、いつか血圧のせいで心筋梗塞を引き起こすんじゃないだろうか。

セルヒオの家は五階だ。階段はパスして、エレベーターで行くことにした。ほんの短い間だけど、今日初めてふたりきりになったのをいいことに、さっそくセルヒオはいたずらっぽい笑顔を浮かべてぼくの手を優しくなでる。ぼくはぞくっとしてしまう。エレベーターから出て家のドアを開けたとたん、甲高く吠える声が迎えてくれた。黒い子犬が駆け寄ってきて、かがみこんだセルヒオの手をペロペロなめる。ぼくもかがみこんで頭をなでてやると、子犬はすぐにぼくのにおいをかぎはじめた。それから二本足で立ち、セルヒオの体の上に乗ろうとする。セルヒオが抱きかかえると、犬は幸せそうに一声吠えた。

「すごくかわいいな。ミッキーだよね？」

「ミッキーだよ」セルヒオはほほえみながらうなずいた。この子のことが大好きなのがよくわかる。「ほら、ミッキー！　この人だーれだ？　オスカルっていうんだよ」

　何度かなでてからミッキーを床に下ろし、セルヒオは家のなかを案内してくれる。ミッキーはぼくらの脚の間を駆け回りながらついてくる。そんなに広い家じゃない。家の人はいないけど、雰囲気がぼくのうちとは全然ちがうのがわかる。全然ちがうにおいがする。いつも恋しく思うにおい、特にマリア姉さんが家を出ていってからは……。そう、それは家庭のにおいだ。

　数分後、ぼくらはセルヒオの部屋に入った。まず驚いたのが本の数。ドアの真正面に一メートル以上も幅がある大きな棚があって、本がぎっしり詰まっている。近づいてよく見ると、ぼくのお気に入りがたくさんあるので思わず笑みがこぼれた。アンドリュー・スミスの『バッタのジャングル』からジェニー・ダウンハムの『十六歳。死ぬ前にしてみたいこと』まで……、それにジョン・グリーンの全集もある。ほかに知らない本もたくさんあって、セルヒオはぼくだけの歩く図書館になってくれそうだな、なんて思う。本棚の両側には、ずっと幅が狭いけど、映画のＤＶＤとブルーレイでいっぱいの棚がある。

「なにか観たいものある？」

タイトルをざっと見ると、ここにもぼくのお気に入りがいくつかあるので、また笑ってしまう。だけど、大好きなのもあればまだ見ていないものもたくさんあるので選べない。

「きみが選んでくれたほうがいいと思う」

「ほんとに？」

「任せるよ」

セルヒオはなにか裏がありそうな笑いを浮かべて近づいてくる。

「じゃ、座ってて」

そう言ってベッドを指さす。ベッドの前には三十インチのテレビがあって、ここでいつも映画を観てるんだなとぼくはついその姿を想像してしまう。セルヒオは視線を追って、ぼくが考えてることに気づいたみたいだ。

「もしよかったら、居間で観ようか」

「ううん」ぼくが急いで否定すると、セルヒオの顔にほっとした表情が浮かんだような気がした。「ここでいいよ」

「よし。ところでポップコーンは要る？」

先週のポップコーン事件を思い出してしまった。うなずくと、セルヒオがキッチンに向かったのでぼくもついていく。ミッキーも走りながらついてきて、ぼくらの脚にうれしそうに体をこすりつけるので、ぼくはちょっとかがみこんで耳のうしろをかいてやる。キッチンに入ると、セルヒオがレンジにパッケージを入れてボタンを押す。ターンテーブルが回り出すと、キッチンがポップコーンのしょっぱいにおいで満たされた。

「なにか飲む？」

そう聞かれて急に、緊張で喉がカラカラだったことに気づいた。

「水をもらえるかな」

セルヒオは冷蔵庫から瓶を取り出し、ふたつの大きなグラスを水で満たした。渡されてすぐ、ぼくは一気に半分近くまで飲んでしまう。冷たい液体が喉を通っていく感覚がうれしくて、よっぽど乾いてたんだなと思う。セルヒオがまたぼくのグラスを満たしてくれた。そのまま黙っていると、レンジがチンと鳴った。大きなボウルにポップコーンを入れ、部屋まで戻る。

「いつも寝そべって映画観るんだ」セルヒオが靴を脱ぎながら言う。ぼくも靴を脱ぎ、少しためらいながら、ベッドに寝ころんだセルヒオの横に座る。「このほうが楽だよ。きみも寝たら？ふたり寝られるよ」

ぼくは首を横に振る。

「ううん、大丈夫。ぼくはこれでいい」

「好きなようにするといいよ」

セルヒオはそう言うと、身をのり出して映画をつける。青とパープルのラベルが見えたが、タイトルは見せてくれなかった。セルヒオはテレビから遠いほうに寝そべって、ぼくはそのそばに座る。急に自分自身の体を意識し、脚を組んだ。

そのとき画面にメニューが出て、タイトルが見えた。最初はなにか遠回しな表現なのかなと思ったけど、だんだん、泣かせようとするのが見え見えの趣味の悪い映画にちがいないという気がしてきた。

「ふざけてるなあ」

「ぼくに選んでって言ったのはきみだろ」

「マジで『世界でいちばん不運で幸せな私』なんて映画を見せる気？」

「それはどんな映画か知らないからだろ？」

「知らないよ」ぼくは認めて、肩をすくめた。

「ふざけてるなあ」セルヒオはぼくのまねをする。

「どういうこと？」

信じられない、という目でぼくを見る。

「すばらしい映画だよ！　これを観てないなんてありえない」

「だって観てないもん」

「今観たら、大好きになるよ」

「どうかな。ひらひらの飾りがついたようなのは好きじゃない」

「お気の毒に」プレイボタンに手をかけてセルヒオが言い返す。「ぼくに映画を選ばせる前に考えておくべきだったね」

「セルヒオなんか大嫌い」

「ほんとはぼくのこと大好きなくせに」

「いいよ、じゃあ観よう。ただし条件つきで」

セルヒオは疑わしそうに目を細めてぼくを見る。まるでなにか、最悪のことを怖れているような表情だ。

「なんだよ」

「オリジナルバージョンで観よう」

「ふざけてるなあ」セルヒオはさっきの言葉を繰り返す。

「お気の毒に」ぼくはぼくで、セルヒオのまねをする。

「でも、フランス語わかるの？」

「ううん。でも、吹き替えは好きじゃない」

「ああ、ぼくもだよ。でもフランス語……ふう」

ぼくはセルヒオを納得させようと、こびた目つきをしてみる。

「ぼくのためにそうしてよ、お願い」

セルヒオは相変わらず目を細め、しばらくぼくを見つめていたが、やがてにっこりした。ぼくの勝ちだ。

「いいよ」

映画が始まると、あっという間にストーリーに引きこまれたことに我ながら驚いた。初めは信じていなかったのがうそみたいだ。それでもやっぱり、映画よりセルヒオのほうが気になってしまう。ボウルに入れたポップコーンを取ろうとすると、ときどき手が触れあって、そのたびにぼくはぞくっとする。映画館のときと一緒だけど、あのときとは大きなちがいがある。周りに他人がいなくて、完全にふたりきりだということだ。でもボウルは間もなく空になった。

（興奮しすぎて）

緊張してむやみやたらにポップコーンを口に運んでいたのは、ぼくだけじゃなかったような気がする。

ブルーレイ・プレイヤーに映画が始まってからの時間が三十七分と表示されたとき、ゆっくりとのびてきたセルヒオの手が、なにげなさそうにぼくの足のそばで止まった。ぼくはドキッとしたけど、セルヒオの手は離れない。六分後、こんなにずっと気にしていなければ気づかないほどの微妙さで、セルヒオの指がぼくの足の上を優しくなではじめた。ぼくがそのほうを見ると、セルヒオと目が合った。セルヒオがほほえみ、ぼくは赤くなる。

〈深呼吸しろ〉

三分半後、ぼくが姿勢を変えると、セルヒオが様子をうかがうような表情になった。触られるのをぼくがいやがってると思ってるんじゃないかな。だからぼくは体を離す代わりに、セルヒオの隣に寝ころんだ。さっきまで足を置いてたところに腕を載せたが、セルヒオが触ってくるまでにたっぷり四分かかった。やっと手が触れると、ぼくはセルヒオを見てほほえんだ。セルヒオもほほえみ返す。こんなふうにするのは初めてじゃないけど、これまでとはちがう。もっと近くて……、もっと親密だ。

枕にぎゅっと頭を押しつけてセルヒオのにおいにひたり、ここで眠ったらどんなだろうと考えてみる。少しの間目を閉じて、その感覚を楽しむ。すると昨夜とおとといの晩のことを思い出し、気持ちとは裏腹に体が勝手に反応してしまう。どうかこの暗さで、ズボンの前が見えませんように。

キスしてほしいな。

だけどセルヒオはキスする代わりに、ぼくの腕をずっとなでている。うぶ毛がさーっと立つ。やがてゆっくりと腕の上を滑っていったセルヒオの手が、震えるぼくの手を包みこむ。それだけで終わらずに、今度はぼくの指をもてあそびはじめる。まるでセルヒオにしか見えない道があって、それをたどっているみたいだ。ぼくも手を動かして、セルヒオの指を、手首を、ブレスレットをなでる。心地よいくすぐったさが全身を駆け抜け、ぼくを震わせる。映画が終わってほしくない、この瞬間がずっと続けばいい、自分がそう思っていることに気づく。

少し体を動かして、前のふくらみが見えないように、セルヒオに背を向けた。

「ねえ、セルヒオ」しばらくしてから、ぼくはおずおずと切り出す。

「なに？」セルヒオの声はかすれている。

「抱きしめてくれる？」

引きつった笑い声を上げながらもセルヒオは姿勢を変えて、ぼくの体に両腕を回す。まるでお互いのためにできているみたいに、ぼくはセルヒオの腕のなかにすっぽりおさまる。すぐにセルヒオは、自分の頭をぼくの頭にそっともたせかけ、ふたたび腕をゆっくりとなではじめる。そのまま映画を観つづけていると、とてもそれどころじゃないだろうと思っていたのに、いつのまにか画面に引きこまれていた。

しばらくすると、セルヒオの手が肩のほうへと上がってきた。顔のそばまで来て少しためらってから、ぼくのほほをなでる。触れられるだけで、ぼくは震えてしまう。そして指は少しずつ、くちびるのほうへ。ぼくの体がこわばる。セルヒオは動きを止めたが、顔から指を離さない。

「迷惑？」

セルヒオがつぶやく。耳に熱い息が吹きかかり、ぼくはまたぞくっとする。

迷惑だって？　緊張のあまり爆発してしまいそうだけど、迷惑なんて、そんなことあるわけない。

「ううん」ぼくは消えそうな声で答える。

ぼくも手を動かして、セルヒオの髪を、耳を、首をおそるおそるなでる。勇気をかき集めてほほをなでると、セルヒオの指もまた動き出し、ぼくのくちびるの周りをゆっくり、とてもゆっくりとなぞる。しばらくして、ぼくは思い切ってセルヒオの指にキスをする。蝶が花にとまるような、はかないキスを。

　ぼくはさらに、セルヒオの口元まで手を持っていく。指に息を感じる。このまま指にキスしてくれたらなと思うのにしてくれない。その代わりにセルヒオは、ずっとぼくのくちびるをもてあそんでいる。そんなあそびが何分もつづくので、ぼくは寝返りを打って正面からセルヒオと向き合う。セルヒオは腕をのばし、手さぐりでリモコンをつかむと、ポーズボタンを押した。心臓がこんなに速く動けるなんて知らなかったと思うほどバクバクする。これからなにが起こるのか、今なにが起ころうとしているのか、ふいに意識する。

　ぼくは心の準備ができているんだろうか？

　この間のことを思い出して、恐怖の波がさーっと体を走ったとき、セルヒオの目を見た。その目はこう言っている。ふたりでいれば、怖がることはなにもないよと。

　セルヒオはぼくを見てほほえむ。ぼくもほほえみかえす。セルヒオがくちびるをちょっとなめて湿らせるのを見て、一瞬、突き刺すような恐怖におそわれる。ぼくのくちびるはちゃんとうるおっているだろうか。逆に、べたべたしてたらどうしよう。キスするとき、気持ち悪いと思われないかな。もしセルヒオの口のなかを、つばだらけにしてしまったら？　そしてそのあと、ぼくに興味をなくしてしまったら？

だけどもう、あともどりするには遅すぎる。セルヒオがゆっくりと顔を近づけてきた。熱い息がかかるのを感じる。この世界にふたりしか存在しないかのように、ぼくらは見つめあう。この瞬間のほかに、世界になにかが存在すると考えるほうが今のぼくには難しい。

そしてそのとき

（ついに）

セルヒオはぼくにキスをした。

不思議な感覚だ。最初に感じたのは味、ふたりともポップコーンを食べたせいで、しょっぱいけど心地よい味。だけどそれ以外に、しょっぱい味の奥になにかあると考えてたら、単にセルヒオの味なんだということに気づいた。ぼくは今、セルヒオを味わっている。その味にはなじみがある。ぼくがもう慣れてしまった、セルヒオの香りとよく似ているんだ。きっとこの味に飽きることはないだろう。

次に気づいたのは、ふたりの湿ったくちびるだ。だけどそれは不愉快な感覚どころか気持ちのいい湿り気、ふたりのくちびるが最初はゆっくり、それからだんだんリズミカルに、ぼくの心臓の鼓動と同じ激しさでシンクロして動くのを助けてくれる。

それから感触がやってきた。セルヒオの手がぼくの髪を、もう片方の手がほほをなでている。まるでぼくが、これまで触ったなかで最も貴重なものであるかのように。ぼくもセルヒオの腕をさすり、髪に深く手を差しこんで、頭をぼくのほうにどんどん引き寄せる。ぼくらはなにかにとりつかれたようにキスしていたけど、これでもまだ十分じゃない。どこかでわかっていた。セルヒオといる限り、これで十分と思うことなんてないのだと。

やがて体を離すとぼくはため息をつき、放心して枕に頭をつけた。

ぼくのファーストキス、ほんとのファーストキスってどんなだろうと、想像したことがないって言ったらうそになる。夢も抱いてたし、いろんなパターンを想像してた。ずっと長い間、ダリオがぼくのファーストキスの相手になると思ってた。最近、特にこの二週間はセルヒオを相手に何度も空想した。ぼくの頭のなかにはそれこそ何百ものキスのバージョンがあった。

だけど服の下に子羊模様の青いパジャマをつけてファーストキスを経験するなんて、想像もしていなかった。

そしてそれがこんなに完ぺきなキスになるとは、思ってもみなかった。

El fuego en el que ardo

これまでのこと

だけどわたしは雨に火をつけた
あなたの顔に触れながら炎の雨が降りそそぐのを見た
わたしは泣きながら、燃えるがままにしていた
だってわたしは聞いたから、
炎の雨があなたの名前を叫ぶのを

『雨に火をつけろ』

アデル

「絶対キスしてくれないんだね」ベッドの上で彼のそばに横たわり、ぼくは言った。

「オスカル……そのことはもう話しただろう」

「わかってる。だけど、だからって……」

「だめだ、オスカル。そのことはもう話し合ったはずだ。もしこれを続けたいんなら、そうじゃなきゃだめなんだ。キスはしない。おれがそんなうざいこと、嫌いなのは知ってるよな」

「うざいこと？」

「おれが言ってる意味もわかるはずだ。キスはしない。いいな？」

ぼくはがんばって涙をこらえた。

「わかった」

第29章

El fuego en el que ardo

荒々しくキスをして
ぎゅっと抱きしめて
信じさせてほしいの
あなたは今夜わたしとふたり

『アズ・ロング・アズ・ユーアー・マイン』
イディナ・メンゼル（ミュージカル『ウィケッド』より）

どのくらいの時間見つめあい、お互いの顔や体をなでていたのかわからない。気づいたときテレビの画面はひとりでに消え、部屋は真っ暗になっていた。こんなときにふさわしい言葉がなにも浮かばない。そしてそれはぼくだけじゃなさそうだった。

だからぼくたちは、ふたたびキスした。

さっきのように最初は優しく、一秒一秒を、すべての感覚を楽しむ。それからディープなキスになる。セルヒオが軽く口を開けると、ぼくもまねをする。舌が入ってきたのを感じ、ぼくは一瞬

（興奮する）

緊張するが、すぐにリラックスして、また流れに身をゆだねる。すぐにキスは激しさを増し、熱を帯びて、セルヒオもぼくもお互いをむさぼろうとしているかのように、貪欲にくちびるを動かす。体じゅうがぴったりくっつき、セルヒオもぼくと同じことを思っているのが手にとるようにわかる。もっとほしい。

だけどそのとき、セルヒオはぼくからくちびるを離した。

「ごめん」少し体を離し、あえぎながらセルヒオが言う。「速すぎたかな？」

ぼくも体を離しながら首を横に振り、息を整えようとする。でも、この暗さでは首を振っても見えないことに気づいた。

「ううん、そんなことない。大丈夫だよ」

「ほんとに？」

「ほんと。ただ、なにもかも初めてだから。なんせ、ぼくらは三週間前に知り合ったばかりだし、それに……」

「そうだよね」セルヒオは言い、身をのり出してベッドの横のナイトテーブルの上にある電気スタンドをつけた。逆光でもセルヒオが大きく目を見開き、心配の色をはっきりと顔に浮かべてぼくの様子をうかがっているのがわかる。「ごめん、ぼくがセーブすればよかった。きみのリズムでいこう、ね？」

「うん」ぼくはつばを飲みこみ、つけ加える。「それでいいの？」

「全然いいよ、ほんとに。ぼくはまったく気にしない」その目を見れば、本心からそう言ってくれているのがわかる。「無理強いしたくないんだ、わかる？　きみのしたくないことはしない、約束する」

その言葉を聞いて、思わず笑みがこぼれた。

「わかった」

セルヒオは少しの間ぼくを見つめていたが、すぐ、うろたえたみたいに視線をそらした。なにか言おうとしていたんだと思う。それからとうとう、彼は口を開いた。

「ファーストキスだったの？」

ぼくは少し赤くなる。なんでスタンドがついてるんだろ。顔がはっきり見えてしまうじゃないか。フェルとのキスを思い出す。実際にはあれがぼくのファーストキスで、これに関しては、この先もずっとフェルに感謝すると思う。それからダリオにしたキス。あれほど待ち望んでいた、たった一度のキス。だけどそのどちらも、これとは比べることすらできない。フェルとのキスはほんの一瞬で、優しさと友情以上の感情はなにもなかった。逆に、ダリオとのキスは……。

ダリオとのキスなんて、ほんとのクソだ。

「うん……、まあ大体」

セルヒオの眉が片方上がる。

「まあ大体？」

「えーと、前にふたりの男の子とキスしたことはあるんだけど、でも、なかったんだ……」

どんな言葉を当てはめればいいのか、見当もつかない。愛がなかった？　ちがう、そんな言葉じゃない。絶対にちがう。生まれてからずっとセルヒオを知っているような気がするけど、実際にはほんの数週間に過ぎない。それなのにセルヒオはぼくが言いたいことをわかってくれて、うなずいた。

「最初はどうだったの？」

「友だちと。でも彼はノンケだよ」

セルヒオはあきれたように上を向く。

「みんなそう言うんだ」

ぼくは声を出して笑った。

「ちがうって、マジで。彼はぼくの親友で、フェルっていうんだ。フェルのことは話したことがあるよね」

「それで、どんなふうにしたの？　好きだったの？」

声に嫉妬が混じっているような気がしたけど、すぐにぼくの想像に過ぎないと思い直す。

「まさか。ぼくらはずっと、ただの友だちだよ。そのときのは、ぼくのファーストキスがぼくのことを本当に大切に思っている人と、ぼくを傷つけたりしない人とのキスであるようにと思って、フェルがしてくれたものなんだ」

セルヒオは少し考えてから答えた。

「それってすごくすてきだね」

ぼくはうなずいた。その通りだったから。本当に、その通り。そんなことを考えつく人なんて、フェルのほかにはだれもいないと思う。フェルのような友だちがいて、ぼくはなんてついてるんだろうと、これから先も思いつづけるにちがいない。

　そのとき、ちょっと前にこれとすごくよく似たシーンを読んだことに気がついて、フェルに訊こうと頭のなかにメモをした。ぼくにキスしたとき、一冊の本についてフェルが話してたことを思い出した。その本がなんなのか、もう知っているような気がする。そのことをぼくに言わなかったのは不思議だけど、今は英語のクラスで映画を観たときフェルが満足そうにしていた意味がわかった。

「それで、二番目は？」セルヒオが訊いた。

　ダリオとのキスと、そして……そのあと起きたことを思い出し、知らず知らずのうちに眉間にしわを寄せていた。

「そのことは話す気になれない」

　ぶっきらぼうな言い方をしてしまった。セルヒオがぼくの答えに傷ついたような表情をしているのを見て、すぐに後悔する。

「ごめん。いやな思いをさせるつもりも、きみのことに口出しするつもりもなかったんだ」

「大丈夫だよ」ぼくは言い、心配させないように笑顔をつくる。「ただ……。えーと、言いたかったのは、フェルが最初の相手でうれしいってこと。だってそうすれば、二番目を思い出さずにすむから」

「そんなにひどかったの？」

「ほんとに、そのことは話したくないんだ」今度はもっと優しく言った。「それを話すのがいやなんじゃなくて……。ただ、この瞬間を台無しにしたくない。今があまりにも完ぺきだから」

するとセルヒオはほほえんで、ぼくのほうに体を傾けもう一度キスした。ぼくはされるがままになる。未知であると同時になじみ深いこの感覚。こんなことがあり得るなんて考えもしなかったから、新鮮で興奮する。体を離したとき、セルヒオはため息を漏らし、幸せそうにほほえんでぼくを見た。

「くせになっちゃいそうだな、これ」セルヒオが言うのを聞いて、ぼくもさっき似たようなことを考えていたのを思い出してほほえんだ。

「じゃあ、そうしようよ」

ぼくらはまたキスをして、いつしか時間の感覚を忘れていた。セルヒオは両手でぼくの体をなでまわし、ぼくも彼の体をなでながら、もっと近くへ引き寄せた。間もなくズボンにいつもの圧迫を覚えて、ぼくは突然、もっとほしい、キスだけじゃなくてもっともっと

（必要だ）

ほしいと気づいた。セルヒオはぼくに体を密着させ、軽くこするようにしていて、脚に硬いなにかが押しつけられるのを感じる。セルヒオにもぼくとまったく同じことが起きているんだ。だけど、ほしいけど、これ以上にはいけない。今日は無理だ。

　でもここでやめられるような意志の強さは持ちあわせていない。だからセルヒオがぼくの首筋にキスしながらTシャツの下に手を入れて、おなかや胸をなではじめたときにも、されるがままに身をゆだねた。体じゅうのうぶ毛が逆立ち、全身がぞくぞくする。知らず知らずあえぎ声が漏れていたが、ぼくはやめない、やめることができない。やめたくないんだ。

　だけどそのとき、動きを止めたのはセルヒオのほうだった。

「ごめん」

　体を離しながら、またつぶやく。息を切らし、目を大きく見開いている。

「気にしないで」

　ぼくはそう言いながらも、本当はどうしたいんだろうと考えている。やめたいのか、そうしたくないのか？　どっちにしても、ぼくの代わりに決めてくれたのがセルヒオだったのがうれしい。

「いや、ほんとにごめん。きみがいやがることはしないって約束したのに……」

「いやなことなんてしてないよ」セルヒオの心配そうな顔を見て、ぼくはほほえむ。ほんとにかわいい。

「マジで、心配しないで」

「ほんと？　ぼく、やめるべきだったね」

「で、そうしたでしょ。それに、ぼくもきみを止めなかった」

セルヒオがぼくの隣に寝ころぶのを見ながら、ほほえんでぼくは言う。膝を体の前で折り曲げ、胎児のような格好をするのを見て、セルヒオが隠そうとしているものに気づき、ぼくは笑いをこらえる。だけどそんなセルヒオの姿を見て、ぼくもズボンの圧迫がもっときつくなってきているのに気づいた。幸い、ぼくはセルヒオよりゆったりしたのをはいてるから、隠すのも楽だ。

「それじゃ……」ほほをうっすら染めたまま、セルヒオが口を開く。「とりあえず、ここでやめたほうがいいね」

続けたいって言ったらセルヒオが喜ぶのはわかってた。だからこそ、ぼくの気持ちをこんなに考えてくれているのがすごくうれしい。

「そのほうがいいね。続けたくないわけじゃなくて、ただ……」

「わかるよ」

ほほえんで言うと、ぼくのほうに体を傾け、くちびるに素早くキスをする。ところがそのあと、セルヒオは急に笑い出した。

「どうしたの？」答えの代わりにセルヒオはぼくのおなかを指す。セーターが少しまくれあがり、その下からまさにあの、白い子羊模様の青い生地がのぞいていた。それを見てぼくも笑い出す。「ついに、このパジャマを見ちゃったわけだね」

「ほんとに着てくるなんて信じられない」

「だって、そうしてってきみが言っただろ」

「きみのこと、大好きだよ」

ぼくはにっこりした。今起きていることが現実だなんて信じられない。ほんとにだれかに大事にされるなんて、こんなすてきな男の子がぼくにキスして、大好きだと言ってくれるなんて。

「映画、最後まで観るべきじゃない？」数分経ってぼくが言うと、セルヒオはほほえむ。

「結局、気に入ったわけだね」ちくっと突いてくる。

「大げさだな」

セルヒオが眉を片方上げる。

「それじゃ、最後まで観るのはまた今度にしてもいいんじゃない？」

「だめだよ！　いちばんいいとこだったんだから、そのあとどうなるか知りたい」

「ほら、気に入ってる」

「ちがうって！」ぼくは言い張る。セルヒオが正しいんだけど。

「はいはい、おっしゃる通りだね」

結局また映画をつけて、残りの部分を観た。だけど今度は最初から、一センチだって隙間を空けたくないかのようにセルヒオはぼくを抱きしめつづけていて、ぼくは一瞬
（こんなことが起きるなんて）

こんなばかみたいなことで、こんなに幸せを感じることができるなんて、ありえないと思っ

た。ときどき、大体二十秒に一回くらい、セルヒオはぼくの髪に、耳に、ほほにそっとキスするから、ぼくは映画に集中しながらもついほほえんでしまう。

だけどそれも、ドラマティックな展開が始まるまでだった。

すぐに涙が流れてきて、それに気づいたセルヒオは、それまでよりもっと強く抱きしめてくれた。映画が終わるとぼくは袖で顔をふき、寝返りを打ってセルヒオの胸のなかで体を丸める。腕の温かさがうれしい。

「それじゃ気に入ったわけだね？」セルヒオがたずねる。

「ほっといてくれ」

「わかってたよ」

あーあ、と思う。

「いいよ、思ってたほど悪くなかったのは認めるよ」

「すごく好きだよね、そうでしょ」

「ほっといてくれ」ぼくは繰り返す。

「ほんとにばかだな」

さっとキスしてから、ぼくは答える。

「でも、ぼくのこと大好きだよね」

「大好きだよ」

セルヒオはきっぱりと言って、またくちびるのキスをした。それからしばらく抱き合って、ぼくはセルヒオの胸に顔をうずめ、心臓がトクトクいっているのを聴く。セルヒオはぼくの頭をゆっくりなでて、髪に指をからめている。

「ぼくのこと、傷つけないよね？」

数分の沈黙のあと、ぼくは唐突に訊く。訊いてから、そんなこと考えてたんだと、自分の気持ちに気づいた。すぐに言ったことを後悔したけど、無意識に出てしまったんだからどうしようもない。セルヒオは困ったように眉をひそめ、ぼくから少し体を離して目をのぞきこむ。

「そんなことしないと思うよ。どうしてそんなこと訊くの？」

「わかんない」ほんとにわからなかった。「だけど、怖いんだ」

「オスカル、きみのこと大好きだよ……」

その言葉を聞いてぼくはほほえむが、それでもどこか不安だった。

「ぼくたち、知り合ってからまだ三週間だよね」なにもかもが少し速く進みすぎていることは意識していた。

「うん、三週間と一日だ」真剣な顔で言い直すので、ぼくは思わず声を出して笑ってしまう。

「それで？　ぼくはなにも、結婚してくれって言ってるわけじゃないよ」

「そりゃそうだけど……」

「いや、聞いてくれ。きみが怖がってるのはわかってる、ひどい目にあってきたのもわかってる。だけどぼくは、ただきみと一緒にいたいだけなんだ……。きみがよければだけど、もちろん」そうつけ足すセルヒオの声が震えている。ぼくがうなずくと彼はほほえんだ。それからまた真剣な顔になり、セルヒオは続けた。「とにかく、なんであれきみの望まないことを求めたりもしない。きみがひどい目にあってきたのを知ってるから、もし時間が必要なら、たとえば数日考えたいとか、もっとゆっくり進んでいきたいとか、どんなことでもぼくは全然かまわないよ。焦る必要なんてないんだし、でもきみを幸せにするチャンスを与えてもらえるんなら、ぼくはすごくうれしい。ぼくにはそれができるとわかってる」

「ぼくはすごく傷つけられた」

消えそうな声になる。そのときほほが濡れていることに気づいた。セルヒオの言葉を聞いているうちに泣いていたんだ。セルヒオがぼくの顔に手を伸ばし、涙をふいてくれた。

「ぼくはきみを傷つけようだなんて、これっぽっちも思っていない。それは約束するよ。ほんとに。ただ、きみを幸せにしたいだけなんだ」

その言葉が確かだということはわかっているけど、恐怖で心がずきっと痛むのはどうしようもない。服の下の傷あとが、まるで一斉にぱっくり開いたようにじんじんと熱くなり、どれほど多くのことを隠してきたか、どれほど多くのことを打ち明けなければいけないのかを思い出させる。

「ぼくのことで、きみが知らないことはたくさんあるよ」

「だからこそ」セルヒオは言って、またぼくの目をじっと見つめた。「もっといろんなことを知りたい。きみのすべてを、いや少なくとも、ぼくに話してもいいと思ってくれることならなんでも知りたい。すべてうまくいくよ。きみが実は、歯がぴかぴか光る吸血鬼じゃない限りは……。だってそれじゃ派手（ゲイ）すぎるもんね」

まだ泣き顔なのに、ぼくはまた笑った。そして気づいた。だからぼくにはこの人が必要なんだと。ぼくをこんなふうに笑わせてくれる人はいない。ぼくを泣きながら笑わせることは、だれにもできない。だけど……。

「あまりよくない話なんだけど」ぼくは打ち明けようと思った。

「だれにだって秘密はあるし、それはたいていよくないことだよ」セルヒオはそう言って肩をすくめた。「話したければ、心の準備ができたときに話してくれればいい。できてなくても、気にすることないよ。前に言った通りだよ。きみがしたくないことを、無理にさせるつもりはない。絶対にね」

「そうしたいんだ。ほんとに、そうしようと思ってる。ぼくもきみのことが大好きだよ。でも、怖い」

「ぼくはきみと一緒にいたい」セルヒオは繰り返す。「きみと楽しく過ごしたい、手をつないで街を歩きたい、ばかなことをして笑い転げたい……」ほほを染め、熱っぽく言う。「ぼくは若いけど、軽率なことはしない。一生一緒にいようなんて言うつもりはないし、ただ、今を一緒に生きたいだけだ」

「でも……」

セルヒオは手を振ってぼくをさえぎる。

「ああ、言いたいことはわかってるよ。たった三週間前に知り合ったばかりで、ぼくはきみについて知らないことがまだたくさんある、だろ。でもこの三週間と一日は、きみがすばらしい男の子で、ぼくはきみが大好きだということに気づくには十分な時間だったよ。きみのことをもっと知りたい、きみのいろんな面を見つけていきたい。きみがぼくに話したいと思ってくれること、ぼくに見つけてほしいと思っていることすべてをね。なんか話がそれちゃってるし、しゃべりすぎなのもわかってる。きみはたぶんびっくりしてるよね。だけどだれかにこんな気持ちを覚えたのは初めてだし、このチャンスを逃したくないんだ。きみはあまりにも特別だから、なにもしようとしないまま失いたくないんだよ」

もう我慢できなかった。

ぼくはセルヒオのくちびるにキスをした。涙と幸せでいっぱいのキスだった。

前言撤回

イーサンはまちがってたと思う。

つまりあれは、ハチじゃない。

チョウチョだよ。大きくて、すごい激しさで飛び回るときもあるけど、まちがいなくあれはチョウチョだ。

とても美しいチョウチョ。

12月26日 22：41 投稿 | コメント：0

シェア Linked In facebook Twitter Google Tumblr

すごい1カ月

こんなこと、めったに起こらない。

今月、きみとぼくはマジで最悪の始まりかたをして（ここで言う〈きみ〉は音信不通になってしまった謎の匿名さん、だってほかにだれもぼくの書いたものなんて読まないから）、ひと月それに耐えられるかどうかわからなかった。

生きて最後までたどり着けるかどうかもわからなかった。

でも、たどり着いた。いろいろあったけど、終わりかけの今になって考えてみれば、人生最高の月だった。

浮き沈みの激しかったこの一年、とりわけ苦しんだイメージが強いけど、終わってみればおさまるところにおさまったような気がする。

来年なにが起こるかはわからないけど、少なくともここ数日のレベルを維持できればいいな。

12月29日21：53投稿 ｜ コメント：3

謎の匿名さんはきみが満足そうなのでうれしいよ。

音信不通になるかもしれないけど、きみのエントリーは全部ひそかに読んでます。

12月30日11：57、投稿者：匿名

知らないだれかがぼくを気にかけてくれているなんて、やっぱり信じられない。
でもいずれにせよ、ありがとう ◡̈

12月30日14：32、投稿者：ロストボーイ

ぼくらはそのためにいる ◡̈

12月31日16：28、投稿者：匿名

シェア Linked In facebook Twitter Google Tumblr

El fuego en el que ardo

第III部

ライオンハート

そしてわたしたちは光に向かってともに歩く
そしてわたしの愛は今夜あなたの鎧になる
わたしたちはライオンハート
そしてわたしたちはともに戦に立ち向かう
そしてわたしたちの愛はすべてに打ち勝つ
わたしたちはライオンハート

『ライオンハート』
デミ・ロヴァート

El fuego en el que ardo

第30章

一度触れただけでぼくは信じた
毎日少しずつ甘くなっていく

『ゼイ・ドント・ノウ・アバウト・アス』
ワン・ダイレクション

セルヒオと一緒にいるのは、これまで知らなかった新しいタイプの幸せだ。休暇中でも父さんはぼくが出かけるのにいい顔をしないから、満足できるほどには会えないけど、それでも二日に一度はデートできる。そして午後じゅう一緒に過ごして終電で帰る。それなのに残りの時間、セルヒオがいない時間は信じられないほど長く感じる。なんだか最近、ぼくは大嫌いなロマンス小説のヒロインみたいになってきている。自分が少し滑稽で、同時にたまらなく幸せに思える。

本当に満ち足りた気分にしてくれるものは、ほんのちょっとしたこと。それを今、セルヒオから少しずつ教わっている。連続ドラマを見ているときにチュッとキスしたり、どちらからともなく自然にハグしたり、不意にただ、体に触れたり。冷静に分析すると、これはダリオに抱いていた感情とはまったく異質のものだ。または抱いていると思っていた感情とは。あれがほんとに恋だったのかどうかも今では疑わしい。今のこれとはちがう。

いや、これもまだ恋とは呼べないのかもしれないけど、もちろん、ダリオのときよりもっとずっと大きな想いを抱いている。

これは現実だ。

午前中は退屈で、ゆっくりと過ぎていく。主な出来事といえば、あいかわらず送られてくる匿名のメールと、たまに聞こえる父さんのどなり声。だけどなにかが変わった。暴言もどなり声も、前ほど気にならなくなったんだ。まるで周りにぼくを守るバリケードが築かれ、暴言の威力を削いでくれてるみたいだ。

セルヒオと一緒の午後は星雲に包まれたように過ぎる。興奮で舞い上がり、この世のものではない星雲のなかにすっぽり入ったような時間。一緒にいる五時間はほとんど五分くらいにしか感じない。あれ以来、映画は観ていない。連続ドラマの一話を観たくらいで、タイトルすら覚えていない。あの土曜日以来、まる二時間

（お互いを食べ合うようなキスをせずに）

一度も映画を止めずに我慢するなんて、きっとできないから。その代わり、手と唇を使ってお互いの肌の隅々まで探検するのに忙しい。ぼくらはまだ、ひとりの体をもうひとりの体にぴったり合わせる無数のやり方の、ほんの一部を発見しただけだ。まだまだ方法が残っていて、人生の時間もまだまだ残っていると考えると、ぼくは幸福感でいっぱいになる。

一緒に過ごす午後は、お互いのＴシャツを脱がせるのが習慣になった。最初は少し恥ずかし

かった。それまでも、更衣室でセルヒオにちらっと見られたことはあったんだけど。ぼくはずっと、自分の体はあまり自慢できるようなものじゃないと思ってきたし、ダリオといて、自分が特に魅力的だと感じられるわけもなかった。でも、セルヒオとなら全然ちがう。恥ずかしさを感じようと思っても感じられないんだ。だってセルヒオに上から下までなめるように見つめられると、まるで自分が世界一のイケメンになったような気がするから。

　そして自分が、世界一幸福な人間になったような気がするから。

最初にセルヒオのＴシャツを脱がせたのはクリスマスのあとの月曜日。楽しい経験だった。ダリオは絶対に裸をじっくり見せてくれなかったけど、セルヒオとなら、やりたいことを全部楽しめる。それにぼくは、セルヒオの体が大好きだ。腕以外はそれほど筋肉質じゃないけど、そんなの必要ない。おなかも堅くないし腹筋が割れているわけでもないけど、ぼくにとっては完ぺき。髪をなでられ、ブレスレットがちょっと毛に引っかかっているのを感じながらセルヒオのおなかに頭をもたせかけていると、あまりに気持ちいいものだから、そのまま眠ってしまいたくなる。セルヒオの胸は堅さとやわらかさのバランスが完ぺきで、寄りかかって心臓の鼓動を聴いていると、人生のなにもかもがぴったりはまりはじめてきたような気がする。こんなふうになるなんて、考えてもいなかった。

　だけど、ぼくが自分でＴシャツを脱がずにセルヒオに脱がせてもらうようになったのはそのあと二日経ってからだった。ついにぼくのを脱がせたとき、セルヒオはぼくの腕の傷をじっと見ていた。部屋は薄暗かったけど、ぼくはそれに気づいた。セルヒオは探るような、説明を求めるような表情をしてぼくを見る。だけどぼくは首を横に振ってうつむいた。それがなんなのか、気づかれているのは明らかだ。でも

（言いたくない、いやだ、言いたくない）

話すには心の準備ができていない。今は、まだ。

ぼくらの間にセックスはない。それもぼくには新鮮だ。ふたりきりのときにダリオがぼくに求めたものはそれだけだった。セルヒオともその寸前までいったこと、もうほんの一瞬でしそうになったことは一度や二度じゃない。セルヒオの息が荒くなり、ふたりともズボンの前が突っ張ってきて、ぼくは一瞬、一歩前に踏み出しそうになる。だけど、そこでセルヒオがやめる。いつも彼だ。そしていつも、同じことを言う。

「ごめん」

ぼくの答えもいつも同じ。

「気にしないで」

それからぼくらは見つめあってほほえみ、キスとハグとおしゃべりの心地よいルーティンに戻る。ぼくたちは深い話からばかげたことまで、なんでも話す。

「きみのホグワーツ寮はどこ？」

「え？」意味がよくわからなくて、ぼくは訊きかえした。

「きみのホグワーツ寮はどこ？」セルヒオが繰り返し、ぼくは笑い出す。

「セルヒオ、マジで？」

「どうしたの？　めちゃくちゃ普通の質問だよ」

「ハッフルパフ」

　ぼくはなんだか恥ずかしくて、小さな声で答える。一瞬笑われるかと思ったけど、セルヒオはその代わり、採点するようにぼくを見る。なんだか組み分け帽子に心の奥まで見透されているような気分だ。

「似合ってるよ」セルヒオはあっさり言う。

「だと思う」ぼくは肩をすくめる。「のけ者の寮だと言われてるから」

「のけ者の寮だって？」セルヒオは首を横に振る。「まさか。ハッフルパフは、いつもそう思われるんだよな。常にうつむいてて、問題があったらすぐ隠れて、自分がほしいもののために闘うこともできない者たちだって。でも、そうじゃない」一呼吸置いてから続ける。「きみたちのようなハッフルパフ向きの人間は、他の寮に入るにはあまりにも善良すぎるんだ。問題はハッフルパフをよそおった死喰い人たちがたくさんいて、やつらがきみたちの評判を悪くするってこと」

　そういうものの見方があるのかと驚いて、ぼくは言葉が出なかった。それからセルヒオのくちびるに素早くキスして、ぼくは言った。

「きみは？」

「考えてみて。きっと当たるよ」

「グリフィンドール？」

セルヒオはほほえんでぼくを見る。

「ビンゴ」

ぼくは思わず、ふうっと大きな息をついた。

「典型だもんね。みんな、主役の寮だからってだけでグリフィンドールに入りたがる……」

「おい、ぼくは心からのグリフィンドールだよ！」

「うん、実際、ぴったりだよ」

「どうして？」

ぼくは床に落ちてるアメリカン・コミックのＴシャツを見て、そして気づいた。セルヒオはぼくのスーパーヒーローだ。

「ぼくを救ってくれたから」

＊　＊　＊

その夜、家に帰って父さんがいないと知り、ほっとため息をついた。母さんといるときは、かなりありのままのぼくでいられるけど、でも父さんは……父さんはぼくの（心を殺す）翼を折る。

「すぐに夕食の支度ができるわ」居間に入っていくと、母さんが言った。「まだ食べてないんでしょ？」

ぼくはうなずき、母さんのそばに行ってハグをした。母さんも優しくぼくを抱きしめる。それから一緒にキッチンに行った。

「ごはんはなに？」

「スープ」母さんはにこっとして言い、ぼくもほほえみ返す。「父さんがいないからね……」

父さんとは合わないことがいっぱいあるけど、これもそのひとつだ。ぼくが大好きな母さんのスープを、父さんは大嫌いだと言う。母さんがぼくのためだけにつくってくれたんだとわかって、なんだかあったかいものが胸に広がった。きっと何時間も、ぼくのためだけにキッチンに立っててくれたんだ。

「このごろよく出かけるのね」テーブルについたとき、母さんが言った。湯気の立つスープに息を吹きかけながらぼくは肩をすくめる。でも、なにも答えない。母さんは少しまくれ上がっていた自分のシャツの袖を引っ張って元の位置に戻し、つけ加える。「なんだか幸せそう」

ぼくはまた肩をすくめるが、ずっとこんなことばかりしてるわけにはいかないとわかってる。母さんにはちゃんと答えなきゃ。

「最近、楽しいよ」あまり細かいことは言わず、またスプーンを口に運ぶ。

「だれか、知り合いができたの？」母さんがほほえみながら訊いてくる。ぼくはむせて咳きこんだ。スープがテーブルクロスの上に飛び、ぼくはトマトのように赤くなる。うそをついても仕方ない。まして、こんなにわかりやすくリアクションしてしまったあとでは。だからぎこちなくうなずいた。母さんが満面の笑みになる。「その人はあなたを幸せにしてくれるの？」

　その人。

〈彼女〉じゃなくて〈その女の子〉でもない。〈その人〉だ。

　母さんは知ってるんだ。

　軽いパニックにおそわれたけど、母さんがあいかわらずにこにこしているのを見て、ぼくはほっとため息をついた。でもそんなこと話せない。話すには、ぼくは意気地がなさすぎる。あまりにも長い間ほんとの自分を隠しすぎて、ちょっとやそっとじゃ秘密を打ち明けられなくなってる。

「すごくね」ぼくは消え入りそうな声で、それだけ言った。

　母さんは腕をのばしてぼくの手をつかみ、そっとにぎりしめた。

「ねえ、どんなことでも話していいのよ。わかるわね？　どんなことであっても」

　ぼくはぎこちなくうなずく。まだ顔は真っ赤だ。

「わかってる」

「あなたが必要としてくれる限り、わたしはいつだってここにいるわ。いい？　いつでも頼っていいのよ、約束する。たとえどんなことがあっても、あなたを愛しつづけるわ」

涙が出てきた。ぼくは母さんのそばに行って抱きしめたけど、なにも言えなかった。今は、まだ。話したいけど、それに母さんだってもう知ってるのはわかってるけど、言葉が喉に焼きついて出てこない。たとえ、優しくぼくの髪をなでている母さんの手でも引き出せない。あまりにも長い間

（自分を憎みつづけて）

ほんとの自分を抑えてきたから、そう簡単に変われない。セルヒオのように、どんなことでもすごくオープンで、自分が自分であることに誇りを持っているような人間になるにはまだ時間がかかるだろう。いつか、なれるとしたらだけれど。

でも少なくとも、そのときが来ても、母さんはそばにいて支えてくれるんだ。そのことが今わかった。

夕食後はテレビの前に座り、母さんとしばらく一緒に過ごすことにした。父さんがいるときは、あまりこういう機会がない。ぼくにテレビを見る習慣がないのも知ってるから、今日は居間に残るそぶりを見せると母さんは喜んだ。でも、五分もしないうちにぼくはスマホを取り出し、セルヒオにさっきの出来事を伝えはじめた。

オスカル：ぼくの母さんは世界一だ。

セルヒオ：??

オスカル：母さんは知ってる。
オスカル：つまり、ぼくがゲイってことを。
セルヒオ：!!!
セルヒオ：言ったの???
オスカル：ううん。でも、知ってるってことをほのめかされた。
セルヒオ：よくあることだな……
セルヒオ：で、どう??
オスカル：気にしてないみたい。
オスカル：なにがあろうとぼくを愛しつづけてくれるんだって。

オスカル：😁

セルヒオ：😁

セルヒオ：うれしいよ、うん。

セルヒオ：ちゃんと言うつもり？

オスカル：わかんない。

オスカル：そうすべきかな？

セルヒオ：だと思う。

セルヒオ：お母さんにとっては大事なことだよ。

オスカル：でも、もう知ってるんだよ。

セルヒオ：そうだけど、知ってるのと、きみから聞くのとではちがうよ。

セルヒオ：きっと楽しみにしてるよ😉

オスカル：そうかなあ……。
オスカル：たぶんきみの言う通りなんだろうな。
セルヒオ：そうだと思うよ。
オスカル：うん、そうだろうね。
セルヒオ：怖いのか??
オスカル：おじけづいてる。
オスカル：😖
セルヒオ：それが普通だよ……。　きみはハッフルパフだからね😝
オスカル：ばか。

セルヒオ：でもぼくのこと大好きだろ

オスカル：そうだよ、知ってるくせに。

セルヒオ：会えなくて寂しい

オスカル：ぼくも

セルヒオ：ここがホグワーツならなあ……。

オスカル：？

セルヒオ：少し歩けばきみに会えるもん

セルヒオ：でも、きみはずっと遠くにいる

オスカル：ばーか。

オスカル：グリフィンドールの生徒のほうがいいんじゃないの？

オスカル：もっと近いよ。
セルヒオ：全然。
セルヒオ：グリフィンドールのやつらなんて、ぼくのハッフルパフとは比べ物にならないよ😚
オスカル：ばーか。
オスカル：😁
セルヒオ：😁

ぼくはツイッターのアプリを開いて素早くツイートした。ばか丸出しでニヤニヤしてるぼくを、母さんが知らないふりしながら横目でこっそりうかがってる。

@Lostboy_99

Lost Boy

きみたちがなんと言おうと、ぼくは＃ハッフルパフが好き。（0分前）

第31章

El fuego en el que ardo

わたしの持ちものをすべて奪えばいい
わたしのすべてを壊せばいい
わたしがまるでガラスでできているみたいに
わたしがまるで紙でできているみたいに

『摩天楼』
デミ・ロヴァート

大晦日も、クリスマスイブとそんなにちがいはなかった。でも今日の父さんは、夕食を待たずに午後じゅうずっとビールを手にしている。テーブルにつくころには、すでに触らぬ神にたたりなしという状態になっていた。運よく夕食の間はなにごとも起こらなかったが、デザートのときに電話が鳴った。

「電話に出ろ、ぼうず」父さんがぼくに言った。

その声は落ち着いていたが、これは今にも始まりそうな嵐の前の静けさに過ぎないということを
(恐れるには)
予感するには十分だということがぼくにはわかっていた。

ぼくは立ち上がり、廊下に出て電話をとった。

「もしもし」

「オスカル？　あたしよ、マリア」ちょっと緊張した声だ。おそらく父さんが出ることを恐れてたんだろう。「元気？」

「ああ、うん。まあまあかな」親がそばにいるときは、あまり細かいことはしゃべれない。「姉さんは？」

「元気、元気。ただ、母さんとあんたがどうしてるかなと思って。夕食は大丈夫だった？」

具体的な言葉は出さなくても、ほんとはなにを訊きたいのかわかってる。

「うん、大丈夫。もっとひどいことになってたかもしれないからね。わかるだろ……」

「うん……」

「だから……」

少し沈黙があってから、姉さんが言った。

「行けなくてごめんね、でも……」

「いいよ、気にしないで。わかってる」

「だれからだ？」キッチンから父さんがどなった。

「切ったほうがいいね」姉さんにも聞こえたらしい。「母さんによろしくね」

「わかった」

「それから、この間言ったこと忘れないでね。わかった？　もしいつか、あたしのところに来たくなったら……」

「わかってる」

「おい！　一体どこのどいつからだ？」

「切ったほうがいいね。愛してるわ、オスカル」

「ぼくもだよ」

電話を切るのと、父さんがダイニングルームから出てくるのが見えたのは同時だった。そのうしろに母さんもいる。

「だれだったんだ？　大晦日の夜でも平気で電話をかけてくるようなやつか？」

「マリア姉さん」父さんの反応が怖くて、か細い声で答えた。

「そういうおかまみたいな声でしゃべるなといったはずだ」ぶっきらぼうに注意してから、父さんは訊いた。「今、なんて言った？」

「マリア姉さんから」大きな声で繰り返すと、まるで頭から冷水を浴びせられたみたいに、父さんの表情が一変した。

「なんの用だったんだ？」

「特になにも。ただ、新年おめでとうって」

父さんは鼻息を荒くした。

「それならこっちに来れただろうに」

「来れなかったって知ってるでしょ。最近はアルバイトと勉強で忙しいから……」

母さんは、姉さんが帰ってこない言い訳として、最近この口実を使っている。

父さんがまた鼻息を立てる。その顔を見て、思ったよりずっと多く飲んでるのがわかった。

「なんのアルバイトだ？　あのあばずれがなにをやってるか、想像はつくが」

「わたしたちの娘をそんなふうに言わないで！」

一瞬沈黙が訪れ、それから目まぐるしくいろんなことが起きた。まず父さんが母さんのほうに向き直った。母さんは

（恐怖、ひどい恐怖を感じて）

おびえて目を見開き、あとずさった。今起きようとしていることがわかって、ぼくはふたりのそばに走り寄り、止めようとしたけど間に合わなかった。廊下じゅうに響きわたるような音を立て、父さんが母さんを平手打ちした。

「母さんを放せ！」ぼくが叫ぶと、父さんはぼくのほうに向き直り、手を高く上げた。

「この子をぶたないで……」母さんがささやくような声で言う。

だけどもう手遅れで、平手打ちが飛んできた。殴られた痛みと悔しさ、どっちがよりつらいかわからなかった。

「部屋へ行け」父さんは脅すような口調で言い、ぼくが動かないのを見て繰り返した。「部屋へ行け！」

「でも、十二時までまだ一時間半もあるわ」母さんが震える声で言う。「年越しのブドウを食べるときは……」

「ブドウなんぞケツで食っとけ。部屋へ行くんだ！」

これ以上神経を逆なでしないほうがいいと気づいて、ぼくは急いで部屋へ向かう。そうしながらも心のどこかで、母さんだけを残していくことに罪悪感を覚えずにいられなかった。部屋へ入ってまだドアを閉めないうちに、小さな叫び声と平手打ちらしき音がした。心臓が一瞬止まったような気がして、ぼくは
(父さんを殺そうか)

父さんに立ち向かっていこうか、それともドアを閉めようかと迷った。

だけどぼくは卑怯者だ。戻ることができず、ドアを閉めてノブの下に椅子を置く。

あまりにも恐ろしすぎた。

ぼくを助けてくれるのは、カッターだけだった。

El fuego en el que ardo

これまでのこと

わたしを守って
塔のようなあなたの腕のなかで
わたしを見下ろす塔

『ウィー・アー・ブロークン』
パラモア

「落ち着け、オスカル」ぼくの肩を優しくさすりながら、耳元でダリオがささやいた。「ここにいてやるから、心配すんな」

また強烈な吐き気に不意に襲われて体が震え、胆汁の強烈に苦い味が喉に上がってくるのを感じるが、口からはなにも出ない。もう吐くものが残っていないのだ。

「ちょっとは、まし？」水洗のチェーンを引きながら、ダリオが心配そうにたずねる。ぼくはうなずき、ほほを濡らす涙を手でふく。ふいたあとで袖を見ると、吐いたもので汚れていた。「待ってろ、水を持ってきてやる。すぐ戻るから」

ダリオは急ぎ足でドアから出ていった。ぼくはその間、便器のふたに頭をもたせかける。不衛生だとか、そんなことにかまってられない。その冷たさだけで十分だった。

ほんの一、二分でダリオが水の入ったボトルを持って戻ってきて、ぼくが立ち上がるのを助けてくれた。

「まず、口をすすげ」そう言いながら、ダリオはぼくを洗面台まで連れていった。ぼくが言われた通りに口をすすぐと、ボトルを渡してくれた。「飲めよ、落ち着くから。でも、気をつけて飲まないとまた吐くぞ」

喉の渇きを覚えていたけど、量をコントロールしながらちびちび飲んだ。口のなかの不快な味を消すには、これでは足りない。少なくとも二十分ほど歯磨きしないと消えそうになかった。それでも、水のおかげで少し気分はよくなった。

「もう、一生酒なんか飲まないぞ」そう言った自分の声が、間延びしているのに気づいた。「今度、ジンジャーエール以外の物をぼくが頼んだら、注意してくれ」

「大丈夫、注意してやる。さあ、服脱げよ」

ぼくは固まった。

「なに？」

「シャワー浴びないと。服がめちゃくちゃ汚いよ。体も汚れてるし、ちょっとにおう。手伝ってやるから、大丈夫だよ」

血の気がないのに、自分の顔がうっすら赤くなっていることに気づいた。

「ダリオ、ほんとに、必要ないよ……」

「あるって」ダリオはきっぱり言い切った。「わかんないのか？　おまえ、ひとりで立てないくらいだぞ」

ぼくはもう少し抵抗してみたが、ダリオはあくまで手伝うと言い張るので、結局服を脱がせてもらった。幸い、予期せぬ反応が起きるには具合が悪すぎたが、それでもダリオの手がぼくの肌にじかに触れるたび、体じゅうのうぶ毛が逆立った。

手を貸してもらって浴槽に入ったとき、ダリオが必要以上にぼくを見ていたような気がした。だけどすぐにシャワーが出て、水の冷たさにぼくはちょっと悲鳴を上げた。

「ごめん！」ダリオがシャワーを遠ざけながら謝った。「こんな冷たいのが出るとは思ってなかった」

お湯になるまで待ってから、ダリオはシャワーをゆっくり、注意しながらぼくにかけてくれた。全身が濡れると、ぼくは吐いた汚れを自分でこすり、ダリオは手にボディシャンプーをつけてぼくの体をこすり出した。まず首筋から始め、腰までいったところで手を止めた。

ダリオはためらっている。

「えーと……」そう言ってまた手を動かしはじめた。

「ここは自分でやるよ」

「そうだな、そのほうがいい」

ダリオが赤くなっているのに気づいた。珍しい。ダリオが赤くなっているところなんて、それまで見たことがなかった。ぼくが両手を合わせると、ダリオがそこにボディシャンプーを注いでくれた。面と向かってやるのも少し変だから、ぼくはダリオに背中を向け、急いで腰から下を洗った。振り向くと、ダリオがぼくを見ていた。だけどぼくはなにも言わず、ダリオもなにも言わなかった。それからまたシャワーを出して、ぼくは自分の腰から下の泡を流した。ダリオは腰から上を洗ってくれて、終わるとぼくを浴槽から出し、タオルでくるんでくれた。しばらくそのままじっとしていたが、ダリオは急に、ぼくの濡れた体を抱きしめた。

「気分はどう？」耳元で訊かれ、ぼくは心地よいくすぐったさを覚える。

「ずっといいよ」

「よかった」

だからぼくはダリオに恋したんだ。たとえなにが起きても、いつだってダリオを当てにしていいんだと思ってた。

だけどあのことが起きてから、ぼくはダリオを当てにできなくなった。

第32章
El fuego en el que ardo

永遠の我が家は宇宙空間
黒い星々とはてしない海、宇宙空間
新しい希望、新しい運命、宇宙空間
わたしたちは永遠に宇宙空間のなか、
宇宙空間のなか

『コスモス（アウター・スペース）』
t.A.T.u.

耳元でピッと音がして目が覚めたが、自分がどこにいるのかわかるまで少し時間がかかった。数秒でスマホの画面のかすかな灯りに目が慣れる。ここは自分の部屋の床だ。知らない間に眠ってたんだ。

ぼくは立ち上がり、腕の鋭い痛みに眉をひそめながらも、歩いてドアのそばまで行った。スイッチを押し、灯りをつける。急に明るくなったので目を細めた。そのとき、床にカッターが転がっているのに気づいた。数センチ離れてスマホ、タイルには血の染みもついている。それから左腕を見下ろすと、肩から前腕にかけてたくさんの新しい傷がある。傷の周りに血が固まっているのを見て吐き気を覚えた。まるで肉屋だ。そして最悪なのは、これをつけたことすらはっきり覚えていないこと。

「くそっ……」

また電子音がした。だれからのメッセージだろうと、スマホを取り上げる。予想通りセルヒオだ。十五分間にわたって、二分か三分おきにメッセージを送りつづけてくれたらしい。

セルヒオ：あけましておめでとう!!
セルヒオ：ブドウを喉に詰まらせてないよね？
セルヒオ：そこにいる？
セルヒオ：おーい。
セルヒオ：なあ、マジで、ブドウを詰まらせてない？
セルヒオ：心配だなあ。

それで時間を見ると、もう十二時を過ぎていた。気づかないうちに年が変わっていたんだ。腕を傷だらけにして床でのびてるうちに新年を迎えるなんて、ひどすぎる。それでも、セルヒオはなにを心配してるんだと、ちょっと笑ってしまう。

オスカル：大丈夫、元気だよ。
オスカル：寝てただけ。

セルヒオ：WTF

セルヒオ：ブドウを食べる時間に？

セルヒオ：マジで？

オスカル：うん、家でちょっと騒ぎがあったから。

オスカル：知ってるよね……、いつものだよ。

セルヒオ：なんてことだ。

セルヒオ：大丈夫なの？

オスカル：大丈夫、大丈夫。

オスカル：心配しないで、また話すよ。

セルヒオ：きっとだよ？

オスカル：うん、だから心配しないで。

書いてることは本心じゃない。本当はセルヒオに電話して話して、話しながら泣いて、今夜の出来事から解放されたい。だけどできないから、自分が言いたいことじゃなくて、セルヒオが読みたいことだけを書く。

オスカル：大晦日のパーティを楽しんでね。
オスカル：😊

セルヒオ：うん。

セルヒオ：😊
セルヒオ：ひとつお願いがある。

オスカル：なに。

セルヒオ：位置情報を送ってくれる？

オスカル：？？？
オスカル：なんのために？

［書きこみ中……］
［接続しました］
［書きこみ中……］

セルヒオ：ばかみたいなことなんだけど……。

オスカル：なに、言ってよ。

［書きこみ中……］
［接続しました］
［書きこみ中……］

セルヒオ：会えなくて寂しいときに地図を見たら、きみが近くにいるような気がする
　と思うから。

セルヒオ：ほんとにばかみたいだよね……。

決定だ。世界キュート選手権優勝。

オスカル：ばかみたいじゃないよ。
オスカル：かわいい。
オスカル：☺️

ぼくは位置情報を送り、通信を終えた。このあと、セルヒオがパーティに行かなきゃいけないからだ。まだ十二時半にもなっていなかったけど、ぼくにとっての新年の夜はもう終わった。血を洗い流すためにバスルームに行く気力さえなかったので、まっすぐベッドに入り、睡魔が早くぼくをつかまえてくれるようにと願いながらアイポッドのイヤホンをつけた。

どのくらい眠っていたかわからないけど、またスマホが鳴ったときは、せいぜい数分しか経っていないような気がした。ぼくはうなり声を上げて寝返りを打ち、メッセージを無視しようとした。でもそのとき、またスマホが鳴った。さらに一回、二回、三回。あきらめて、ナイトテーブルの上で手をもぞもぞと動かしてスマホをつかんだ。画面にはセルヒオの名前が出ている。

セルヒオ：オスカル。
セルヒオ：オスカル。
セルヒオ：オスカル。

セルヒオ：オスカル。
セルヒオ：オスカル。

オスカル：なに。

セルヒオ：オスカル。

オスカル：なに。

セルヒオ：起きてる？

オスカル：なに。
オスカル：わかるだろ。
オスカル：どうした？

セルヒオ：ちょっと見せたいものがあって。

オスカル：酔っぱらってるんじゃない？

セルヒオ：なんで、ちがうよ。

セルヒオ：窓の外を見て。

オスカル：なに？

セルヒオ：今、ちょうど彗星が空を通ってるんだよ。

セルヒオ：窓から見てごらんよ、ほら。

オスカル：オッケー、きみは酔っぱらってる。

セルヒオ：ちがうってば。

セルヒオ：マジで言ってるんだ。

オスカル：本気で、朝の三時に彗星を見せるためにぼくを起こしたわけ？

オスカル：ねえ、昨夜はクソみたいな夜だったから、ほんとに今ぼくがしたいのは、眠ることだけなんだ。

ひどい意地悪をしてることはわかっている。セルヒオにこんな態度をとっちゃいけない。だけどあんなことがあったあと、ぼくがしたいのは眠ることだけ。

セルヒオ：お願い、ぼくの言うことを聞いて。
オスカル：わかった、今見たよ。
オスカル：すごくきれいだ。
オスカル：もう寝ていい？
セルヒオ：うそつき。
セルヒオ：見てないくせに。
セルヒオ：さあ、窓の外見てったら。

ぼくはあきらめ、ぶつくさ言いながらのろのろと立ち上がって窓のそばまで行った。ブラインドを上げて空を見るけど、なにも見えない。窓を開けて、寒いけど顔を出してみた。だけどあいかわらず、星以外にはなんにも見えない。そのときだれかが咳をしたので、ぼくは窓の下を見た。

セルヒオがいた。

茫然としてセルヒオの目を見ると、彼は満面の笑みをこちらに向けた。そしてスマホになにかを打ちこむ。数秒後、ぼくの手のなかのスマホが震えた。

セルヒオ：サプライズ。
オスカル：ありえない。
セルヒオ：それがありえるんだな。
セルヒオ：ぼくが見えない？
オスカル：どうかしてる。
セルヒオ：そうだよ。
セルヒオ：降りてこない？

―オスカル：行く。

ぼくは着替えに時間をとったりしなかった。だって、セルヒオはもう子羊のパジャマを見てるんだから。ただ上からセーターを着てブーツをはき、コートを手にとった。そっと部屋を出て廊下を進む。暗闇でぶつかりそうな電気スタンドや家具は廊下に置いていないので助かった。玄関にたどり着いたときには心臓がバクバクしてたけど、さっと静かにドアを開け、滑り出てまた閉めた。

下に降り、ぎゅっと抱きしめられても、セルヒオが本当にここにいるのがなかなか信じられなかった。でも、セルヒオだ。その香り、体、むさぼるようにキスをするくちびる。

「どうかしてる」

「そうだよ」

「一体どうして？」

セルヒオは肩をすくめた。

「何日も前から考えてたんだ。それで、きみんちで騒ぎがあったと聞いて、来なきゃと思った」セルヒオが理由を説明する。「あとで恩返ししなくちゃいけないところがふたつばかりと、ぼくがパーティに行かなかったことでカンカンに怒ってる友だちが何人かいるけど、でも来てよかったよ」

もう我慢できなかった。ぼくはセルヒオのくちびるに激しいキスをした。

「信じられないやつだな」

「きみほどじゃないよ」

「どうやって来たの？」ぼくが訊くと、セルヒオは数メートル先に停めた車を指さした。「運転できるんだ、知らなかった」

「えーと……訊かないほうがいいよ」セルヒオは少し赤くなっている。「で、なにしたい？ぼくはこの辺、知らないから」

ぼくは辺りを見回した。こんなに小さくて住民の少ない村にも、いいところはある。パーティに出かける場所もないから、大晦日の夜もほかの夜と同じように静かなんだ。

「北のほうではみんな外に出歩いてるから、行かないほうがいいな。ここでできることってあんまりないんだ。でも車で南のほうへ行くと、静かに過ごせるよ」

「いいね」

ぼくらは車に乗った。ビールと煙草のにおいがほんのりした。セルヒオはおっかなびっくり、のろのろ運転をするものだから、これは彼の車じゃないし、そもそも免許証も持っていないなというぼくの疑いは確信に変わった。村を出て南に向かい、やがて打ち捨てられた穀物倉庫以外はなにもない野原に着いた。車を停めて外に出ると、セルヒオはトランクを開けて毛布を何枚か取り出した。

歩いて倉庫まで行く。木材でできた古くて細いはしごがあったので、それを使って屋根に上った。ネズミがいたらいやだなと思ってたけど、幸い、見あたらない。上に着くと、セルヒオは二枚の毛布を重ねて敷き、ここで寝てとぼくを手まねきする。それからセルヒオもぼくの横に寝て、上から残りの毛布をかけた。冬にしてはそれほど寒くないけど、それにコートも着ているけど、それでも特別のあったかさがうれしい。

「じゃ、そういうことで」ほかに言葉が思い浮かばなかったのか、セルヒオがつぶやく。

「じゃ、そういうことで」ぼくもほほえんで繰り返す。

セルヒオもぼくにほほえみ返し、それから顔を近寄せて、くちびるにキスをした。やがてくちびるを離し、ぼくはセルヒオの横で体を丸める。そのとき初めて雲ひとつない空を見た。満天の星が、昼間と変わらないんじゃないかと思うような光を放っている。あまりにも美しい光景と、この瞬間のあまりの幸福に、ぼくは涙がこぼれるのを抑えきれなかった。

空で力強く輝く星たちは、ぼくの胸のなかでもきらめきを放ち、セルヒオがキスするたびにくちびるから火花となって飛び散る。ここがぼくたちの家、宇宙。ぼくたちのためだけの、無限の空間だ。

El fuego en el que ardo

第33章

雨が屋根に降りそそぐ
そこはわたしたちが友だち以上になった場所
夜明けに包まれ
眠ったことを思い出す

『雨』
マリア・ビジャロン

すべてをバラ色と赤に染める、朝の最初の光でぼくは目が覚めた。夜の間に空一面が曇り、気温はかなり下がったけど、毛布を掛けてセルヒオの隣で丸くなっていると、寒さもそれほど気にならなかった。目を閉じてセルヒオにくっつき、体に手を回す。まだ心のどこかでは、これが本当に起きていることだと信じられない思いでいるけど、この香りと感触は、疑う余地のないほど現実そのものだ。

しばらくしてセルヒオが体を動かしはじめた。ぼくが目を開けると、セルヒオも目を覚ましていた。

「おはよう」ぼくはほほえんでささやく。

「おはよう」目をこすりながらセルヒオも言う。その姿があまりにかわいくて、キスせずにはいられない。

「よく寝た？」体を離して、ぼくはたずねた。

「すごくよく寝た。きみは？」

「ぼくも」

今度はセルヒオのほうから近づいてきてキスをした。

そうしてかなり長い間お互いのくちびるを味わっているうちに、やがてキスが激しくなった。重ねたくちびるの隙間から小さなあえぎが漏れ出すと、その声で一層気持ちが高まる。気がつくとセルヒオがぼくの上になり、むさぼるようなキスをしていた。こんなにおいしいものはこれまで食べたことがないというように、セルヒオはぼくのくちびるを味わっている。コートの下に、さらにパジャマの下にはわせた手がぼくの肌をこするたび、神経の隅々までが炎に包まれたように燃え上がる。

ぼくの体にそっと、ゆっくり体重を預けるセルヒオを見ていると、どれほどぼくをほしがっているか、ぼくにどれほど欲望を抱いているかがはっきりわかる。ぼくもほしがってることを示そうと、少し上へ向けて体を弓なりにする。セルヒオは首筋にキスを始め、ぼくのうめき声が止まらなくなる。

そのとき、ある記憶が頭をよぎった。ここにすごくよく似た野原にいるダリオとぼく、夏の暑さ、耳元で聞くダリオのうめき声、涙を流しながらも、彼のために痛みをこらえようとするぼく。

ぼくは動きを止めた。心のどこかでは

（セルヒオをほしがってる）

セルヒオに続けてほしいと思ってる。だけどなんにもない野原の真ん中でセックスするのは、これが初めてじゃない。セルヒオとの初めてのときを、ここで迎えたくはない。ダリオと関係ないところでしたい。

ぼくは少し体を離した。

「ごめん」あえぎながら、セルヒオがささやく。

「気にしないで」ぼくははっきりと言う。「ただ……、ここじゃいやなんだ。わかる？」

「わかるよ」

「怒ってる？」

セルヒオは小さな笑い声を上げ、きっぱり言った。

「まさか」

「したくないわけじゃないんだ」ぼくは急いで説明する。「したいと思ってる。ほんとだよ。ただ、ここは……」

「わかった。心配しないで、わかってるから」

「ありがとう」

セルヒオはぼくのくちびるに素早くキスして、そばで丸くなった。そのままぼくたちはまた眠ってしまったようだ。気がつくともう正午近くて、気温はかなり低かった。空には分厚い黒雲がかかり、遠くで雷のような音が聞こえた。今にも降り出しそうだ。

「行かなきゃね」セルヒオが言った。

持ってきたものを片づけて車に戻る。発車したとき、ちょうど細かな雨が降り出した。穀物倉庫のほうを振り返ると、夜明けまでぼくらが眠っていた屋根に雨が降りそそいでいた。ほんの数分長く残っていたらどうなったかを考えて、ちょっと笑ってしまう。きっとずぶ濡れになってただろうな。

「ここで降ろして」村の入り口まで来てぼくは言った。

「いいの？　濡れちゃうよ」

「いいんだ。そんなに降ってないし。もう村の人が起きてるから、一緒にいるところを見られたくない。きみのせいじゃないよ、ただ……」

「わかる。じゃあ、ここで止めるね」

　セルヒオを見送り、滑らないように気をつけながらできるだけ速足で歩き出した。幸い、雨が降っているので外に出ている人は少なく、ぼくはだれにも見られなかった。それにコートがフードつきなので、それほど濡れずにすんだ。

　家に着き、音を立てないようにそっとなかに入る。だけど母さんはもう起きていて、ドアの閉まる音を聞きつけ、怪訝そうな顔でキッチンから出てきた。

「あら、やだ……。外でなにしてたの？」

　しまった。見つかったときの言い訳なんて、考えてもいなかった。

「あの……、えーと……。フェルから朝ごはんにチュロス食べに行こうってメッセージが来たんだ。母さんを起こしたくなかったから、それで……」

我ながらうそっぽいなと思ったし、母さんもすっかり信じこんでるような表情ではなかったけど、なにも訊かれなかった。

「じゃあ、熱いシャワーを浴びなさい。濡れてるじゃないの。肺炎になっちゃうわよ」

「わかった」

ぼくはバスルームに向かったが、入る前に立ち止まった。

「母さん、大丈夫？」

母さんはぼくの質問に驚いたようだ。

「ええ、ええ……大丈夫よ。言い合ったあと、父さんは出ていってまだ帰ってこないの。だから……」

「もうぶたれないようにね。いい？」母さんは恥ずかしそうにうなずいた。目に涙がにじんでいるので、ぼくは母さんのそばに行って抱きしめた。うれしそうにしている母さんに、ぼくは言った。「愛してるよ」

「わたしもよ、オスカル。さあ、シャワーを浴びなさい。風邪ひいちゃうわ」

バスルームに入ると、ぼくは早くシャワーを浴びようと服を脱いだ。そのとき、すっかり忘れていた昨夜の傷が目に入った。吐きそうになる。もう、こんなことを続けるわけにはいかないんだとそのとき気づいた。このままじゃいけない。血はすっかり乾いていて、洗い落とすのに少し苦労して、痛みを感じるたび自分に誓った。

もう二度と、リスカはしない。
もう二度と、リスカはできない。

新年おめでとう

そして最悪の大みそかになると思ってたけど、結局すべてが変わった。

こんなにすてきな年の始め方、考えたこともなかった。

1月1日 12：59 投稿 ｜ コメント：0

信じられない

幸せなときの時間の速さ、信じられない。

1月5日 21：37 投稿 ｜ コメント：0

シェア Linked In facebook Twitter Google Tumblr

El fuego en el que ardo

第34章

家への帰り道はいつも長い
だけどあなたがそばにいてくれればがんばれる
あなたはわたしに必要なたったひとりの人
わたしの本当の人生は今始まったばかり

『ザ・ワン』
シャキーラ

電車を降りると、セルヒオがじれったそうに両手をもみ合わせながらぼくを待っていた。ぼくは駆け寄り、しっかり抱きしめる。実際には三日会わなかっただけだけど、試験勉強をしながら過ごすその三日間は、ぼくにはすごく長かった。長すぎた。

セルヒオのくちびるの味が、記憶していたよりもっとおいしいのに気づいて驚く。

「試験はどうだった？」キスを終え、セルヒオがたずねる。「先に訊くのを忘れてた」

ぼくは歩き出し、肩をすくめた。

「よかったと思う。ひとつひっかけ問題があったけど、うまく切り抜けたんじゃないかな。きみはどうしてた？」

「つまんなかったよ。先生たちはずっと、入試の話ばっかりしてる。入試、入試、入試……。どれだけとりつかれてるか、きみには想像もできないよ、きっと。そんなに入試が好きなら、入試とヤッちゃうとかすればいいんだ。そうすればぼくらもうんざりしなくてすむ」

ぼくは声を立てて笑った。

「相当怒ってるね」

「ごめん」

「そんなにしつこいの？」

「ひどいよ」セルヒオはため息をつく。「試験が迫ってるっていうより、ゾンビ集団が迫ってくる感じだ、ちくしょう」

「話題を変えたほうがよさそうだね」

「そうだな。ねえ、主の御公現の祝日はどうだった？　まだ、なにも聞いてないよね」

ぼくはつばを飲みこんだ。

「もう一回話題を変えたほうがよさそう」

「なんで？」セルヒオは眉をひそめてぼくを見る。「なにがあった？」

「大したことじゃないよ、気にしないで」

「大したことじゃないのなら、話せよ」

言わないわけにはいかないようだ。あきらめてため息をつき、気がすすまないけど話しはじめた。

「えーと、ぼくの家ではよくあることだけど、公現日を祝うなんて考えられないんだ。何年か前、お姉ちゃんがやらかしちゃって、その……。また今度話すよ。要するに、よその家では一月六日の公現日にはプレゼントをもらえるかもしれないけど、ぼくの家ではほかの、普通の日と同じということ」

　話しながら、自分がちょっとばかみたいに思えてきた。ぼくはそんなにほしがりじゃないつもりだけど、フェルやセルヒオや、クラスの連中なんかがもらったプレゼントの話をしているのを聞くと、ちょっといやな気分になる。ほかの家に生まれたかったなあと、また思ってしまうんだ。ほかの家じゃなくても、少なくともぼくたちを愛してくれる、ちゃんとした父親がほしかった。

「プレゼント、もらわなかったの？」

「うん」

「じゃ、なんとかしなきゃ」

　そう言うとセルヒオは、なんのためらいもなく、いつも身に着けている黒いブレスレットを外してぼくにつけてくれた。

「なにしてんの？」

「あげる。大したもんじゃないけど、少なくとも、プレゼントをもらったことになるだろ」

「セルヒオ、きみのブレスレットをもらうわけには……」

「これは二年くらい前、ロンドンに行ったときに買ったものなんだ」

「だったらなおさら、ぼくにくれたりしちゃだめだよ……」

「最後まで言わせて。ロンドンで買ったものだから、これは約束だと思ってほしいんだ」

「約束？」

「うん。早くきみは自由になって、いつかふたりでロンドンに行こうっていう約束。そのときみがこれの代わりに、ぼくにブレスレットを買ってくれればいい。どう思う？」

ぼくは言葉が出なかったから、周りの目も気にせず自分からキスした。人前で自分からキスしたんだ。

そのまま歩きつづけて、一分ほどしてから、セルヒオはおずおずとぼくの手をとった。ぼくはちょっと緊張してきょろきょろした。つきあいはじめてからはほとんどの時間を世間から離れ、セルヒオの家で過ごしてきたから、ぼくはまだ人前で愛情表現をするのに慣れていない。でもそのうち少しリラックスして、彼の指をなでた。

「放したほうがいい？」セルヒオはなにげないふうに言ったが、その口調から、もしぼくが「うん」って言ったら傷つくだろうなとわかる。でも、ぼくだって放したくなんかない。百万年後もつないでいたい。

「ううん、そんなことないよ。こうしてるのが好きなんだ」

セルヒオはほほえみ、ぼくの答えに勇気づけられたようにぎゅっとにぎってきた。でもぼくは、歩きながらどうしても緊張してしまう。あまりにも人が多くて、みんながぼくたちを

（嫌っている、そう、みんなぼくたちを嫌っている）

見ているような気がする。二十メートルほど前に、スポーツセンターから出てきた少年たちがいて、ぼくらのほうへ歩いてくる。少し
（ばかっぽく見える）

ぼくらより年上に見える。笑っている彼らの視線を見て、なにがそんなに面白いのかすぐにわかった。

セルヒオが手を放そうとするが、ぼくは逆に強くにぎった。その集団とすれちがうとき、ぼくは男たちをじっと見つめた。なにか言うのなら言ってみろという気持ちだ。

男たちはなにも言わなかった。

「ばか」男たちが通り過ぎると、そのほうを振り返ってセルヒオがつぶやいた。

「ほっとこうよ。相手にするだけ無駄だ」

ぼくらはだまって歩いた。

「マジで入らなきゃいけないわけ？」スポーツセンターの入り口に着くと、セルヒオが不満そうに言った。

「だと思うよ」

「そんなのおかしいよ」セルヒオは愚痴をこぼす。「ほんとに、まる一時間もキスせずに過ごさなきゃいけないのか？」

ぼくはスマホの画面をちらっと見て時間を確かめ、肩をすくめた。

「教室が始まるまで、あと十分」ぼくは気がないそぶりで言う。

一瞬も逃すまいと、セルヒオはぼくを両腕で包みこみ、キスをする。ぼくたち以外、世界になにも存在しないかのような瞬間は……うしろから聞こえた咳払いで終わりを告げた。ぱっとセルヒオから離れて振り返ると、目の前にアレハンドロ先生の顔があった。

「す……すみません」ぼくはかき消えそうな声で言う。

先生は厳しい顔でぼくたちを見つめている。一瞬、どなられるかののしられるんじゃないかと思った。ぼくらがしていたこと、気持ち悪いと思われただろうか？　柔道教室を追い出されたらどうしよう？　せっかく、やっとしっくりくる場所を見つけたというのに、失いたくない。

だけど少し黙りこんだあと、先生の口の端が軽く上がった。突然、緊張が消し飛んだ。

「別に謝ることじゃない。練習に支障さえ出なければ、きみたちがなにをしようがわたしには関係ない。わかったか？」

「わかりました」ぼくらの声がハモった。

「じゃあ入りなさい、もう教室が始まるよ。一分遅れたら腕立て伏せだぞ」

そのあとはもうなにも言わず、先生はいつもながらのエネルギッシュな足取りで建物へと入っていった。ぼくはセルヒオを見て、ほっと息をついた。男の子とキスしているところをだれかに見られたのは、少なくとも見られていることに気づいたのは初めてだったけど、こんなにいい反応をしてもらえるとは思わなかった。

「刀かなにか取り出すんじゃないかと思った」

ぼくが言うと、セルヒオは引きつった笑い声を立てた。

「ぼくも」

「もう入ったほうがよさそうだ」ぼくは玄関へと向かった。「遅れると、ほんとに刀が出てくると思うよ」

＊＊＊

「明日の夜、アンビエント・クラブに行かないか？」

セルヒオの言葉を聞いて、ぼくはたちまち緊張した。

「きみの言う〈アンビエント〉って……」

「ゲイ・クラブだよ」予想通りの答えだ。

汗まみれの四十歳くらいの集団に痴漢されるイメージがぼくの頭をさっとよぎった。もちろん、気分のいい想像ではない。

「どうだろう。ちょっとキモいな」

セルヒオは声を立てて笑った。

「おいおい！　なに想像してんの？　四十歳くらいの汗まみれの集団に痴漢されるとか？」

ぼくは肩をすくめ、ちょっと顔を赤らめた。どうして考えてることがわかっちゃうんだろうと内心驚きつつ、ホットチョコレートをひとくち飲む。

「まあ、そんな感じ」

「きみをそんなところに連れていくわけないだろ、ばかだな」セルヒオは言って、ぼくのくちびるに素早くキスする。「実際、かなりライトなクラブだよ。保証する。それに、客のほとんどはぼくらと同世代だ」

ふうん。

「そうなんだ……」

「行こうよ。きっと楽しいよ！」やけにこだわるセルヒオを見て、つい笑ってしまう。「ちょっと踊ってもいいし、そういう気分じゃなければ座って話しててもいい。好きなようにすればいいんだ。ああいう店のなにがいいかって、みんなぼくたちと同じだから、一緒にいてもだれも変な目で見ないし、暴言を吐いたりしないんだよ」

だんだんいいアイディアに思えてきた。

「どうしてそんなに行きたいの？」

「なんとなく、一晩じゅう一緒に踊ったりできたら楽しいだろうなって。それだけ」セルヒオはそう言って肩をすくめる。「ぼくら、そういうのしたことないだろ」

「わかった。でもどっちみちぼくは十六歳だから、きっと入れないよ。きみもそうじゃないかな」

「大丈夫だよ。ぼくはドアマンと知り合いだから問題ない。ほら、言い訳なしだよ」

ぼくの反論なんて全部想定内というわけか。

「だけど終電が十二時半だよ。あんまり長くいられない。一時間かそこらのために行くのも……」

「じゃあ、うちに泊まればいいよ」

ぼくは

(わくわくして)

驚いてセルヒオを見た。

「ああ言えばこう言う、ああ攻めればこう受ける……。受け身の練習は畳の上だけにしなよ」

ぼくが時間稼ぎにどうでもいいことを言うと、セルヒオは声を上げて笑った。セルヒオの家に泊まれるかもしれないと思うと、わくわくするのとおんなじくらい、怖くなる。素晴らしいアイディアなのか、逆に大きなまちがいなのかわからない。

「ほら、ごねてないで」セルヒオはぼくの肩をポンと叩いた。「したくないことはしなくていいって、わかってるよね」

「うん」

ぼくはほほえみ、テーブルの上に身をのり出してセルヒオにキスした。もちろん、わかってる。セルヒオは何度もぼくにそう言ってくれたのだから。問題はぼくがどうしたいのか、自分でもわからないことだ。

「それじゃ……？」

「母さんと話すよ。約束できないけど、とりあえず母さんと話す。それでいい？」

「いいよ！」

「きみんちの親は、ぼくが泊まってもかまわないの？」

セルヒオはうなずいた。

「気にしないと思うよ」

「すごいね」

「それはオッケーってこと？」セルヒオは期待をこめた表情でぼくに訊く。

「まだわかんないってこと。まずは母さんと話さなきゃ」

まだどうなるかわからないのに心臓がドキドキしはじめた。セルヒオと一晩過ごせるかもしれないと考えただけで。

そして、その夜起こるかもしれないことを考えただけで。

El fuego en el que ardo

第35章

この言葉を受けとめて
聞き逃さないで
わたしが差し出すこの言葉が
あなたに今聞こえていますように

『アズ・ロング・アズ・ユーアー・ゼア』
シャリース（米国ドラマ『グリー』より）

「ただいま」

居間のドアの前を通り過ぎるとき、ぼくは習慣的に挨拶する。返事は期待していないが、今日は驚いたことに、父さんの不機嫌な声が返ってきた。

「母さんがおまえと話したがってたぞ」

幸い母さんがどこにいるかは訊かなくてもわかるから、ぼくは父さんと話さずにキッチンへ行った。母さんの聖域、キッチンは、父さんが食事のときにしか足を踏み入れない場所だ。だから父さんが家にいるとき、母さんはいつもここに避難して、料理をするか掃除をするか、読書をしている。なかに入ってハグをしようと近づいたが、母さんが真剣な表情をしていることに気づいた。ぼくは喉に物がつまったような気になる。

「なにかあったの？」

「ドアを閉めて」

ぼくは急いで言う通りにした。

「なにかあったの？」ぼくは繰り返し、心配になって母さんを見つめる。

「オスカル、これはなに？」テーブルの上を指さし、ぼくにたずねた。

そこに、

（くそっくそっくそっ）

テーブルの上にあったもの、それはカッターだった。どこにあっても見分けがつくほどなじんだものだから、疑う余地はない。ぼくのカッターだ。ぼくは凍りついた。どう返事をすればいいのかよくわからない。

「ああ……」

「これ、わたしが考えてるものじゃないわよね。お願いよ、オスカル。そう言ってちょうだい」

ぼくの名を呼ぶとき、母さんの声が震えた。ぼくは急に吐き気を覚える。「ねえ、これはわたしが考えてるようなものじゃないわよね」

ちがうちがうちがうちがうちがうちがうちがうちがう

「これにはわけがあるんだ」

母さんは荒い息をつく。

「ほんとに？　だって答えははっきりしてると思うけど」

「そういうんじゃないんだ」ぼくは言い張るが、声がどんどんか細くなっていく。「ほんとに、そういうんじゃ……」

「乾いた血がついてるわ。それに、あなたの服やシーツが血で汚れているのを見つけたのはこれが初めてじゃない」

「母さん、ちがう……」

「Tシャツを脱いで」

「え？」

「今すぐTシャツを脱いでちょうだい、オスカル。でないと、父さんを呼ばなきゃいけなくなる」

　母さんの厳しい口調に、胃の辺りをげんこつで殴られたような気がした。

　ぼくは倒れこむように椅子に座り、ため息をつく。いやで仕方なかったけど、Tシャツを脱いだ。母さんはぼくの腕を調べる。しばらく前から毎日リスカするようなことはなくなってるから、薄くなってはいるものの、傷がついてることはごまかしようがない。特に大晦日のは目立った。

　母さんが押し殺したような嗚咽の声を漏らしたとき、ぼくの心は粉々に砕け散った。母さんの顔を見て感じた痛みは何百何千のカッターを肌につき立てるより激しかった。そしてそれは、全部ぼくのせいだった。

「オスカル、どうしてなの？」消えそうな声で母さんがたずねる。

　ぼくは答えない。なにを言えばいいのかわからない。実際、なぜあんなことをしてたんだろう。だんだん思い出せなくなってきた。

「どうやって見つけたの？」沈黙のあと、ぼくが訊いた。

「あなたの部屋を調べたわけじゃないわ」母さんの口調には、ちょっと自己弁護のような響きがある。「ただシーツを交換しようと思って、そのついでにマットレスをひっくり返してみただけ」

そこに入れてたものを思い出して、ぼくはパニックにおそわれた。スケッチブック、知り合う前に描いたセルヒオそっくりのイラスト……それにそのあとも、たくさん描いている。母さんは見たはずだけど、それについてはなにも言わなかった。何枚か、すごくあからさまな絵もあることを思い出して、ぼくは顔が焼けるように熱くなった。

何分間か、ふたりともなにも言わなかった。母さんはぼくの目を見つめたけど、ぼくは居心地悪くてそらしてしまった。

「オスカル、どうしてなの？」母さんがさっきの質問を繰り返す。

「ぼく、ゲイなんだ」

ぼくはとうとう言った。ぼくの声は、思ってたよりしっかりしていた。そのとき初めて、みんながどうしてこの瞬間を〈重荷を下ろす〉と表現するのか理解できた。それこそが、今まさにぼくが感じていることだ。本当に、ぼくを押さえつける大きくて重いものが突然消えたような気がする。押さえられていた体のほうは、まだ痛みつづけているにしても。

母さんは目を閉じてため息をつく。一瞬、それを見て恐怖を覚えた。嫌われる、もうぼくのことを愛してくれない、母さんは自分の息子がゲイだなんて受け入れられるはずがないと思うと怖くなる。でも母さんは腕をのばし、ぼくの手に自分の手を重ねた。

「わたしが想像していないとでも思ってたの？」

ぼくは肩をすくめ、答える。

「わかんない。たぶん想像してると思ってたけど、わかんない。でも、怖かった」

「オスカル、わたしはあなたの母親よ。この間言った通り、なにがあろうと、あなたがだれを好きであろうと、あなたを愛しつづけるわ。わたしにとってあなたはあなたのままだし、この気持ちが変わることはない。わかるわね？」

「うん」

「でもゲイだからって、あなたがこんなことをする理由にはなってないし、していいってことにもならない」

母さんはさもいやそうな表情を浮かべてカッターを示し、つけ加えた。目には涙がたまり、今にもあふれ出しそうだ。

「もう長いことやっていないよ」ぼくがそう言うと、母さんは鼻を鳴らした。「ほんとに、少なくとも二週間は切っていない。今、傷あとを見たでしょ。新しいのはなかったよね」

母さんは荒い息をつき、信じられないというように首を横に振る。

「それは、あなたにとって長い期間なの？」

「ぼくにとっては、そうだよ」たじたじとなりながらも言い返す。

「どうしてそんなことをしてたの、オスカル。ゲイの人はたくさんいるけど、だからって腕を切ったりしないでしょ。まさかあなた……」

「ちがう！　母さん、ほんとにそんなんじゃない」ぼくはきっぱり言った。「自殺しようとしたことなんてない」

　だからってもちろん、それが

（自殺したかった）

　自殺を考えたことはないってことにはならないんだけど、そんなこと母さんに言う必要はない。今はなおさら。

「それじゃ？」

「ゲイだってことが学校でばれたんだ。それからひどい目にあわされつづけてる」

　母さんは目をつぶり、うつむいてこぶしを額にあてた。目を開けてまた顔を上げたとき、急にいくつも年をとったように見えた。今の会話の間に老化してしまったんじゃないかと思うほどだ。罪悪感に貫かれ、心臓が真っぷたつに割れたように痛む。

「いつそうなったの？」母さんがぽつんと聞いた。

「九月の終わり。新学期が始まって、しばらくしてから」

母さんはうなずく。

「なにかあったなとは思ってたの。前からあなた、引っこみ思案ではあったけど、でもそのころから……、いつも放心状態で、ぼーっとしてるようだった。まるで……。まるで、生きてさえいないんじゃないかと思うほど」

その言葉を聞いてぞっとした。まさにぼくが感じていたことだったからだ。心のなかが死んでいた。

「そうだね」

「なぜ切ってたの？」

「生きていると感じるため」

母さんの顔がつらそうにゆがみ、とうとう涙があふれ出した。

「だけど、そんなことをしたってなんにもならないわ。自分を傷つけるのは解決法でもなんでもない。学校でなにをされたの？」

「ありとあらゆること。暴言を吐かれて、ぶたれて、物を壊されて、脅されて……。生きることが地獄だった」

母さんは嗚咽を漏らし、立ち上がってぼくを抱きしめた。ぼくは母さんの腕のなかで守られて、甘く懐かしい香りを吸いこむ。子どものころに怖い夢を見ると、母さんはいつもこうしてくれたっけ。一瞬、すべてが解決する、すべてうまくいくような気がした。一瞬だけ五歳のころに戻り、抱きしめられたときに感じた安堵が即座によみがえった。

だけど五歳のころとちがうのは、今見ているのが悪夢ではなく現実だということだ。

「ねえ、どうして言ってくれなかったの？」

ぼくは肩をすくめる。

「怖かったから」

「なにか言ってくれるべきだったわ。わたしか、それともだれか先生に。こんなに長いこと、黙っているべきじゃなかった」

「フェルは知ってたよ。すごく助けてもらった……。もしフェルがいなかったら、もっとずっとひどいことになってたよ」

「ダリオは？」

ぼくはうつむいた。

「ほんとのこと言うと、こういうことになったのは、あいつのせいでもあるんだ」

細かいことは言わなかったけど、これだけで大体なにが起こったのか察してくれると思った。

「だから柔道教室に申し込んだのね？　その子たちを殴るために？」ぼくはうなずいた。「オスカル、自分を守る方法を覚えたいっていうのはとてもいいことだけど、学校でけんかしてほしくないわ。退学になるかもしれないもの。わかってるわよね？」

「うん」

「あなたがすべきことは、先生に言って対策をとってもらうことよ」

「アナ先生には話したよ」いじめたやつらの名前をまだ教えていないということは、言わないでおく。「このことでいろいろ、先生に助けてもらってる」

「英語の先生ね？」ぼくはうなずく。「すごくいい人だわ」

「そうだね」

「先生と話しに行きたいから、いつが都合がいいか、次の授業のときに訊いておいて。このままじゃいけないわ。わかるでしょ？」

ぼくはあきらめの心境でため息をつく。クリスマス休暇が終わってから、ぼくは学校でアナ先生を避けつづけていた。だけどもう、ぐずぐずしているわけにはいかない。

「うん。わかるよ」

「それからもう、切らないで」母さんは厳しい表情で言う。「あなたがどうしてあんなことをしたのか、理解しようとすることはできると思う。だけどもしまたやったら、カウンセリングに連れていくから。いい？」

それこそが今のぼくには必要だ。自分の抱える問題を、赤の他人に話すこと。

「わかった」

「それでいいわ」母さんはそう言うと涙を手でふいて、もう一度ぼくをぎゅっと抱きしめた。

「それから……、ほかにも話したいことがあるんじゃない？」

知ってる。明らかに母さんは知ってる。ぼくがゲイだってことをいいほうに解釈してはくれたけど、あのことを話すのはやっぱり怖い。

ぼくは何度もつばを飲みこんでから言った。

「今、男の子とつきあってる」

ついに言った。言いながらほほが熱くなるのがわかった。

母さんはぼくをじっと見つめてからうなずいた。ちょっと口元がほころんでいる。

「その子といると幸せなのね？」

「すごく」

認めてしまった。今にもほほから湯気が立つんじゃないか。

「そうだと思ってた」

「え、そうなの？」

母さんは甲高い笑い声を上げた。

「だって、近ごろの自分がどんなだかわからないの？　全然ちがうオスカルだわ！　こんなに楽しそうなあなたを見たことない。その……九月より前でさえ」

「気にならないの？」

「なにが？　オスカル、あなたはわたしの息子よ。あなたが幸せならそれでいい。その男の子があなたを幸せにしてくれるのなら、わたしは大賛成よ。きっと同級生ね、そうでしょ？」

　母さんはちょっと探るような目でぼくに訊く。

「うん、正確には高校二年」

　それを聞いて母さんは眉をひそめる。

「少し年上なのね？」

「母さん、たった一歳ちがいだよ。落ち着いて。ね？　ほんとに、すごくいい子なんだ」

　セルヒオのことを話すとき、ぼくはさらに赤くなってしまう。母さんはため息をついた。

「まあ、あなたが幸せなら……。だけど、近いうちに紹介してちょうだい、いいわね。その子に会ってみたいわ」

　母さんらしいなと思って、ぼくは声を上げて笑った。

「わかった、そのうち。それはそうと、そのセルヒオのことなんだけど……。明日、セルヒオのうちに泊まっていい？」

　母さんは目を見開き
（しまった）

　それから答えた。

「オスカル、まあ、どうしましょ……」

「向こうの両親もいるよ」きっぱり言った。ぼくの話を全部、どれだけいいほうに解釈してくれたとしても、母さんにとってこれは難しいだろうなと思う。「約束する。そうしたければ向こうの親と電話で話してくれてもいいし、セルヒオもそんなの気にしないはずだから」

「ええ、でも……」自分の気持ちを表す言葉が見つからないかのように、母さんは言葉を切る。ぼくと同じで、きっとこの会話がすごく居心地悪いんだろうな。「ねえオスカル、こういうことは、あなたにはまだ早いんじゃないかしら」

母さんがなにを考えてるかに気づいて、きつい声を出してしまいそうになり、少しの間目をつぶる。今にも爆発しそうなほどほほが熱くなっている。

「母さん、ぼくらはほとんど毎日会ってる。最近よく外出するのはそのためなんだ。それで、かなりの時間を向こうの家で過ごしてる。だからもしぼくらが……、なにかをしようと思ったら、彼のうちに泊まるのに言い訳なんていらないはずでしょ」

論理的で首尾一貫して聞こえるように、気をつけながら説明した。

母さんはちょっと考えこむ。カッターに目をやり、ため息をついた。

「その子はあなたによくしてくれるのね？」

「すごく」

「もう切らないと約束してくれる？」

「約束するよ」

「じゃあ……、それなら、その子の家に泊まっても問題なさそうね。でもまず、その子のご両親と話がしたいわ」

ぼくはにっこり笑って、母さんをぎゅっと抱きしめた。

「ありがと。母さんは最高だ」

「でもオスカル、気をつけていてほしいの……」

「母さん！」ぼくは、ただ〈おしゃべり〉するだけだと言い張った。ほほがまた熱くなってくる。「ぼくらがまだ、なにもしてないかどうかも言ってないでしょ」

母さんはしばらく黙りこむ。

「それは、してないってこと？」

「母さんたら！」ほっぺたから湯気が出ないのが不思議なほど赤くなり、ぼくはもう一度叫んだ。「とにかく、このことについて話し合う必要はないんだ」

「ねえ、オスカル。わたしはただ、あなたが自分のしていることを自覚してほしいだけなの。そりゃもちろん、あなたたちの場合妊娠の心配はないわ。だけどそれでも、ひと通り予防をしないと…」

うわっ、うわっ。会話が危ない方向へ進みはじめたぞ。こっちの方向で母さんと話す覚悟はできていない。

「ねえ、母さん。今は二十一世紀だよ。インターネットだってなんだってあるんだ。ぼくの知らないことで、母さんがこの……、ゲイのセックスについて言えることはないと思うよ、ほんとに」

ぼくのパソコンの履歴がその証拠だ。

神さま。まさか自分が母親の前で〈ゲイのセックス〉なんて言葉を発音してしまったただなんて、信じられない。

母さんはあきらめたようにうなずいた。

「わかったわ。でもいいわね、わたしの仕事はあなたの心配をすることだから。とにかく気をつけてほしいの、いいわね？」

「気をつけるよ。心配しないで」

「それから、その子に会わせてね」

ぼくは眉をひそめて母さんを見た。

「冗談じゃなかったの？」

「真剣よ！　その子がどんな子だか知りたいの」

「母さん……」

「つべこべ言わないの！」母親モード全開だ。「わたしには息子の恋人を知る権利があるわ、そうでしょ？」

ぼくは鼻を鳴らした。

「でも、ちゃんとつきあい出してからまだ二週間も経ってないよ。紹介するにはちょっと早いんじゃないかな」

「早いも遅いもないわ」母さんはあくまで言い張る。

「母さん！　たった二週間なんだよ。そんなの変だよ。セルヒオだって、すごく居心地悪いと思うよ……」

「紹介してくれないのなら、泊まりに行く話は忘れて」母さんはきっぱり言った。

チェックメイト。許可がほしいのなら、母さんの言う通りにするしかなさそうだ。

「うん……わかった」しぶしぶ折れたが、すぐに交渉を始めた。あまり効果がないだろうなとはわかっていたけど。「もしよければ、二週間か三週間後につれてこれるけど」

　母さんは首を横に振る。

「とんでもない。来週よ」

「母さんてば……」

「つべこべ言わないでって言ったでしょ。その子があなたにとっていい子かどうか、確かめなきゃいけないの」

　それを聞いていてつい笑ってしまった。

「いい子だよ。それ以上だ」

「それならいいわ」

　ぼくは母さんのそばに行って抱きしめた。いろいろあるけど、それでもそばにいるこの瞬間を楽しみながら、しばらくそのままの姿勢でいた。こんなふうに気持ちを分かちあったのって久しぶりだ。最後がいつだったかもう覚えていない。閉じたドアの隙間からテレビの音が漏れ伝わってはくるけれど、あらゆることから、そしてあらゆる人から逃れ、家のなかにふたりきりでいるような気がしていた。

やがて母さんから離れると、ぼくはカッターを手にとった。手のひらに載せ、蛍光灯の下でおぼろげに光る刃を見つめる。もう前と同じには見えなかった。なにかが変わった。それはきっと、ぼくのなにかが変わったからだ。以前は友だちのように心地よかった金属の手触りが、今は冷たく感じられる。そう、ただ冷たいだけ。ぼくの温かい手の上で、なんだか不自然に思えた。

ぼくはすたすたとゴミ箱まで歩き、ためらわずにカッターを捨てた。

もうぼくには必要ない。

ぼくの母さんは最高だ

以上。ほかの言葉を付け加える必要はない。

1月8日 22：59 投稿 ｜ コメント：0

スズメバチ

あいかわらずぼくの胃のなか、そのうち穴が開きそうだ。

1月9日 17：25 投稿 ｜ コメント：0

シェア Linked In facebook Twitter Google Tumblr

第36章

El fuego en el que ardo

知ってる？　わたしのターンの仕方
知ってる？　わたしがあなたとのダンスに
夢中になることを覚えたって

『ロスト・イン・ディス・ダンス』

リェーナ・カーチナ

「怖いよ」

「なにばかなこと言ってんの」セルヒオが言う。

「マジだよ！　レイプされちゃったらどうしよう」

「だれもそんなことしないよ」

「どうしてわかる？」

「だってきみ、そんなにイケてないから」

ぼくはセルヒオの腕をパチンと叩き、声を出して笑った。

「ひどいな」

「冗談だよ、ばかだな」セルヒオはそう言うと、ぼくのほほにさっとキスした。「ぼくがそばで守ってやるから、だれにもレイプなんてされないよ」

「もし、飲み物になにか入れられたら？」

セルヒオはあきれた顔できっぱり言った。

「だれも、なんにも入れないよ」

「どうしてわかる？　クスリを盛られたら？　誘拐されたら？　そして昏睡状態から目覚めたら？」

セルヒオは通りの真ん中で立ち止まり、数秒間ぼくを見つめた。それから、声を上げて笑った。

「今、なにを言ったか気づいてる？」

「怖いって言った」

「なにが？」

いい質問だ。

「レイプされること、誘拐されること、クスリを盛られること」

「うそつけ。ほんとのこと言えよ。ほんとはなにが怖いんだ？」

「昏睡状態から目覚めること」

「まじめに」

ぼくはつばを飲みこみ、足元を見つめた。

「ぼくはぼく自身でいるのが怖い」

セルヒオはため息をつき、ぼくのあごの下に手を伸ばしてそっと上を向かせた。その青く輝く目にじっと見つめられると、恐怖が消えていくような気がする。

「オスカル、大丈夫だよ」きっぱりと言う。「学校のようなことにはならない、約束する」

「うん、でも……」

「いいから聞いて。ねえ、きみが怖がってるのは知ってるし、それを理解してる。ほんとに。

でも、あそこはみんなぼくやきみと同じなんだよ？　だれもきみを変な目で見たりしないし、暴言を吐いたりとかそんなこともしない。絶対に」

　ぼくはうなずくが、またうつむいてしまう。

「だって……」

「なに？」

　ぼくはすぐに答えず、ふさわしい言葉を探す。そしてため息をついてから答えた。

「長いこと自分を隠してきたから」

「じゃあ、今からそれをやめればいいんだ。そうだろ？　あそこでは、きみはきみ自身でいなくちゃ」

「でも、ぼく自身ってどんなだったか忘れちゃったよ」ぼくはそう言ったが、セルヒオは首を横に振る。

「ばかだな。ぼくといるときのきみがそうだよ。だろ？」

「うん」

「じゃ、問題なし。だってぼくと一緒なんだから。一瞬だってきみのそばを離れないよ、わかった？」

　ぼくはやっと笑えた。

「わかった」

ぼくはセルヒオの口にキスをして、それからふたりで歩いていった。

十分ほどでクラブに着いた。外観はごく普通で、少しほっとする。若者を取って食おうと待ち伏せしてるおじさんたちもいない。これは高得点だ。

「やあ！」入り口で、セルヒオはドアマンにうれしそうに挨拶する。「元気？」

「よお！　セルヒオがボーイフレンドと一緒とはね！」

二十歳かそこらに見えるドアマンはセルヒオの両ほほにキスをする。ぼくにはちょっと珍しい光景だ。それからドアマンはこっちを向いて同じ挨拶をしようとするので、ぼくは少しうろたえて固まってしまった。ぼくは男の子とこんなに近づくのに慣れていない。まして人前では。

「やあ」ぼくはおずおずと言った。

「よろしく、イケメンくん。セルヒオはずうっときみの話ばかりしてるって、パブロが言ってたよ」

ぼくが真っ赤になると、ドアマンは大きな声で笑った。それからぼくらにウィンクして、チケットをくれた。

「一杯目は無料だよ」

「ほんと？　ありがとう！」セルヒオが言う。

「さあさあ入って、楽しんできてね」

ホールに入ると、意外にもそこは

（いい感じの）

思っていたよりずっとくつろいだ……ほとんど家庭的ともいえる雰囲気の空間だった。フロアで大勢の人が踊っているけど、想像していたようなすごくエロくてふしだらな感じのダンスとは全然ちがってた。それに大部分の人はカウンターの近くとか、フロアとは別のソファやひじ掛け椅子がたくさんあるエリアで、ただ静かに過ごしているだけだ。

「予想していたのとちがう」ぼくはしぶしぶ認めた。

「言った通りだろ。さて、なにを飲む？」

人ごみをかき分けてカウンターに向かいながらセルヒオがたずねた。

「えーと……。よくわかんない」

「アルコールを飲んだことがないの？」

飲んだことはあるが、結果が悲惨だったから二度と飲んでいない。ほとんどの場合、ダリオは飲んだあとにしかぼくと寝なかった。そしてほとんどいつもぼくにも飲めと言ってきたが、ぼくは断っていた。きっとそうしたほうが、あいつが気持ちいいからだったと思う。どっちみち、クラブに来たことはなかったから、こういうところでなにを頼むものなのかはわからない。

「前に飲んだことはある」セルヒオの質問に、ぼくは簡単に答えた。「だけどそんなに飲んだことないから、なにが好きかわからない」

「まかせてくれる？」ぼくがうなずくとセルヒオはほほえみ、カウンターのうしろのボーイにチケットを二枚渡した。「ライム入りブラック・ウォッカを二杯ください」

「ライム入りブラック・ウォッカ？」ボーイが手早くドリンクをつくるのを見ながら、ぼくは今聞いた名前を繰り返した。「そんなのおいしいはずがない」

「そう思う？」セルヒオがいぶかしげに訊く。「すぐわかるさ。天国の飲み物だよ」

「はい、お待たせ」ウィンクしながら、ボーイがぼくらのほうへグラスをふたつ押し出した。

怪しいなと思いつつ、ぼくは自分のグラスをとってひとくち飲んでみる。

「どう？」セルヒオの声には期待がこもっている。

「ぼく、イッちゃったみたいだ」

セルヒオは声を立てて笑い、ぼくのくちびるにキスをした。

「これが今夜最後の絶頂じゃないといいな」耳元でささやかれて、ぼくは全身がぞくっとした。

顔が赤くなってきたのをかくすため、ぼくのほうからキスをした。ただし、セルヒオの言葉がぼくの体に起こした反応に気づかれると困るので、あまり密着しすぎないように気をつけながら。

＊＊＊

クラブは想像していたような恐ろしい場所じゃなかった。カウンターで話しながら過ごしていると、しばらくしてセルヒオの親友、パブロが何人かの友だちをつれてやってきた。少しパブロたちとしゃべったが、数分経つとセルヒオはぼくをダンスに誘った。大勢の知らない人のなかで、ぼくが居心地悪さを覚えていたのに気づいたみたいだ。

　　立ち並ぶビルの向こうに
　　太陽が沈むにつれて
　　まるで墓地のように見える

「この歌、大好きなんだ」
「知らない」ぼくは正直に言う。声にはなんとなく聴き覚えがあるが、名前まではわからない。

　　わたしはあきらめるつもりはない
　　今夜探しているものを見つけるまで

「リエーナ・カーチナだよ、知らない？　すごい歌手だよ」
「聞いたことない」素直に答えた。
「だったら、ユーチューブかなにかで探してみなよ。信じられないくらい、いいから。さあ、踊ろう！」

　　あなたとわたしはお互いを見つける運命
　　たとえまぶしい光でわたしの目がくらんでいても

ぼくはぎこちなく体を動かしはじめた。クラブじゅうのみんながぼくを見て、笑っているんじゃないかという気がする。だけどセルヒオがぼくのくちびるにキスすると、たったそれだけでぼくはすべてを忘れた。目を閉じ、音楽のリズムに合わせて体を揺らしながらキスをする。どのくらいそうしていただろう。ぼくはこの瞬間が永遠に終わらなければいいのにと思った。ダンスの森に迷いこみ、帰り道を探すのがいやになったような気持ちだ。

　　たとえ一晩中かかっても
　　わたしはあなたとの愛に夢中

だけど結局歌は終わり、ぼくらはパブロとその友だちがいるソファのエリアに戻った。

「トイレに行ってくる」しばらくしてセルヒオが言った。「これ以上我慢したら漏らしそうだよ。それに、トイレの前は行列だろうし」

「自分のせいだよ」ぼくはセルヒオをたしなめた。「三杯もウォッカを飲むからだ」

「うるさいな。ほら、黙ってキスして」

ぼくがキスすると、セルヒオは人ごみのなかに消えていく。その姿を見送ってから、ぼくは椅子に深々と座り、店内を見渡した。こんなに快適な場所だなんて、考えもしなかった。

そのとき不意に、だれかがぼくを食い入るように見つめていることに気づいた。あの目をぼくは知り尽くしている。反射的に体がびくっと震えた。

たとえどこにいようとも、あの目の持ち主を見まちがえることはない。

ダリオだ。

だけどぼくに見られたことに気づくとすぐ、ダリオはあわてて人ごみの中に消えていった。

「あいつを知ってるのか？」

ぼくの視線の先をたどり、パブロが眉をひそめて訊いた。緑の目が怒りでつり上がっている。

ぼくは肩をすくめた。

「まあ、少し前にちょっとしたことがあったんだ。でも結局あいつは、ぼくが思ってたようなやつじゃなかった」

「やつは気に入らない」パブロはそう言い切った。

「彼を知ってるってこと？」

ここでダリオを見た驚きからまださめてはいなかったが、興味をそそられて訊いてみた。パブロは首を横に振り、赤い巻き毛がそれにつれて揺れた。

「いや、少なくとも個人的には知らない。でも、あいつはここによく来るんだ。それに、チャンスを逃さないとでも言うのかな。いいやつではないよ」

「そうじゃない」そう言ってから、自分でも驚いた。

パブロは疑い深そうにぼくを見る。

「そうか？　あいつにひどいことをされた友だちが何人かいるよ。甘い言葉でナンパして、ヤッて、それからポイ捨てする」

そう。それはぼくもよく知っている。

「あいつは少し陰険かもしれない。それはぼくも否定しない。だけど根は悪いやつじゃない」

「ほんとに？　じゃ、どうしてあんなことを？」

「あいつは途方に暮れてるんだ」

ぼくは言った。そのときようやく、ダリオを理解できたような気がした。

El fuego en el que ardo

これまでのこと

あなたがわたしのベッドにいるとき
あなたがくれるものはほんの一瞬の時間だけ
わたしは影像になってしまった
落ちこむわ
だってあなたが心を開く時間は
ふたりで裸になったときだけだから

『ステアリング・ロール』

マリーナ・アンド・ザ・ダイアモンズ

「フェルが来れないなんて、やだな」

ぼくはベッドに腰かけながらさも残念そうに言ったけど、本音は逆だった。本当はダリオとふたりきりでいられるのがうれしかった。めったにないことだから、フェルの夏風邪はぼくにとって好都合だ。ふたりだけのお泊まりはこれが初めてだった。

「そうだな」部屋のドアを閉めながら、ダリオが肩をすくめた。それから振り返ってぼくを見る。「でも、いいさ。おれたちふたりだけでも、いつも楽しいもん、な?」

ぼくは急に緊張してつばを飲みこんだ。ダリオの今の言葉は、ぼくが考えるような意味だろうか? それとも単なるぼくの想像? そうしたいと思ってるから、そうしたくてたまらないから、なんでもない言葉が意味深に聞こえただけ?

ぼくは無理に笑顔をつくった。

「そうだよね。十六歳の誕生日は、今日いちにちしかないんだから」

「まだプレゼントはもらってないけどね」責めるように言いながら、ダリオはゆっくり服を脱ぎはじめた。「友だちなのに、ひどいよな」

「言っただろ」ダリオが服を脱ぐのを見て、興奮で声が裏返ったりしないように気をつけながら答えた。「プレゼントを持ってるのはフェルだって」

「言っとくけど、おれはサイテーの気分だよ」ジーンズを床に脱ぎ捨て、ダリオは意味ありげな笑みを浮かべた。「なにかで埋め合わせしてくれなきゃ……。そう思わないか」

それからダリオは下着も脱ぎ、ぼくの目の前で全裸になった。恥ずかしそうなそぶりはまったく見せない。そしてパジャマを着る代わりに、じっと立ち尽くしてぼくを見ている。目をそらさなきゃいけないのはわかっていたけど、できなかった。

「どうした？　大好きなものが見えるだろ？」

ぼくはあわてて首を横に振り、さっと視線をそらした。だけどほほは真っ赤になり、抑えようもないほどズボンの前が突っ張ってきている。抑えなくちゃ。そうしなければぼくたちの仲が壊れてしまう。

ダリオがほんの数センチのところまで近づいてきた。それでぼくは、ダリオも興奮しているのに気づいた。

「大丈夫か？」ダリオがねっとりした声で訊く。どう答えたらいいのかわからなくてただ肩をすくめていると、ダリオはさらに言った。「ほら。おまえがしたいことはわかってるんだ」

「ダリオ、ぼく……。こんなこと、していいのかどうかわからない」

ダリオはほほえみ、手を伸ばしてぼくの頭をなでた。それと同時に、自分のほうへぼくを引き寄せた。

「よせよ、ばかなこと言ってるんじゃない。友だち同士でちょっと楽しいことするだけだろ？なにが悪いんだ？」

ぼくはため息をついた。

友だち。ただの友だち。

「わかんないよ……」

〈わかんないよ、ただの友だちで満足できるかどうか〉。だけどそんなこと、口に出しては言えない。気持ちをさらけ出すなんてできっこない。

「おまえはこれがほしいんだろ」ダリオの言う通りだ。まったくその通り。ダリオの目をしばらく見つめて、それからゆっくり視線を下げた。そう、ぼくはこれがほしい。だけど、ぼくが思い描いていたふたりの時間はこんなじゃなかった。〈友だち同士でちょっと楽しいこと〉なんて望んでいなかった。ぼくが望んでいたのは、それ以上のこと。ただの友だちより、もっと、もっと。

ぼくにはもっと必要だった。

きっと「それ」をやったら後悔する。ぼくが必要としているものをダリオは与えてくれない。

ぼくが求めているものを、ダリオは求めていない。ぼくにとっては、それは愛。だけどダリオにとっては、単なる楽しみ。ただの時間つぶし、ただの……ただの息抜きのひとつ。

でもなにもないより、「それ」だけでもあるほうがまし。

だからぼくは口を開いた。ダリオがぼくを、引き寄せた。

第37章

El fuego en el que ardo

あなたがわたしに触れると
わたしの心がほんの少しだけ死ぬ
これが愛だなんて、そんなのありえる？

『ヴィーナス』
レディー・ガガ

クラブを出たのは朝の四時近かった。ぼくがこんな時間まで起きていることはほとんどない。それにずっと踊っていたのに、どういうわけか全然眠くない。疲れさえまったく感じない。

こんなにはっきり目が覚めていたことはこれまでない。

ぼくらは速足で歩いた。ふたりが同じ気持ちでいるのは明らかだった。早くセルヒオの家に

(行かなきゃならない)

行きたい。そこでなにが起こるかをぼくは知っている。だけどなぜだか、そのことを考えてもまったく緊張しない。ここ何日もずっと怖かったのに、今は恐れさえ感じていない。その逆だ。ほしくてたまらない。

家に着くと、音を立てないようにこっそりセルヒオの部屋まで行き、なにも言わずベッドに飛び乗った。気づかないうちに、これまでにもなかったほど激しいキスをしていた。幸いセルヒオの両親の部屋は家の反対側の端

にあるから、なにも聞こえるはずがない。

　セルヒオの手が最初は優しく、次第に情熱的にぼくの体をなでまわし、Tシャツのなかへと進んでいく。くちびるがぼくの首を、喉を滑っていき、ぼくはそっとあえぎ声を漏らす。これまで知らなかった感覚があふれ出て全身を満たしていく。すぐにぼくは興奮に我を忘れ、気づくとセルヒオはぼくに体を押しつけていた。彼も同じように感じている。それを感じ取るのが好きだ。それを感じ取るのが大好きだ。ぼくの耳たぶを甘噛みしながらセルヒオがなにかささやくが、絶え間なくこすりつけられる彼の体の感覚に意識が集中しているので、なにを言われたかわからない。

　セルヒオを抱きしめながら、ぼくは体の向きを変えて彼の上になる。セルヒオはほほえむ。めったにないけど、ぼくがイニシアチブをにぎるときが彼は好きなんだ。ぼくがディープキスをすると、彼も夢中で応える。お互いがお互いを激しく求めている。続いてセルヒオの首筋にくちびるをはわせ、キスだけじゃなくてちくちく噛むと彼は狂おしく反応し、ぼくのお尻を両手でつかむ。ぼくがどれだけ興奮しているかに気づいてほしくて体を押しつけると、セルヒオは低いうめき声を立てる。そして、ぼくのズボンに手を差し入れてきた。ぼくは驚き、一瞬体の動きを止める。

「急ぎすぎた？」

　ぼくの一瞬のためらいに気づき、セルヒオが心配そうにたずねる。首を横に振ってほほえんだ。

「大丈夫。ただ、突然だったから。ぼくはこういうのに慣れてないんだ。知ってるでしょ？」

「やめたほうがいい？」

ぼくはにっこりして彼のくちびるにキスをした。

「心配しないで。このままでいいよ」

「手、出そうか？」

「ううん、マジで大丈夫。このまま触ってていいよ」それからぼくはニヤッとしていった。「全部きみのものだから」

　セルヒオもほほえみ、片方のお尻を優しく押さえて、ぼくの目を見つめる。この感覚が

（大好き）

　好きだ。またセルヒオにキスをして、しばらくそのままでいる。ぼくはキスしながらセルヒオに体を押しつけ、セルヒオはお尻をなでながらぼくの耳元であえぎつづける。それからまたぼくの上になり、今度はぼくが彼のズボンに手を入れる。この感触がいい。なんだか……ちがう。すべすべしていて、だけどしっかりしている。少し力を入れてみる。セルヒオはうめき、ぼくに体を押しつける。ぼくも思わずうめいてしまう。

　ほとんど気づかないほど素早く、セルヒオはぼくのTシャツを脱がせる。少し上体を起こしぼくの首筋にキスをして、それからゆっくり、鎖骨から胸へとくちびるをはわせる。ぼくはの

けぞり、セルヒオがまたぼくの上になる。くちびるが胸をはい回る感触にぼくがぞくぞくしているうちに、セルヒオは乳首を攻めはじめた。なめられ、そっと噛まれて、ぼくはたまらずあえぎ声を漏らす。だけどセルヒオのくちびるは容赦なく、胸からおへそへと移っていく。おへその周りをなめてから、セルヒオの口はさらに下へ、ズボンのウエストバンドの下に隠されている、体毛の生えたデリケートなラインへと……。

　ところが彼は、そこで止まった。

　ぼくは不満のうなり声を上げる。

「ぼく、速すぎる？」

　うなり声を勘ちがいしたらしい。セルヒオは頭を上げ、ほてって汗をかいているぼくを見る。その目には心配の色がはっきり浮かんでいた。

「全然。続けて」

「ほんとに大丈夫？」それでもなお、セルヒオは訊く。「きみがあとで後悔するようなことはしたくない」

「ぼくは絶対後悔なんかしない。ただ……ゆっくりしようよ、ね？　今日、全部してしまうのはいやなんだ」

　セルヒオはぼくの言うことをわかってくれたみたいで、うなずいた。そしてついに彼の手がズボンの奥まで入って来ると、ぼくは満足のうめき声を上げた。

未知の不思議な感覚だった。ダリオはただぼくの上になるか、ぼくの頭を押さえつけるだけで、ぼくが喜びを感じられるかどうかさえ考えていなかった。ダリオにとって大事なのは自分だけ、自分自身の喜びだけで、ぼくは彼がそれを得るために使う道具に過ぎなかった。

でもこれは……これは全然ちがう。セルヒオはただぼくに喜びを与えてくれているだけじゃなくて、そうしたいから、本当にぼくを喜ばせたいから、してくれているんだとわかる。素晴らしい感覚だった。セルヒオは一定のしっかりとしたリズムで、だけど繊細に手を動かす。ぼくの呼吸が速くなりはじめたのに気づくと、そのたびごとに手を止めるが、ぼくはどんどん昇りつめていく。

しばらくして、セルヒオは思い切ったようにキスをして、ぼくの口を舌で味わってから、ゆっくりと顔を下げはじめた。ぼくの胸とおなかをくちびるでなぞりながら、どんどん、下へ。ズボンを脱がされたと思うと、ついに彼の口のあたたかな湿り気を感じた。舌がじゃれるようにまとわりついてくる。こんな感覚は初めてだ。感じているのは喜びだけですらなく、そのほかのあらゆること。望まれていると感じる。切望されているのだと。ぼくは愛されているのだと。

永遠にこうしていられればいいのに。

El fuego en el que ardo

第38章

夜が影を落とし星が姿を現しても
きみの涙をふく人がそこにだれもいないとき
ぼくが百万年でもきみを抱きしめてあげる
ぼくの愛をきみが感じられるように

『メイク・ユー・フィール・マイ・ラブ』
ボブ・ディラン

@LostBoy_99
Lost Boy
ときどき、人生はすばらしい。（0分前）

セルヒオの寝顔を見るのは不思議な気分だ。新年のあの夜をのぞけば、フェルやダリオと一緒に泊まったときでさえ、男の子の寝顔をこんなに近くで見たことはなかった。裸の胸をゆっくりと上下させながら寝息を立てているセルヒオから目が離せずに、ぼくはうっとりしている。昨夜のことを思い出してほほえみ、セルヒオが感じさせてくれることをぼくに感じさせてくれる人と出会えた幸せをかみしめる。

しばらくして、ぼくはスマホをちらっと見た。まだ十一時なので驚く。五時間も寝ていないのに全然眠くない。そこでフェルにメッセージを送ることにした。じりじりしながらぼくの知らせを待っているにちがいない。

オスカル：OMG
フェル　：？？？
フェル　：きみら……？
オスカル：そうだよ。
フェル　：OMG！！！
フェル　：で、どう？？？
オスカル：ずばり？
オスカル：素晴らしかった。
フェル　：OMG
フェル　：痛かった？

フェルらしいな。急にきわどいことを訊いてくる。

オスカル：まだそこまでいってないよ。
フェル　：は？
オスカル：まだちょっと早い。
オスカル：まだ心の準備ができていないんだ。
フェル　：ダリオとは、やったんじゃないの？
オスカル：うん。
オスカル：でもこれとはちがう。
フェル　：恋する人って……
オスカル：ばか。

フェル　：でもぼくの言う通りだろ。

オスカル：ばかなこと言うなよ。

オスカル：知り合ってまだ一カ月半にもならないんだよ。つきあいはじめてからは、
たった二週間だ。

オスカル：恋っていうにはまだ早すぎる。

フェル　：そう、でもそんなに遠い先でもないよね。

フェル　：ちがう？

オスカル：……

フェル　：だからぼくの言う通り。

オスカル：さあ、わかんないよ。

オスカル：たぶんね。

フェル　：ＯＭＧ！！！
フェル　：さあ、話せ
フェル　：なにした？
オスカル：えーと……。
オスカル：ほんとに話してほしいの？
フェル　：もちろん!!
オスカル：トラウマになっちゃうかもよ。
フェル　：早く!!
オスカル：うーん、ほんとのところ、そんなに話すことないんだよね。
オスカル：口以上のことはしてない。
フェル　：わかった、待て。

フェル　：きみの言う通りだった。
フェル　：それ以上知りたくない。
オスカル：だよね。
フェル　：話題を変えよう。
オスカル：昨日ダリオを見たよ。
フェル　：まさか。
フェル　：クラブで？？？
オスカル：うん。
フェル　：話したの？
オスカル：いいや。

オスカル：ぼくを見てたけど、ぼくが気づいたってわかるとどこかへ行った。

フェル　：ばかなやつ。

オスカル：わかんないけど。
オスカル：寂しそうだった。

フェル　：なに言ってんだよ。
フェル　：きみにあんなことしたのに……。
フェル　：罰が当たったんだよ。

オスカル：あいつもきみの親友だろ？

フェル　：もうちがうよ。
フェル　：きみにあんなことしたやつとは、絶対に。
フェル　：あんな腹黒いやつ、友だちなんかじゃない。

オスカル：きみは世界一の友だちだ。
オスカル：これ、前にも言ったっけ？
フェル　：ときどきね。
フェル　：でも、何回聞いても悪くないね。
オスカル：ばーか。
フェル　：そうだよ。

「そんなにたくさんのメッセージ、だれに送ってんの？」

詮索するような、少しかすれた声がした。ぼくはちょっとびっくりした。セルヒオが起きてることさえ気づいていなかったんだ。ちらっと見ると、セルヒオはまだ眠そうに両手で目をこすっている。

かわいい。

「フェルにだよ」そう答えて、素早くさよならのメッセージを送る。それからぼくは体をかがめ、セルヒオにキスをした。「よく寝た？」

セルヒオはあくびする。

「眠くて死にそうだ。何時？」

「十一時半」

「もう少し眠れる？」

ぼくはセルヒオのそばで丸くなり、にっこり笑って腕枕してもらいながら言った。

「ゆうべみたいにいびきをかかないならね……」

セルヒオは心配そうに眉を寄せる。

「いびきかいてた？」

「それほどは」

ぼくらはしばらくそのまま、なにも言わず静かに抱き合っていた。だけど間もなく、ぼくはこのまま先送りに

(してはいけない)

できないことがあるのに気づいた。

「ねえ、セルヒオ。話さなきゃいけないことがあるんだ」

セルヒオは真剣な顔でぼくを見つめる。

「実はノンケだとか言うんじゃないよね？」

「もう」ぼくはセルヒオの肩を軽くパンチした。

「なに？　話してよ」

ぼくはつばを飲みこんでから話しはじめた。

「あのさ、きみがぼくの傷あとに気づいてるのはわかってるんだけど」とうとう言ってしまった。セルヒオはうなずき、ぼくの髪を優しくなではじめる。「それに、なにも聞こうとしなかったのは、ぼくに時間を与えるためだということもわかってて、それには感謝してる。でも、これがなんの傷かはきっと知ってるんだよね？」

セルヒオはもう一度うなずく。ほとんどいつも浮かべているほほえみとは対照的な、真剣そのものの顔をしている。

「わりと簡単に想像はつくと思う。きっとぼくが考えてることだよね？」セルヒオは言った。

今度はぼくがうなずく番だ。

「ぼくが通ってきた地獄は、きみには絶対わからないよ。暴言、暴力、屈辱……。ひどすぎた」

「だからリスカしてたの？」か細い声で訊く。

その声で、セルヒオは涙をこらえようと、ぼくのために強くなろうとしているんだと気づく。

「そう。きっときみは、こう考えてるよね。リスカで問題に向き合うことはできないし、それじゃ解決にならない。それはぼくもわかってる。でもリスカすると気分がよくなった……、生きていると感じさせてくれたんだ。わかる？」

セルヒオは肩をすくめる。

「きっとぼくには理解できないと思う」

「ぼくは死んでいるような日々を過ごしていた。前へ進む気力も……生きつづける気力もなく。待って、心配しないで」セルヒオの目におびえが浮かんだのを見て、ぼくはあわてて言い添えた。「自殺しようとしたことはないから」

「ほんとに？」

「誓うよ。でもぼくは、生き残るための鎧をつくろうと思った。暴言を浴びせられてもそれほどつらくなくなるように、感情を抑えなければならなかったんだ。リスカは鎧にひびが入ったとき、生きていると感じる方法が見つからないときに再び感情を取り戻すための手段だった」

セルヒオはぼくのほほに手を当てて涙をふいてくれた。自分が泣いていることにさえ、ぼくは気づいていなかった。

「だけど、もうしてないよね？」セルヒオは自分も目を潤ませてささやいた。

「してない」大晦日の夜にやってしまったことには触れずにきっぱり言って、ぼくは笑顔をつくった。まだ涙は流れつづけていたけれど。「それに、これはみんなきみのおかげということは知っておいてほしい。きみにいろんなことを教えてもらったから。強くなることとか、自分を……なんだろ、たぶん、特別な存在だと感じることとか。きみのおかげで、もうカッターは必要ない」

「おいでよ」

セルヒオは腕を広げ、ぼくはそのなかに飛びこんで、そうできることの幸せを感じた。セルヒオはぼくを強く抱きしめ、ゆっくりと髪をなでながら何度も頭にキスをする。そうされているうちに、涙が止まった。それからぼくたちは、抱き合ったまま静かに愛撫しつづけた。

「愛してる」ふいにセルヒオが言って、ぼくはぽかんと口を開けた。

「え、え……、なんて言ったの？」

どうにかそれだけ訊いた。きっと聞きまちがいだと思ったからだ。セルヒオは赤くなって視線をそらし、目をつぶった。

「いやいやいや、ごめんよ。オスカル、ほんとにごめん。変なこと言っちゃったね」

「全然」ぼくはほほえんで答えた。

「くそっ……。これじゃまるでアメリカドラマの『テッド・モスビー』だ。ほんとにごめん。こんなこと言うべきじゃなかったけど、つい出ちゃったんだ」

「気にしないで、マジで。大丈夫だよ。ただ、思いがけなかったから。もう一度言ってくれる？」

セルヒオはナイトテーブルをにらんだまま黙っている。だからぼくは彼のあご先をつまんで、そっと自分のほうを向かせた。セルヒオはまだ顔を赤くして、ぼくをじっと見つめてからささやいた。

「愛してる」

ぼくはため息をつく。

「愛してる」

考えもせず、ぼくもそう言っていた。言葉がひとりでに出てきたんだ。そしてそう言った瞬間、それはぼくの本心だと気づいた。セルヒオを愛してる。なぜそうなったかはわからないけど、愛してる。そしてセルヒオもぼくを愛してる。なぜ愛してくれるのかはわからないけど、でもきっと、これ以上幸せにはなれっこない。

〈きみがほしい〉じゃない。根っからのロマンチストかもしれないけど、でもぼくは愚かじゃない。この感情は〈愛してる〉で、〈きみがほしい〉ではない。そのちがいははっきりわかっている。いずれにしても知り合ってまだ

（一生）

ひと月なんだし、ぼくらはニコラス・スパークスの小説の主人公でもない。少なくともぼくの知る限り、ふたりとも服を選ぶのに深刻な問題を抱えているめちゃくちゃ信心深い女の子というわけでもない。

だけどぼくはこんなふうに感じていて、この感情は完全にリアルだ。隠すことに意味はない。自分たちを本当に幸せにしてくれることを言わずにいるには、人生はあまりにも短くてつらすぎる。ぼくはこれまで、あり余るほど幸せだったというわけでもないのだから。

これまではね。

第39章

El fuego en el que ardo

やめなければ、あなたは決して乗り越えられない
やめなければ、あなたは決して脱出できない
あなたはいつ中毒になってもおかしくない
常用へと続く道で心が壊れる

『ザ・ハビット』
リジー

昼食のあと、二時間ほど経ったときのことだ。ぼくはもう家にいたけど、ポケットのなかでスマホが振動しているのに気づいた。セルヒオに借りて読んでいたベゴーニャ・オロの『コロッケとワサップ』から目を離し、スマホを取り出した。てっきりセルヒオからのメッセージだと思っていたら、画面に表示された名前はダリオだった。信じられなくて何度も目をぱちぱちさせたが、まちがいようがない。二度とそこに見ることはないだろうと思っていた名前が、画面にくっきりと浮かび上がっていた。

ダリオ　：やあ。
オスカル：ぼくの邪魔をするだけのちゃんとした理由があるんだろうね。
ダリオ　：話せるかな？

オスカル：断る。
ダリオ　：オスカル、頼むよ……。
オスカル：きみと話すことなんてない。
ダリオ　：大事なことなんだ。
オスカル：オロよりも？
ダリオ　：え？
オスカル：なんでもない。
ダリオ　：オスカル、ほんとに。
ダリオ　：話さなきゃいけないんだ。

オスカル：大事なことって言った？

ダリオ　：うん。

オスカル：でもぼくは興味ない。

ダリオ　：オスカル、お願いだ……。

オスカル：マジで言ってるんだよ。

オスカル：悪いけど、きみが言うことになんて全然興味ない。

ダリオ　：お願い、頼むよ。

オスカル：ぼくもきみにいろんなことお願いしたけど、聞いてくれなかったよね。

ダリオ　：ああ、それは悪かった。

オスカル：いまさら謝られても、なんの役にも立たないよ、ダリオ。
オスカル：ちょっと遅かったね。
ダリオ　：わかってる、おれはばかだった。
オスカル：ほんと、そうだったね。
オスカル：ぼくが知らないことを言ってよ。
ダリオ　：説明しなきゃいけないことがある。
オスカル：フェルの家に行った日のことを説明してくれるの？
オスカル：ここのところずっと、ぼくにすごく陰険なことしてた理由を説明してくれるの？
オスカル：躍起になってぼくの人生をぶち壊した理由を説明してくれるの？

［書きこみ中……］
［接続しました］

［書きこみ中……］

ダリオ　：うん。
オスカル：でもぼくは興味ない。
ダリオ　：おい、オスカル、ごめんって言ってるだろ！
ダリオ　：おれはばかだった、陰険だった、ひどいエゴイストだった、わかってるよ。
ダリオ　：でも後悔してる。

ダリオはまちがいを認めて謝ってるんだろうか？　だとしたら新しい展開で、ぼくは心の片隅で
（ほんとに隅っこで）
その変化を喜んでることは認めなきゃいけない。一方で、こんなに図々しく、こんなに突然に、まるでこの数カ月の出来事がなかったようにぼくと話そうとしてくることに、血が煮えたぎるような怒りも覚えている。だけど謝られたことで、心が少し軟化したような気もする。不本意だけど。

オスカル：それで。
オスカル：なにがしたいわけ？
ダリオ　：会いたいんだ。
ダリオ　：直接会って話さなきゃ。
オスカル：絶対やだ。
オスカル：言いたいことがあるなら、ここで話せばいいだろ。

　ほんとに後悔しているように見えるけど、やっと会うなんて危険極まりない。学校のばかどもが一緒に来て、先生たちの目が届かないから滅多打ちにされるかもしれない。ぼくはそれほど愚かじゃない。

ダリオ　：なにを考えてるかわかるよ。
ダリオ　：もしよかったら、おまえんちで話さないか。
オスカル：それはないな。

オスカル：ここでまたきみと会うのは、母さんがいやがると思う。
ダリオ　：じゃあ、おれの家は？
オスカル：ぼくをからかってんの？
ダリオ　：ちがうよ、オスカル……

我ながら強情なのはわかってる。折れてあいつの家に行っても、人目のあるところで会っても、たぶんなにも起こらないだろうと思う。だけど心のどこかで、やつが変わろうとして卑屈な態度をとり、へりくだっているのをぼくは楽しんでいるんだ。ほんとに、変化っていいことだ。

オスカル：じゃあ、よかったらフェルの家に行こうか。フェルがよければだけど。
オスカル：中立地帯だ。
オスカル：どう思う？

ダリオ　：この間のことのあとで？
ダリオ　：あまり歓迎されるとは思わないけど。
オスカル：きみのせいだろ。
オスカル：いいの？　いやなの？
ダリオ　：わかった、そうする。
ダリオ　：でもフェルがだめって言ったら？
オスカル：いい気味だ。スマホで書くか、それがいやならもうぼくをほっといて、二度と連絡してくんな。
オスカル：どっちかだよ。

＊＊＊

「さてと」ダリオを部屋に通すと、フェルは真剣な顔で注意した。「あとはふたりにするから。でも、もめごとはだめだよ。わかった？　もしこの間みたいなことが起きたら、殴って追い出すぞ」ダリオを見ながらそうつけ加える。

ダリオは恥ずかしそうにうなずいた。この間のことを本当に後悔しているように見える。こんなにころっと態度が変わるなんて、一体なにがあったんだろうと改めて思った。

ぼくらはなにを言ったらいいかわからずに、ぎこちなくお互いを見た。どちらもしゃべらない時間が何分か続いた。ダリオはフェルのベッドの上、ぼくの隣に数センチの距離を置いて座り、ぼくの目を見るのを注意深く避けている。

「なにか言えよ」黙っているのにうんざりして、とうとうぼくのほうから声をかけた。「ぼくと話したかったんだろ？　じゃあ、ほら。話せよ」

「どこから始めていいかわからない」

ぼくはあきれて荒い息をついた。

「なあ、おい。きみがわからないのなら……」

「ああもう、オスカル。これは、おれにとってすごく大変なことなんだ。わかるか？」

ぼくはいらいらして、また荒い息をついた。

「なにが大変なことかなんて、わかってないくせに」

「助けてくれないのか？」

「ダリオ、なにをしたいんだ？　ぼくに質問させたいのか？　どこから話しはじめるかなんてわかってるんだろ？　ぼくを呼び出したのはきみなんだから。最初に頭に浮かんだことを言えよ」

　するとそのとき、思いもつかないことが起きた。やつがぼくにキスしたんだ。ぼくの一部、やつを好きだったほうの一部は

(やっと)

　初めて向こうのほうからしてきた、これはあのときのキスのお返しなんだと気づいていた。だけどもう一方のぼくは激怒していて、やつを突き飛ばし、自分もさっと体を離した。

「なにすんだよ！」。

　ダリオは少しためらってから答えた。

「だって、こうしたかったんだろ？」消えそうな声で言うダリオを見て、これはきっと、やつがこれまで生きてきたなかでいちばん大変なことだったんだろうなと気づいた。ダリオがどう感じてるかが手にとるようにわかり、ぼくはほとんど同情すら覚えた。すっかり同情したわけじゃないけど。「おまえ、おれに恋してるって言ったじゃないか。じゃあこれでいいじゃん、おれはここにいる。おれは……おれも、おまえが好きだ」

　ぼくは疑いの目でダリオを見つめた。やつがこんな言葉を発したということ自体信じられない。もう何年もこんなことを言うダリオを想像して、こんなことをするダリオを夢見てきて、ついに、こんなに時間が経ってから想像していたことが起こったわけだけど……、今となってはもう、なんの意味もない。

まったく、なんの意味も。

「ちがうよ、ダリオ。もう、ちがうんだよ。もう遅すぎる」

「だって、おれを好きだって言ったじゃないか」ダリオが不思議そうに言う。眉をひそめて、ほんとに混乱してるみたいだ。

「ぼくをゴミみたいに捨てたのはそっちだろ！　ぼくに気持ち悪いって言って、顔につばを吐いたよね。悪いけど、もう遅いよ。ぼくがきみに抱いてた感情を消し去ったのは、きみ自身なんだ」

「でも……」

「だめだ」ぼくは大きな声でダリオの言葉をさえぎった。「〈でも〉じゃないよ。悪いけど、ぼくはもう以前の自分ではないんだ。そうだよ、きみのことは好きだったよ。きみも知ってるように、大好きだった。ぼく自身がそう言ったんだ、覚えてるよね。すごく勇気がいったけど、でも告白した。そしてきみはぼくの価値を認めてくれず、今ぼくは、認めてくれる人と出会った。その人は、ぼくとつきあうことを恥ずかしがったりしない」

「あいつだろ？」詮索するような目でダリオが訊く。「クラブにいた」

あのとき、ダリオがいつからぼくを見ていたのかわからないから、セルヒオのことを言っているのかパブロのことなのか知りようもなかった。

「そんなのきみには関係ないだろ」

「おまえ、ばかだよ」今度はぼくを非難しはじめた。ぼくの態度にいらだってるのは明らかだ。そういうダリオの姿を見るのをぼくは、心のどこかでうれしがっている。「そうだろ、な？」

　ぼくはとげとげしい笑い声を立てた。

「なにが問題なのかわかってるんだろ、ダリオ。きみ自身だよ。きみは単なるガキだ。卑怯で臆病なガキ」ぼくは一つひとつの言葉を強調しながら、つけ加えた。「なあ、きみはなんでも持ってたんだよ。どんなものでも、手の届くところにあったんだ。ぼくはなんでもあげるつもりでいたのに、きみのほうから取り逃がした。ぼくたちは親友だったし、きみに恋したとき、ぼくはきみのためになんでもできると思った。きみが頼んでくれれば、ぼくはなんの迷いもなくそうしていただろう」

「やめろ」

「やめないよ。話したいって言ったのはきみだよ、だからやめるつもりはない。なにがきみをいやな思いにさせるかわかる？　失ったものに気づくことだよ。きみはぼくがセルヒオといるところを見て嫉妬した。今日、ぼくと話そうと思った根本の理由はそれだよね。でも残念だったね。どんなにいやでも、きみがなくしたものを取り戻すにはもう遅すぎるんだ」

　ダリオは荒い息をつく。激怒してきているのがわかった。

「おまえのことなんてどうでもよかったさ」

「今言ったことわからなかったの？　それこそがきみの問題なんだよ」ぼくは言い返す。「ぼくが話してるのは、きみへの想いだけじゃないんだよ、ばかだな。ぼくの友情、フェルの友情のことを言ってるんだ。きみはぼくらふたりとも失ったんだよ」

「フェルはまだ……」

ぼくは荒い息をついた。

「きみはばかなうえに、なにも見えないのか？　フェルはきみに我慢できないんだ。どう思おうときみの勝手だけど、実際には、ぼくを失ったのと同じ日にフェルも失ったんだ。そして、きみ自身をも失った」

「おれはなにも……」ダリオはそう言いはじめたが、言葉を続けることができない。

「きみはガキなんだよ」ダリオに向かって「ガキ」と言うのは快感だった。自己満足の味がした。「自分がなにをほしいのかもわからない、自分自身を持て余している、途方に暮れて泣き虫のガキ。つらいよね。怖いから、自分自身を拒絶している。怖い……そう、幸せになるために、プールに飛びこむのが怖いんだ」

「ばか言うな」ダリオはだしぬけに言ってベッドから立ち上がり、出ていこうとした。ぼくが腕を押さえると、ダリオは怒り狂ってぼくを見る。視線が交錯して火花が飛び散る。一瞬、このあとどうなるんだろうと思った。

一瞬、ダリオにキスされるのかと思った。

一瞬、ダリオにキスしようかと思った。

　でもそのときぼくはダリオの手を放した。やつはくるっと向きを変えると、振り返りもせず去っていく。そしてさよならも言わずにドアを閉めた。

　すぐにフェルが戸口に現れた。明らかに心配そうな表情を浮かべている。

「なにかされたの……？」

「ううん。あいつを懲らしめてやったような気がする」

　なにが起きたか語り終えると、フェルは長いため息をつき、ゆっくりと首を振った。

「あれが小さなころから一緒だったあのダリオだなんて、信じられないよ。人ってこんなに変わるんだと思うと、なんだかがっかりする」

　ぼくは肩をすくめた。

「そうだろうね」

「よく知っているると思ってたやつが、次の日には……まったくちがう人間に変わってるなんて」

「ほんとは、ダリオは今でもそんなに変わってないんだと思う」

　フェルは信じられないという顔をした。

「はあ？　前はあんなじゃなかったよ。以前のダリオなら、きみにこんなばかなことしなかった」

「そうだね。でも、あいつはすごく大変な時期を経験したんだ。フェルにはわからないだろうね。こんな村で暮らしてて、そういうことに気づくのは……簡単なことじゃないよ、ほんとに」

「きみはぼくを信用してくれたじゃないか」フェルは言う。

「うん、だけどみんな同じとは限らない。これまでのダリオは今もどこかに隠れてる。問題は、甲羅の下は安全だと思って、そこから首を出すのを怖がりすぎてること」

　実際には、ただ仕返しのためや、冷酷な仕打ちをするためにダリオにあんなことを言ったんじゃない。少なくとも、そんなつもりはなかった。そういう人間にはなりたくない。だけど場合によっては冷酷にふるまうことも必要だと思う。単に冷酷にふるまうのが目的ではなくて、反応を引き出すため、ほかの方法では与えられない変化を引き起こすため。人の最良の部分を引き出すためにはときとして、冷酷さが必要だ。

（と思う）

　ダリオを大好きだったのはそんなに前のことじゃないし、心の奥底のほんの片隅では、以前と同じとはいかないにせよ、まだダリオを想いつづけている。ぼくが望んでいるのはただ、ぼくが言ったことを考えて、反応して、もう少しだけ自分自身を愛し、もう少しだけ自分を拒絶するのをやめられるようになってほしいということ。自分を受け入れることを覚えてほしい。そうしなければ、決して幸せになんかなれない。

　ときとして、いちばん必要な言葉はぼくたちが聞きたがってる言葉とは限らず、その反対なのかもしれない。

El fuego en el que ardo

これまでのこと

行く前に激しくキスして
夏の悲しみ
わたしはただあなたに知ってほしかっただけ
ベイビー、あなたは最高だということを

『サマータイム・サッドネス』
ラナ・デル・レイ

「わかんないよ、ダリオ……。ぼく、心の準備ができてないかもしれない」

うそだった。本当はできていた。もちろんできていた。もう何カ月も、このときが来るのを待っていたんだ。だけど怖かった。ダリオのためならかまわないけど、痛いとは聞いていたし、これは正しいことなんだろうかという思いが頭から離れなかった。

「約束しただろ」

ダリオはぼくに念を押した。その目に落胆の色がにじんでいるのを見てつらくなった。

「わかってる」

「今日って言ったじゃないか……今日、やるって」

「わかってる」ぼくは繰り返した。

「それじゃ？」

ぼくはつばを飲みこみ、赤くなってうなずいた。

「いいよ」

ぼくらは素早く服を脱ぎ、その前のことにあまり時間もかけなかった。ましてキスも愛撫もなにもなかった。それまでしたこともなかったから、特に珍しいことでもなんでもなかった。実際、ふたりで過ごす時間に愛などなかった。少なくとも、ダリオのほうには。ダリオはきっぱり言っていた。ぼくたちのことは、ただの楽しみに過ぎないと。

友だち同士の楽しみだと。

変わってくれるんじゃないかと、ときが経つにつれてダリオの気持ちか、もしかするとものの見方がちがってくるんじゃないかと期待していた。だけどそんなことにはならず、それはいつまでも空っぽの、単なる楽しみの時間のまま。そのあとはいつも、すさまじいまでの空虚感を抱え、ダリオの家をあとにした。

だけどついに、ぼくらはもう一歩踏み出そうとしていた。ぼくにはそれより、もう少しなにかが必要だった。でもダリオは与えようとはしてくれなかった。

ぼくはダリオを楽しませようと努力した。最初は口で、それから彼の体に沿ってゆっくり上のほうへ。顔まで達して首筋にキスをしはじめても、ダリオは拒否しなかったから、それでぼくは勇気を得た。ゆっくりと顔を下げ、くちびるを彼のくちびるに近づけていく……。するとダリオは顔を背け、ぼくはあきらめのため息をついた。

「言っただろ、オスカル。キスはだめだ」

WTF ?

この週末は、ぼくのこれまでの人生でいちばん変わった週末だったと公式に宣言する。

1月10日23：25投稿 ｜ コメント：0

シェア Linked In facebook Twitter Google Tumblr

第40章

El fuego en el que ardo

わたしたちの肌を濡らす二滴の雨粒のように
自分の役割を忘れているように見られて
すごくいらいらしている
わたしが人生で望むすべて
あなたに望むすべてのことは一緒に落ちること

『以前』
マリア・ビジャロン
（with　A・ポル・エジャ・ライのスーシ）

「そいつ、ばかだよ」うちのマンションに入りながら、セルヒオが怒って言う。「何カ月もきみにクソみたいな扱いをして、ありえないほどひどい目にあわせて、それでごめんって言うだけで十分だと考えてるのか？　あんなことがあったあとで？　もしそいつに会ったら、絶対殺してやる」

「いいから、落ち着いて。セルヒオ、あいつは途方に暮れてるんだよ。ただそれだけだ。確かにあいつはばかだったけど、ああいうやつらって、そんなもんだろ」

セルヒオは肩をすくめる。

「ああ、たぶんね。ほんとのこと言うと、ぼくは緊張してるんだ。なんでこんなに早くきみの母さんに会わなきゃいけないのか、説明してよ」

「だって約束しないと、きみんちに泊まりに行くのを許してくれなかったんだもん」エレベータのボタンを押しながらぼくは言う。

「もしそれを知ってたら……」

「なんだよ！」ぼくは眉を寄せ、怒ったふりをする。「まさかあの晩のこと、後悔してるの？」

「そんなわけないだろ、ばか」セルヒオはきっぱり言い、時間をかけてぼくにキスしてから答える。「人生最高の夜だった」

ぼくは思わず顔を赤らめてしまう。

「じゃあ、もういいじゃん。今度はきみの番だよ。だってぼくは、二週間も前にきみの親に会ってるんだよ。わかってる？」

「そうだけど、これとはちがうよ。親には、きみがぼくのカレシだなんて言ってないし」つぶやくように言う。「それに、きみはうちの親と五秒もしゃべってないじゃないか。ぼくはこれから、きみの母さんとお茶をするんだぜ」

「仕方ないよ」

「それに、どうして今日じゃなきゃいけないんだ？　きみの母さんは今週って言ったんだろ？　だったら金曜日にしたってよかったんだ。それとも日曜日か……来週か、わかんないけど、でも今日じゃなくても」

「だって柔道教室のあとの時間で、父さんが家にいない日は今日しかなかったんだ。ほら、怖がらなくていいよ」

「怖がってなんかないよ」セルヒオはぼくに背を向け、必要以上に速足でエレベータに乗りこむ。

「うそつき」

「もう、わかったよ。たぶん、少しだけ怖いかも」セルヒオは本音を言った。

エレベータのドアが閉まるが、まだぼくに背を向けたままだ。

「ばかだなあ。ほら、おいで」ぼくは両手を広げてセルヒオの背中を抱えこむ。うしろからぎゅっと抱きしめ、髪に、そしてくちびるにキスをする。「なにが怖いの？」

「気が合わなかったらどうしよう」

ぼくは四階のボタンを押す。

「合わなくなんてないよ」

「どうしてそんなことわかる？　ぼくは息子を闇の世界へ引きずりこんだやつだ、そうだろ？きっとぼくのこと嫌いだよ」

「きみを嫌いになる人なんているはずないよ。きみは完ぺきすぎるもの」

「それじゃきみはばかすぎる」

「そうかもね。まだ緊張してる？」

エレベータが停まり、扉が開いたが、ぼくたちはなかでじっとしていた。

「すごく」

「全部うまくいくよ」ぼくはそう言って、まだセルヒオを抱きしめたまま、もう一度髪にキスした。「絶対だ」

「よし、行こう。ぼくが後悔する前に」

エレベータから出て、廊下の突き当たりにあるうちのドアに向かいながら、ポケットから鍵を出す。ぼくはセルヒオのくちびるにさっとキスして、手をぎゅっとにぎってからドアを開けた。

「母さん、いる？　ただいま！」

すぐに母さんがほほえみながら出てきた。あまり堅苦しくない服装なのでうれしい。きちんとしすぎていたらきっと恥ずかしかっただろう。だって今日はただお茶をするだけで、ぼくたちの結婚披露宴じゃないんだから。

「おかえり！」母さんはそう言いながら近づいてきてそれぞれにハグをする。「セルヒオね？」

「お目にかかれてうれしいです」

つぶやくような小さな声なので、ぼくはこっそりひじで突く。セルヒオは低くうめき、脇腹をなでている。

「まあ、敬語なんて使わないで！」母さんは笑いながらとがめる。「わたしが六十歳だったら別だけど」

セルヒオは赤くなってきた。その姿があまりにかわいくて、ぼくはぎゅっと口を結んで笑いをこらえる。

「ごめんなさい」

「ほら、ほら」気にしないのというように、母さんが手をひらひらさせる。「スポンジケーキを焼いたから、ダイニングに来て」

「おかまいなく」母さんが自分のためにわざわざ焼いてくれたと知って、セルヒオはちょっと居心地悪そうだ。

「大丈夫、このくらいなんでもないわ」母さんはそう言い切るが、ほんとはいちばんできのいいのが焼けるまで、まる一日キッチンにこもっていたのをぼくは知ってる。「チョコレートは好きだったかしら？」

ぼくはあきれて目をむいた。少なくとも二十回はぼくに訊いたくせに。

「うん、大好き」

ダイニングルームでは、とっくにテーブルの支度ができていた。中央には大きなチョコレートケーキ。白い砂糖衣をかぶせた、完ぺきなホールケーキだ。おいしそうなにおいにつばがわき、おなかまで鳴り出した。練習のあとはいつもぺこぺこなのに、今日はいつものカフェに行かなかったんだ。

「飲み物はなんにする？」

「気にしないで、母さん」ニタッと笑いそうになるのをこらえながらぼくは言う。「ぼくがやるよ、ふたりとも座ってて」

ぼくはしばらくふたりきりにしようと思ってダイニングのドアへ向かう。そのほうが早く知り合いになれるんじゃないかと思ったからだ。ものすごい目つきでにらむセルヒオに、ぼくは悪意ある笑いを返して部屋を出ていった。キッチンに入ると、時間をかけて母さんのためのインスタントコーヒーと、ぼくとセルヒオのためのホットチョコレートを用意する。ダイニングに戻ったときには、ふたりはもうテーブルにつき、母さんがケーキを切り分けているところだった。

「ねえ、セルヒオ。今何年生だったかしら？」

母さんがセルヒオにいちばん大きなピースの載った皿を渡しながら訊いている。

ぼくはセルヒオの隣に座りながら、またもやあきれて天を仰いだ。セルヒオの学年なんて、母さんはちゃんと知ってるはず。三回も訊いてきて、ぼくはその都度同じことを答えたんだから。

「高校二年」

「学校生活はどう？　ちゃんと勉強してる？」

セルヒオはちょっと居心地悪そうに肩をすくめた。ぼくはテーブルの下でセルヒオの手をつかんでにぎる。ほとんどの科目ですごくいい成績をとってるセルヒオだけど、それをひけらかすタイプじゃない。

「うん、してると思う」平均が九だとは言わずに、セルヒオはあいまいな答えを返す。「入試がうまくいくといいんだけど」

「大学ではなにを勉強したいの？」

「視聴覚コミュニケーション」

勉強の話を続けるうちに、セルヒオの緊張がとれてだんだん居心地よさそうになってきたのがうれしい。しばらくふたりにする作戦は当たったみたいだ。

「あなたたち、柔道教室で知り合ったんでしょ？」

ぼくはブーイングしてやろうかと思った。母さんはどうして、すでに知ってることしか質問しないんだ？

そんな調子で会話が続くうち、セルヒオはようやくリラックスして、自然に話したり笑ったりできるようになった。ふたりで話したほうがお互いのことがよくわかると思って、ぼくはあまり口を挟まなかった。ふたりはすぐに気が合うとわかったようだ。ぼくにとってすごく大切なふたりの人がこんなに打ち解けているのを見て、胸のなかがじわっとあったかくなった。

気がつくと、帰ってきてからもう一時間以上も経ち、外はかなり暗くなっていた。母さんもそのことに気づいたらしい。立ち上がってお皿やカップを片づけはじめた。

「さてと、ここは引き上げたほうがよさそうね。もうすぐ……」

母さんはそこで言葉を切ったが、言いたいことはよくわかる。父さんが帰ってくるって言おうとしたんだ。ぼくは不満で、思わず顔をしかめてしまう。いないときでさえ、いつなんどきでも幸せをぶち壊してやろうと、父さんの影がぼくらの上を滑空している。

「手伝うよ」

セルヒオも立ち上がるが、母さんは首を横に振る。

「大丈夫、大丈夫。必要ないわ。わたしがやる。きっとあなたたち、ふたりでいたいんでしょ」

ぼくは肩をすくめ、セルヒオを自分の部屋まで案内した。セルヒオが入って部屋のなかを見回したとき、ぼくは思わず
（興奮した）

ちょっと恥ずかしくなった。だって、セルヒオの部屋はここよりずっときれいで広いんだ。だけどセルヒオはそんなことを気にしない様子で、すぐに向き直ってぼくのくちびるにキスをした。

「ああもう、キスしたくてたまんなかったんだ」体を離してセルヒオが言い、ぼくは声を立てて笑った。

「すればいいじゃん。大したことじゃないよ」

「うん……たぶんそうだね」ちょっと間を置いてから、セルヒオは言った。「ぼく、気に入ってもらえたかな」

「好きになったと思うよ」

「ばか」

「マジで言ってるんだ！　まちがいなく、きみのこと大好きになったと思う。きみが帰ったら

すぐに訊いてみるよ、それでいい？」

「うん」

「さあ、おいでよ。ずっとこうしたかったんだ」

ベッドまで行って、その上にセルヒオを倒した。もう何週間も前から、

（こうしたかった）

こうするのを夢見ていた。ぼくはそっとセルヒオの上に乗り、そろそろと顔をうつむけてキスをした。どのくらいそうしていたのかわからない。キスするときはいつも周りの世界から切り離され、時間が飛ぶように過ぎていく。

しばらくしてドアノブが回る音が聞こえて、ぼくはぎょっとして上体を起こした。母さんがぼくらのことをいいほうにとらえて、セルヒオとの交際を認めてくれているからといって、家につれてきた最初の日、居間での親しみのこもったお茶会のわずか数分後にエッチなことをしているのを見せるのはどうかと思う。

だけど、そこにいたのは母さんではなかった。

父さんだった。

El fuego en el que ardo

第41章

あなたはあたしを撃つ
だけどあたしは倒れない
あたしはチタン

『チタン』
デイヴィッド・ゲッタ＆シーア

心臓が今にも胸のなかで爆発するんじゃないかと思うほどバクバクする。

ありえない。

ない。

ありえない。

これは夢に、悪夢にちがいない。こんなこと

（ないないないない）

起きるはずがない。

ないないないない**ないないないないないないないない**

ないないないない

だけど聞こえてきた父さんの声はあまりにリアルで、寒気をもよおすほど凍てついていた。

「ここで一体全体なにが起きてるんだ？」

「父さん、説明させて」ぼくはベッドから起き上がりながら言ったが、もちろんなんの当てもない。この状況をどうやって正当化すればいいんだ？　ぼくはぞっとして父さんを見る。怒りで顔が真っ赤で、こめかみに浮いた

静脈がぴくぴくしている。父さんも、いつ爆発してもおかしくない。ぼくは心のどこかで、そうならないかな、爆発したらぼくらは静かに暮らせるのかな、なんて考えてしまう。

問題は、たとえ爆発しても、その余波は必ずぼくらのところまで押し寄せてくることだ。

「どう説明しようってんだ？」たずねるその声で、激怒していることがわかる。「おれの息子がおかまだというのか？」

とんでもないことになりそうだと予感しながら、ゆっくりと父さんに近づいた。

「そうじゃない」少し時間稼ぎをしようとして話しはじめる。「ほんとだよ、父さん。説明すると……」

でもぼくの言葉は途中で遮られた。雷が落ちたような平手打ちの音が部屋中に響きわたったのだ。殴られたぼくは茫然として、二、三歩あとずさった。涙がじわりとあふれてくる。焦点を合わせようとすると、周りの風景がまだらに見えた。

「彼に触るな！」セルヒオが叫ぶ。

ぼやけた視界のなかでセルヒオが立ち上がるのが見え、ぼくは羞恥の波に襲われた。こんな恥ずかしい場面にセルヒオが居合わせたことがたまらなくいやだ。でも、ぼくにはどうしようもない。

「おまえは一体どこのだれなんだ？」父さんがセルヒオに訊く。声に憎しみがにじんでいる。

「おまえも殴ってほしいのか？」

「ぼくは彼の恋人です」どなるように言う。セルヒオが死ぬほど怖がっているのがわかる。それでも、その声はしっかりと安定していた。誇らしげだった。自分をぼくの恋人だと言い切ることに誇りを感じているんだ。「あんたには二度と触らせない」

「恋人だと？」父さんはいかにも気持ち悪そうにその言葉を吐き出す。まるでそれが、むかむかするほど不快なものを意味するかのように。「なら、おまえも殴ってやらなきゃな」

「その子たちにかまわないで！」母さんが割って入った。いつの間にか父さんのうしろに来ていたんだ。するとそのとき、また激しい平手打ちの音がした。続いてドスンという鈍い音もする。まだふらふらして視界もぼやけていたが、何度かまばたきすると、ぶたれた母さんが床に倒れているのが見えた。

　こんなときになんでポケットにカッターが入ってないんだろう。

「母さんに触るな、クソ野郎！」

「オスカル、落ち着いて……わたしは大丈夫」母さんはか細い声で言う。「セルヒオ、あなたは帰ってちょうだい。家から出ていって」

「ぼくはどこにも行かない」

　セルヒオがぶすっとした顔で言い返す。その表情を見れば、それが口先だけの言葉じゃないとわかる。帰るつもりなんてないのだ。

「出ていかないのなら殴るぞ、ガキ」父さんが脅しをかけ、ぼくの恐怖は増す一方だ。「どうなんだ」

セルヒオは動かない。父さんは絶対に言った通りにするから、セルヒオを守るには、ぼくが割って入らなければいけないのはわかっている。

「セルヒオ、帰って」ぼくは懇願した。この状況に彼がいることがどんどんつらくなってくる。「お願いだ、帰ってくれ。あとで電話するから」

「ぼくは帰るつもりはない」

「なに言ってるんだ、セルヒオ。言うことを聞いてくれよ」ぼくはだんだん腹が立ってきた。「ほんとにぼくのことが好きなら、今すぐここから出ていってくれ」

卑怯な言い方だってわかっている。青い目に、はっきりと苦痛の色を浮かべてセルヒオはうなずいた。こんなやり方をしてしまう自分が大っ嫌いだ。

「わかった」

セルヒオは明らかに傷ついた顔をして、つぶやくように言う。そのままドアのほうへ向かおうとして、父さんのそばを通った。すると父さんは、殴りはしないものの、セルヒオの肩を強く叩いた。セルヒオは肩をなでながら急ぎ足でドアの外に出ると、母さんのそばにひざまずいて助け起こす。その間に素早く父さんはドアを閉め、ぼくがこれまで何度もしてきたようにドアノブの下に椅子を置く。ぼくは父さんとふたりきりで部屋に閉じこめられてしまった。つばを飲みこむ。恐怖は増す一方だ。そのときドアをノックする音が聞こえた。

「今すぐここを開けろ、クソ野郎！」ドアノブをガチャガチャ言わせながらセルヒオが叫んでいる。

「セルヒオ、帰って！」ぼくもぼくで叫ぶ。「ほんとに、言う通りにして。帰って！」

続いてなにか言うのが聞こえたが、ドアを隔てているため内容まではわからなかった。母さんの声もしたが、やはりよく聞こえなかった。

「もう母さんに触るな」ぼくは勇気をかき集めて父さんに警告した。こんなことができるとは自分でも思っていなかった。

父さんは不快そうに顔をしかめ、冷ややかにぼくを見た。

「おれに指図するとは、どんな目にあうかわかってるんだろうな、ぼうず」

「ぼくはぼうずじゃない」ぼくが言い返すと、父さんはあざけるような笑い声を立てた。

「おう、そうだったな。もうおまえはお嬢ちゃんだ」

「お嬢ちゃんでもない」ぼくは怒りをこめて言った。

「それもそうだ。こんなに不潔なやつをお嬢ちゃんなんて呼べんな。このおかまめ」

「ぼくをそんなふうに呼ぶな」

するとまた平手打ちされた。今度はさっきほど強くはなかったが、同じようにあとずさりした。

「口答えするな、この野郎！」母さんかセルヒオがドアを開けようとする音が聞こえたが、ノブにかませた椅子は動かない。「よく聞け、お嬢ちゃん。この屋根の下にいる限りは、おれの言うことを聞くんだ。そしてうちにおかまを住まわせようとは思わない。わかるか？」

「それじゃどうしろっていうの？　こんなのぼくのせいじゃない。ぼくは自分を変えられない。生まれつきこうだったんだ」

ベッドの前に貼った『ボーン・ディス・ウェイ』のポスターをちらっと見て、ぼくは言った。

「ばかなことを言うな。それはあとから来たもんだ。おれたちはおまえを甘やかしすぎた……やれイラストだ、本だ、やれレディー・ガガだ、女みたいなものばかり……」

父さんが腕を上げたから、また殴られるのかと思った。でもその代わりに父さんは壁のほうを向いてポスターをはがし、真ん中からびりっと破った。それからぼくが壁に貼っていたイラストを次々にはがし、ためらいもなくちぎっていった。なすすべもなく、びりびりに破かれていくイラストを見て、ぼくは氷の棒を胃に突き刺されたような気持ちがした。

「父さん、やめて！」

だけど父さんはぼくを突き飛ばし、ぼくのイラストを全部破るまでやめない。そうして

(ぼくの心を)

ぼくが描くのに費やした時間と夢を破壊していった。父さんが破り終えたとき、ぼくの目は涙があふれそうになっていた。今起きたことを頭で処理しきれない。これまで何度もひどく殴られてきたが、絵を破られたことのほうがずっとつらかった。

「お嬢ちゃん、よく聞け。これからおまえはおれの言う通りにしろ。本やイラストとはもう縁を切れ」

「いやだ」

「口答えするなと言っただろ！　わからんのか？」父さんが叫ぶ。また平手打ちが飛んできてぼくはよろけた。頭に鈍い痛みを感じて、今にも気絶するんじゃないかと怖くなる。「おれはおまえの父親だ。おまえがこの屋根の下で住みつづけたいのなら……」

「住みたくない」めまいがしながらも、ようやくそう言った。

「なんと言った？」

「住みたくないんだよ、ちくしょう！」もうこれ以上我慢できなくて、ぼくは叫んだ。「あんたにはもううんざりだ。ぼくは出ていく」

また殴られるかと思ったが、父さんはその代わりに不快な笑い声を立てた。ぼくはすかさずリュックを開け、パソコン、スマホの充電器、手近にあった服を入れていく。

「ぼうず、ばかなことを言うんじゃない。おまえには行くところもないだろうが」

「かまわない」ぼくはきっぱりと言った。「どんなところだって、あんたと住むよりましだ」

今度こそ殴られると思いきや、父さんはまったく関心なさそうに肩をすくめただけだった。ぼくはずきっと心が痛んだ。本当にそうなんだ。父さんは本当に、ぼくにクソほどの関心もないんだ。これまでだって、ぼくを気にしたことなどなかった。

「よし、じゃあ行け」父さんは冷たく言った。「うちにおかまはいらん」

「なら、よかったね。もういなくなるから」

「だがよく聞け、お嬢ちゃん。今度この辺りで見かけたらぶん殴ってやるからな。いいか？」

「もちろん」ぼくは言ってリュックを背負い、椅子を蹴り倒してドアを開けた。廊下には母さんがいた。目に涙をため、心配で引きつった顔をしているが、ぼくは立ち止まらずに玄関に向かって歩きはじめた。

「どこへ行くの？」

「家から出ていく」

「なんですって？　なにを言ってるの？」

「言った通りだよ。もうあのクソ野郎と暮らしたくない」

「オスカル！　ねえ、オスカル。行っちゃだめよ」

ぼくは思わず荒い息をつき、答えた。

「行くよ。それに母さんも行かなきゃだめだよ」

「ねえ、ばかなこと言わないで……」

「本気だよ」そう言っているうちに玄関まで来た。「一緒に行こうよ。ふたりならなんとかなるよ」

「だめよ、そんなことできない。わたしにそんなことできないのは、おまえだって知ってるでしょ」

それを聞いて心が痛んだが、もうこれ以上、一秒だってここにとどまっていることはできない。

「じゃあ、ぼくは行くよ」

母さんはすすり泣きはじめた。

「ねえ、お願いよ……。ここで話し合いましょ」

「とっとと行け、この野郎！」家の奥から父さんがどなる声が聞こえた。「もうひとりのおかまと一緒に行っちまえ。うちにホモはいらないんだ」

母さんは無視してぼくの手をつかむ。

「オスカル、ねえ……」

「母さん、もうやめて。ぼくは行くよ。スマホを持って行くからまた話そう。愛してるよ。母さんは世界一だ」

本格的に泣きはじめた母さんのそばに行き、ぼくはぎゅっと抱きしめた。こうすることで、長年避けつづけてきた決心をするだけの強さを母さんに伝えたいと思った。もうなにも言えることはない。どれほど願っても、そうすべきだと思っても、母さんに無理強いすることなどできない。決めるのは母さんでなければならないのだから。

「おう、お嬢ちゃん。急いでるんじゃなかったのか？」怒りで赤くむくんだ顔を廊下からのぞかせ、父さんがうなった。「ほれ、この野郎！　とっとと行っちまえ！　なにを待ってるんだ？」

　それをきっかけにぼくは外へ出た。

　玄関ドアの向こうにはおびえた表情のセルヒオがいて、出てきたぼくをぎゅっと抱きしめてくれた。いったんその腕に抱かれると、家のなかにいたときずっと張りつめていたものが突然崩れ、ぼくは子どものように泣き出した。セルヒオに抱きしめられ、ようやく心のなかにあるものを全部出し切って楽になったときは、何時間も経ったあとのような気がした。

「殴られたの？」体を離しながらセルヒオが訊き、ぼくは首を横に振った。「うそつけ。鼻血が出てるよ」

　ぼくはあご先に触れて、セルヒオの言う通りだとわかった。乾いた血がこびりついていた。

「一発殴られただけだよ」

「訴えなきゃだめだよ、オスカル」

　ぼくは急いで首を横に振った。

「そんなことできないよ。ぼくの父親なんだよ」

「ひどい傷を負わされてたかもしれないんだぞ！」

「ねえ、セルヒオ。今はこのことを話したくないんだよ。これからどうするのか考えなきゃ」

「ぼくの家に来ればいい」セルヒオはきっぱり言う。「うちの親は気にしないよ」

ぼくは首を横に振り、スマホを取り出した。

「そんなことできないよ、セルヒオ。高校はここだし、母さんもそうだ。このまま街へ行くわけにはいかない」

「だけど……」

「だめなんだ、セルヒオ。ぼくは母さんを村にひとり残していくことはできない」

「だったら、どうするんだ？」

「フェルと話さなきゃ」そう言いながら、ぼくは素早くメッセージを打ちはじめる。

「三週間前の今日、ぼくはきみにセーターを貸した」セルヒオが悲しそうにつぶやく。「覚えてる？」

「もちろん、覚えてるよ」

「その日ぼくは気づいたんだ、きみに悪いことが起きてほしくないっていう自分の気持ちに」一拍おいて続ける。「なにか悪いことが起きてる、きみは幸せじゃないとわかってた。そしてそれを変えてあげたいと思った。もういやな思いをしてほしくなかったから、たとえセーターを貸すようなつまんないことからでも、始めようと思ったんだ。それなのに……」

「セルヒオ、これはきみのせいじゃないよ」

「わかってる、でもそれでも……。ぼくは自分にうんざりしてる。それに、ほんとにきみの母さんにはすごく会いたかったんだ。なのに、どうしてこんな最悪の結果にならなきゃいけなかったんだ？」

「わかんないよ、セルヒオ。わかんない」

ぼくもその答えが知りたかった。

…

やっといろんなことがうまくいきはじめたところなのに、なぜ全部台無しにならなきゃいけないのかわからない。

ぼくのような人間には、これがお似合いということなのか？

1月12日 22：15 投稿 ｜ コメント：0

シェア Linked In facebook Twitter Google Tumblr

El fuego en el que ardo

これまでのこと

彼女は家に帰りたがってる
だけどだれのものでもない家に
そこが彼女の眠る場所
壊れた心を抱えて

『ノーバディズ・ホーム』
アヴリル・ラヴィーン

「行かないで」

「もうこのことは話したでしょ」

「お願いだ、行かないで」

「オスカル、あたしは行かなきゃいけないの」

「なんでだよ。このままここで暮らして、電車で学校に行けばいいじゃないか。たった三十分だよ。そうすればぼくたちと……ぼくと一緒にいられる」

「大学はそうはいかないのよ。通学にそんな時間をかけたくない。向こうに行くほうがいいの」

ぼくは眉を寄せ、目に浮かんできた涙をこぼさないようにしながらマリア姉さんを見た。

「ぼくの誕生日もいてくれないの」

「そんなわけないでしょ！」

「約束だよ？」

「約束する」

ぼくらはしばらく黙って抱き合っていた。

「ねえ、オスカル。とう……父さんに気をつけるのよ。

ちゃんとしてね。いい？」

「ぼく、十五になるんだよ」

「わかってる。もう立派な男だわ」姉さんは優しくほほえみ、つけ加えた。「だからあなたは大丈夫だとわかってる。でも父さんを怒らせないで、いい？　父さんは怒ると危険よ」

ぼくはうなずいた。姉さんがなんのことを言ってるのか、あまりよくわからなかったけど、心のどこかでその通りだと思っていた。

「わかった」

「それから、母さんをよろしくね。約束よ？」

「姉さんがここにいて、ふたりで母さんを気にかけてあげればいいじゃないか。そうすればみんな一緒にいられるよ」

姉さんは深いため息をついた。

「無理よ、オスカル。あんな陰険なやつと暮らせない。母さんのこと、お願い。それから、ちゃんとしてね。なにがあってもあいつに逆らっちゃだめ。約束してくれる？」

ぼくはつばを飲みこんでから答えた。

「約束するよ」

第42章

El fuego en el que ardo

人生はおれたちのもの、自分のやり方で生きる
これは全部、ただ言ってるだけの言葉じゃないぜ
そしてほかのことはどうでもいいんだ

『ナッシング・エルス・マターズ』
メタリカ

エレベータから出るとき、ぼくはそわそわしていた。胸がむかむかしてほとんど吐きそうだ。

「ほんとにきみの父さんはいないんだよね？」心配そうに眉をひそめてフェルが訊く。

「百パーセントいない。この時間は仕事だし、出てくる前に母さんにメールして確かめたから」

「もしいたら、ぼくがおじさんを殴ってやるよ」

「いないって」

「命拾いしたね」フェルはひどく怒っている。「もし会ったら叩きのめしてやる。絶対だ」

「フェル、ほんとに、これ以上ややこしくしなくていいから。だれも、だれかを叩きのめしたりしたらいけないんだ。それにどっちみち、父さんはいないって言っただろ」

「じゃ、行こうよ」

ぼくは鍵を回して錠を外し、ドアを開けた。自分でいないと言っておきながら、心臓がドキドキしている。すぐに小走りの足音が聞こえて母さんが廊下に現れ、ぼくの広げた腕のなかに飛びこんできた。泣き出す母さんをぎゅっと抱きしめ、なだめようとぎこちなく髪をなでながら、ぼく自身も泣き出したいのをこらえている。しばらくそのまま抱き合ったあと体を離して、ドアにスライド錠をかけてから母さんについてキッチンへ行った。

「家出なんてだめよ、オスカル」母さんは哀願するような目をして、小さな声で言う。「どうかしてるわ」

「母さん、ごめんよ。でも言っただろ、これはもう決めたことなんだ。この気持ちは母さんでも変えられないよ」

母さんはため息をついて目を閉じた。すると急に

（ぼくは自分が嫌いになる）

母さんは二十歳も年をとったように見えた。ぼくが出ていこうとしているから心を痛めているのはよくわかる。だけど母さんだって、ぼくがぼくであるという理由だけで殴るような人間と無理やり一緒に住ませることはできないとはわかっている。ぼくらは午後じゅう電話で話して、母さんは内心では理解しているものの、家出を認めるのはほぼ無理だということがわかった。ぼくに幸せでいてほしいのなら、認める必要があると母さんだってわかっている。それに母さんはなんといってもぼくの母さんなんだから、ぼくが幸せになりさえすればいいと思ってくれているはずだ。

「ねえ、どこに行くの？」

「とりあえずはフェルんとこ」

「ご両親はなんて？」フェルのほうを向いて母さんがたずねる。フェルは首を横に振った。

「特になにも」フェルはほほえんで請け合った。彼の両親はいつもぼくをかわいがってくれる。「家にいてくれるのはうれしいって言ってます」

母さんはため息を漏らす。その表情を見ると、この状況がつらくて恥ずかしいんだとわかる。

「どうなのかしら……オスカル、それでいいのかしら」

「母さん、ぼくはあのクソ野郎と、もう一日だって暮らせないと思う。ごめんね、でもこの気持ちは変わらない」

母さんはまたため息をつき、しばらく目を閉じた。再び目を開けたとき、なにかこれまでとちがう光があるのにぼくは気づいた。認めてくれたような気がした。

母さんはうなずいた。

「もう決めたのね」

「ぼくと一緒に来てよ」

言葉が理解できないというように、もう千回くらいも言った気がするのにまだ足りないかのように、母さんはぼくをじっと見る。

「なに言ってるの、オスカル」

「ぼくと一緒に来るんだよ。そうすれば小さくてもいいから、ふたりでアパートを借りられる。なんとかやっていけるよ」

　母さんはため息をつく。

「ねえ、オスカル。わたしにはそんなこと無理よ」

「どうして？　あの陰険なやつを、母さんがまだ好きだとは思えない」ぼくは何年も考えつづけてきたことを言葉にした。

「そういうことじゃないのよ」

「じゃあなに？　なにが母さんをあいつに縛りつけてるの？」ぼくはかっとなってたずねる。

「いじけたまんま生きていきたいわけ？」

「ねえ、わたしは結婚して二十年近くになるのよ。いまさら出ていけない、それだけ。村でなんて言われると思う？　おじいちゃんたちがなんて言うと思う？」

　ぼくは鼻を鳴らした。

「そんなことだけが大事なの？　みんながなんて言うかが？」

「もちろんちがうわ。でもわかるでしょ、そんな簡単なものじゃないの」

「もうあいつを好きじゃないんでしょ」ぼくはそこで返事を待ったが、母さんはなにも言わない。「それじゃ、なんの意味があるの？　ふたりでアパートを借りればなんとかなるよ」

「でもわたしは、そのアパート代すら払えないのよ」母さんの声が震えている。「どんなに安い部屋でも。あなたを養うことも、学費を払うこともできない。父さんが必要なのよ」

今度はぼくがため息をついた。

「ぼくはアルバイトを探せるよ、マリア姉さんみたいに。どうってことないよ、そんなの。ぼくはとにかく、母さんと一緒に、あいつから離れたところに行きたい」

「とんでもないわ。オスカル、あなたは勉強に集中しなくちゃ。アルバイトなんて、まだ早すぎるわ」

「でもマリア姉さんは……」

「マリアはまず高校を終えたわ。あなたも卒業したら、そのとき話しましょ。今はまだ、だめ」

「でも母さん、ぼくも手伝いたいんだ」だんだん気持ちがくじけてきた。「あの陰険なおやじのところに母さんを残していきたくない」

母さんは首を横に振った。

「わたしのことは心配しないで。あなたが高校を出たらちゃんと話しましょう。だけど今はそのことに気をとられないで」

「だって、あいつは母さんをぶったじゃないか！」

母さんは居心地悪そうに肩をすくめた。

「一回叩かれただけよ。大したことないわ」

「なに言ってんの、一回どころじゃ……」

母さんは自分の袖を引っ張っている。いらいらしたときにいつもやる仕草だ。

そのとき、ぼくにはわかった。

いらいらしているからやるんじゃない。

腕を見られたくないからする仕草なんだ。

「初めてじゃないんだね？」

「オスカル……」

「母さん、お願いだ、答えて」

「ねえ、ほんとに……」

ぼくは母さんに離れる隙を与えず、さっと腕をのばして袖を素早く上げた。そこにあったのは、いくつものあざ。色を見れば昨日のものじゃないのは明らかだ。

「信じられない」

「訴えなきゃ」フェルが口を挟んだ。

「そんなことできない！　これは虐待じゃないのよ、ほんとに」

ぼくはいぶかしみ、母さんの目をじっと見つめた。

「どうしてそんな言葉を使うの」

「ほんとよ、オスカル。そんなことされてない」

「ぼくにはそうは見えない」

「ねえオスカル、ひどく見えるでしょうけど、そうでもないのよ。わたしは虐待なんかされていない。ただ、ときどき……」

「ときどき、ちょっとやりすぎるってこと？」ぼくは先を言い、母さんはうなずく。「母さん。パートナーがちょっとやりすぎたせいで、どれだけの女の人が死んでるか知ってる？」

母さんは恥ずかしそうにうなずいた。ぼくは気持ちの持っていき場がなくて、うめき声を上げた。こんなに長いこと、なにも見えていなかった自分が信じられない。どうしてもっと早く気づかなかったんだ？　母さんはいつも腕を隠していた。ぼくと同じだ。ふたりともまったく同じことをしていたというのに、ぼくは一度も気に留めなかった。

ちがいがあるとしたら、それは母さんが自分でつけた傷じゃないということ。少なくとも体の傷は、ぼくは自分で選んでつけた。だけど母さんのはつけられたものだ。

「わたしは行けない」

ぼくはあきらめのため息をつく。母さんを説得することはできない。少なくとも、今日のところは。

「とにかく、ぼくは行かなきゃ。わかってくれるよね？」

母さんは目に涙をたたえてうなずく。ぼくはそばに行って抱きしめた。

「わかるわ」ぼくの髪に顔を寄せてささやく。「ごめんね、オスカル。ほんとにごめんなさい」

「うん」

そのあとの時間は厚い霧に覆われたような気持ちで過ごした。フェルが貸してくれたスーツケースふたつに自分の持ち物をすべて押しこみ、そして母さんに別れを告げた。そんなに遠くに行くわけではない、きっとほぼ毎日出会えるだろうけど、つらいのに変わりはない。それでもぼくはフェルの家まで涙をこらえた。

フェルの家に着いてベッドに座り、虚空を見つめた。泣きたかったけど、なぜか涙が出てこない。だからぼくはじっとしていた。フェルがぼくを抱きしめてくれる。じっとそうしているうちに、やがて時間の感覚もなくしていった。

ひとりで飛ぶ？

紙の翼をつくろって飛ぼうとするときが来たような気がする。

どうか落ちませんように。

1月13日21：59投稿 ｜ コメント：0

錨

彼がいなければ今週を切り抜けられなかっただろうとわかっている。

流されないための錨があるのはいいことだ。

1月17日19：45投稿 ｜ コメント：0

もううんざり

メールやつまらないメッセージにはちょっとうんざりしかけている。

どうしてこれほどまでに、そっとしておいてくれないのか？

それほど難しいことか？

ぼくはなにも、大それたことを望んでいるわけじゃないと思う。

1月20日20：17投稿 ｜ コメント：0

シェア Linked In facebook Twitter Google Tumblr

第43章

El fuego en el que ardo

わたしの悪魔たちが口を開けと言う
彼らにしゃべらせてもらうことを
無意識に求めている
彼らは怒り、激しくわたしと闘う
襲いかかってくるのが見える
わたしに火をつけて、
彼らがもたらす炎を飲みこむほどの

『ホールド・ミー・ダウン』
ホールジー

「今日も彼と会わずに済んだ？」セルヒオがぼくにたずねる。

「うん」

「おばさんがほんとに虐待されてたなんて、信じられないなあ」ここ数日、セルヒオは何度もこう繰り返す。

ぼくは肩をすくめる。

「ぼくは別に、ふしぎじゃないよ」

「じゃあどうして訴えないんだ」この質問も、何度も繰り返されたものだ。

「言っただろ……母さんがいやがるんだ」

セルヒオはため息をつき、信じられないというように首を振った。

「もう十日だよ」

「そうだね」

母さんがいつか納得してくれるんじゃないかと、祈るような気持ちで日にちを数えていることは言わなかった。

「いずれお姉さんと一緒に住むの？」

ぼくはうなずく。いくらフェルの両親がかまわないよと言ってくれても、いつまでも世話になっているわけにはいかない。だから以前言ってくれたように、街に出て一緒に住むという話は、姉さんとしていた。学年が終わるまでは村にいるしかないが、そのあと姉さんと一緒に引っ越すつもりだ。家賃と生活費の足しにするため、夏の間はアルバ[illegible]を探さなければならないが、少なくともこれで村から離れられる。

「大丈夫だよ」ぼくを両腕で包みこみながら、セルヒオが言う。「全部う[illegible]よ、すぐにわかるさ」

「絶対？」

「絶対だ」

その言葉を、セルヒオはキスで封印した。

＊＊＊

フェルの家に着いたのは九時ちょっと前だった。ここに住みはじめてからは、たとえセル[illegible]オとデートの日でも、夕食のときに手伝えるよう、なるべく早く帰ることにしている。転がりこんだぼくを住ませてくれて、すごく親切にしてもらってるんだから、できる限り手伝わないと罪悪感が募る。だから家の掃除をしたり、できる料理をつくったりしている。ぼくがいても迷惑ではなく、かえって助かると思ってもらいたいんだ。フェルの家の人は、そんなことしなくていいといつも言ってくれるし、引き換えになにかを期待するようなこともなく受け入れてくれるのだけど、それでもなにかせずにはいられない。

だけど今日は家にだれもいない。ラウラとデートのときにフェルが遅くなるのはいつものことだけど、おじさんもおばさんもいないのは珍しかった。そこでぼくは、週末ということもあるし、特製の夕食を用意しようと思いついた。たまには、帰ってきたときに夕食の支度ができ

ていたりするのもいいと思う。みんなきっと喜んでくれるはずだ。そこでぼくはキッチンに

た。でも食料ストックを見るとあまり選択肢はなさそうだったので、パスタをつくるこ

てお湯を沸かしはじめた。それから、みんなが帰るまでどのくらい時間があるのか

思って、スマホを取り出しフェルにメッセージを送った。

オスカル：おじさんとおばさんが何時ごろ帰ってくるか知ってる？

フェル　：遅いよ。

フェル　：結婚記念日だから夕食に出かけた。

なんと。特製夕食をつくるプランはあえなく中止となったようだ。

オスカル：ああそう。
オスカル：わかった。
オスカル：きみはうちで食べる？
フェル　：食べない。
フェル　：ラウラとごはん食べに行く。
フェル　：なんで？
オスカル：いや、なんでもない。
フェル　：冷蔵庫からなんでも好きなもの出して食べるといいよ。
フェル　：自分の家だと思ってよ。
オスカル：うん。
フェル　：遅くはならないよ。
フェル　：あとでなにか映画でも観る？

オスカル：いいね😉

フェル　：😊

ときどき、世界じゅうがぼくを見て笑ってるような気がする。四人分の特製夕食はひとり用のスピード料理に変更になった。

お湯を火からおろし、ハムとチーズのサンドイッチをささっと用意して、フェルの部屋に行き自分の古いパソコンをつけた。起動がすごく遅くて、画面にデスクトップが表示されたころにはもうサンドイッチを食べ終わっていたので、お皿をどけてブログのアドレスを打つ。最後のエントリーに新しいコメントがついているのを見つけて、にこっとしながら開いた。謎の匿名さん、今日はどんなメッセージをくれてるんだろう。

覚悟しておけ、おかま野郎
おれたちはおまえを見つけたぞ。
そっちへ行くからな。

1月22日18時13分　投稿者：匿名

ぼくは凍りついた。

いやだ。

いやだ。

ありえない。

いやだ。

あいつらに見つかるなんてありえない。

だけど見つかった。ブログ画面の白地に対して真っ黒な文字で、紛れもなくその言葉が並んでいた。やつらはぼくの

（聖地を）

ブログを見つけた。今のぼくに残された、たったひとつの安全な避難所を。必要なときはいつでも、仮面を外して一息つけるたったひとつの場所、だれもぼくを決めつけたりしないとわかっている場所だったのに。セルヒオにさえ話していなかった、この小さなスペースまでも、ぼくはなくしてしまった。

やつらが奪い去ったんだ。

両腕がむずがゆくなる、あの懐かしい感覚が戻ってきた。今なにが必要か、ぼくにはちゃんとわかっている。ぼくはポケットを探ったが、そこに入っているのはスマホだけ。二週間前に

カッターを捨ててしまったことを思い出し、もうあとには引き返せないのだと気づいた。セルヒオと母さんのおかげで前へ進めたんだから、もうあの穴に落ちこむわけにはいかない。

もしやってしまったら、抜け出せるかどうかわからない。

最初の衝動を乗り越えると、次はブログを削除しよう、すっかり消し去ってしまおうという誘惑にかられた。だけど今にもクリックするというときになって、考えを変えた。ぼくは

（聖地を）

この数カ月、ずいぶんと役に立ってくれたブログを消してしまうことはできない。その代わりに設定のオプションをあちこちいじって非公開にする方法を見つけ、コンテンツにアクセスできるのはぼくだけにした。そして、コメントを消した。

これからブログはぼくだけのものになる。もう謎の匿名さんからのコメントを受け取れなくなるのはつらいけど、こんなにも大切なものを勝手に利用されたくはない。

ブログが完全に非公開になったのを確かめてから、電子メールにアクセスした。そこでなにを見つけることになるのかはわかってるけど、それでも、とにかく確かめたい。予想通り、受信トレイに一通のメールが入っていた。件名の〈おカま〉を見れば内容は一目瞭然だ。受信時刻は十八時十五分、ブログのコメントのわずか二分後。これで同一人物か、少なくとも仲間のしわざということははっきりした。

文章そのものは、もう一週間も前から毎日来ているメッセージのコピーに過ぎない。

覚悟しておけ、おかま。おれたちがおまえのにんせいをめちゃくちゃにしてやる。
予想もつかないことが起こるぞ。

ぼくはため息をつく。このメールの向こう側にだれがいるのかわからない。アドレスもまったくヒントにならない。このためだけにつくったアドレスなのは確かだ。これを送ったパソコンのＩＰアドレスを調べる方法があるにちがいないとは思うが、コンピュータの知識が乏しすぎて、ぼくにできることといったらただ推測だけ。

いちばん可能性が高いのは、メッセージの主がカルロスだということ。最後の衝突のあと、しばらくすると、あいつはまた廊下でぼくに強気に出るようになった。家を出て数日してからぼくがまた学校に行きはじめると、暴言の嵐も復活した。一瞬、もしかしたらダリオかもしれないと思ったが、すぐその考えを捨てた。この間のことがあったあと、いくら腹いせにしたってあいつがここまで落ちるとは思えない。

少なくとも、そう思いたい。ぼくのためというよりむしろ、ダリオのために。

スマホが鳴って、ぼくは考えごとから引き離された。画面を見ると母さんからのメッセージだ。いやな予感に胸がずきっとする。母さんからのメッセージが届くたびに、なにか深刻なことじゃないか、父さんがまたやりすぎたんじゃないかと怖くなる。

母さん　：こんにちは
母さん　：元気、なの？
オスカル：元気だよ。
オスカル：さっきフェルの家に帰ってきたところ。
オスカル：母さんは？

受信したメールのことはなにも言わなかったし、このあと話すつもりもない。それでなくてもぼくはひどい心配をかけてるのに、これ以上母さんの悩みを増やしたくない。

母さん　：あい、かわらず。
母さん　：いそが、しい……、でも、しようがないわ
母さん　：最近はツーシフト、入ってるの
母さん　：運がよければ、たぶん、雇てくれる
母さん　：フルタイム、で

と、いうことは。そう思って胸がドキドキしはじめた。フルタイムの勤務ということは、小さなアパートの家賃を払ってふたりで暮らせるようになるかもしれないということだ。でもいずれにせよ、期待しすぎちゃいけない。今はまだ。ぼくはもう、壊れた夢のかけらを拾い集めるのに疲れていた。

—オスカル：そうなったらすごいね😁

[書きこみ中……]
[接続しました]
[書きこみ中……]

母さん　：たぶん、雇って、もらえるわ
母さん　：どこか、探せる
母さん　：ふたり用のちっちゃな、アパート

オスカル：ほんと？

母さん　：がんばる、
母さん　：約束、するわ
オスカル：愛してるよ。
母さん：わたしも、よ。オスカル
母さん：会えなくて、寂しい
オスカル：ぼくもだよ、母さん。
オスカル：すごくね。

どのくらい寂しいか、きっと母さんにはわからないよ。

不法侵入

というわけで、ブログはただの日記になった。

インターネットを通して自分自身に話しかけるなんてばかばかしいとは思うけど、書くことで自分を解放する場所が必要なんだ。

そういう場所がなかったら、ぼくはおかしくなってしまうよ。

1月22日 21：37 投稿 ｜ コメント：0

シェア Linked In facebook Twitter Google Tumblr

El fuego en el que ardo

第44章

神々と怪物の国で
あたしは天使だった
邪悪の庭に住み
混乱し、おびえ、必要なことならなんでもして
燃え盛るかがり火のように輝いていた

『ゴッズ・アンド・モンスターズ』
ラナ・デル・レイ

週末はずっとセルヒオの家で過ごした。彼の両親はそろって出張に出ていた。フェルの両親は、ぼくがいなければ結婚記念日の週末を水入らずで過ごせるから喜んでいると思う。つまり、みんなハッピーというわけだ。特にぼくは、少し休んで心を落ち着ける必要があった。そして、このあらゆるクソみたいな出来事としばらく接続を切る必要があった。

だけどあっという間に月曜日が来て、ふたたび学校での新しい一日が始まった。ただここ数週間のぼくは、なにがあってもこれまでよりましに過ごせる方法を身につけている。それに、セルヒオとつきあって、ぼくは

(幸せになる)

ありのままの自分を恥じたりなどしないということを教わった。暴言を吐かれても、以前のようにうつむく代わりに聞こえないふりをして無視すれば、やつらもちょっと興味をなくすことにも気づいた。さらに両親とのことも、どんなばかなことを言われても、もうあまり

気にならなくなっていた。

だけど、今日はなんだか雰囲気がちがった。

カルロスと衝突して以来、学校では少し穏やかに過ごせるようになったけど、それはぼくの態度の変化のせいだけじゃない。もちろん、まだ廊下で会ったときに暴言を吐くやつもいるが、その多くは直接知らない生徒たち、ぼくのことを噂で聞いただけで、ぼくを見たらいじめなきゃいけないと思って便乗しているだけのやつらだ。おかまに暴言を吐くのは、この学校の公式スポーツなんだ。

でも今日は、まるで二カ月前にときがさかのぼったような気がする。学校の門をくぐったとたん、ホースで冷水をかけられたように暴言がふりそそぎ、無視するのに全力を使わなければならなかった。運よくフェルと一緒に来たので、ぼくがひとりでないことに気づくとみんなおとなしくなり、ほんの少しの間とはいえ、ほっと息をつくことができた。

だけど体育の時間はひとりだった。フェルが次の時間の宿題をしたいからとさぼったんだ。そのせいか、ランニング中にぼくはだれかに足を引っかけられて転んでしまった。授業終了まであと十分ほどというときのことだ。

周りを見ても、例によってだれにやられたかはわからない。ぼくは

（みじめで）

痛くて苦労しながら立ち上がり、すりむいたひざと手から埃を払い落とした。カルロスとそ

の取り巻きたちが十メートルばかり離れたところでこっそり笑っているが、やつらがやったと証明する方法はないし、証明しようとしてもだれも味方になってはくれないだろう。やつらはそっくり同じ表情で、からかうようにぼくを見る。そしてまるでぼくの健康を祝して乾杯するかのように、水のペットボトルをこちらに向かって掲げてから、ごくごく飲んだ。

この学校の科目は全部、ぼくにとっては地獄だけど、なかでも最悪なのはまちがいなく体育だ。それほど運動音痴ではないから授業そのものは問題ないのだけど、体育が意味するものが、ぼくにとって地獄なのだ。五十分間の絶え間ない運動と体の接触。クラスメートの頭のなかでは、それはすなわちオスカルを拷問する時間に相当する。

そして最悪なのは、授業が終わって解散しても拷問が終わるわけではなく、そのあとまったく別の拷問、つまり更衣室が待っていることだ。

変な話だけど、こういうことになる前は、体育のあとのシャワーが週のうちでいちばん好きな時間だった。だって、シャワーはクラスのみんなの裸を見る絶好の口実だったし、実を言うと、かなりいい体をしている子が多かった。体が反応して本心がばれないようにコントロールしながら、横目でこっそり、でもみんなを均等に観察していた。いい時間だったけど、その代わり更衣室を出るときはいつもホルモンが反逆を起こしていたから、早く家に帰りたくて仕方なかった。自分の部屋でひとりになって、ホルモンを制圧しなきゃならなかったんだ。ときどき我慢しきれずに、トイレでしてしまうこともあった。

ところが今は逆に、シャワーが週のなかで最悪の時間になった。ダリオとのことがあってかららは体育のあとも絶対シャワーを浴びないようにしていた。必要最低限の時間しか、やつらと一緒にいたくないんだ。それでも着替えはしなくちゃいけないから更衣室には入るんだけど、そのわずか二分か三分の時間すら逃さず、やつらはぼくに残酷な言葉を浴びせる。先生たちは絶対更衣室に入ってこないから、大人が近くにいないところでぼくを餌食にできる唯一の時間。

やつらはこれを利用する。

それなのに今日はシャワーを浴びなければならない。転んだとき、膝に大きな傷が三つと、右腕にあざができていた。化膿するとまずいのでよく洗う必要がある。

白状してしまうと、暴言を吐かれた朝のあとで転んだときは、懐かしいと同時に未知のこの激しい痛みを、ほとんど楽しんでしまった。もう一カ月近くやっていないとはいえ、問題から抜け出る手段としてのリスカに慣れていたぼくにとって、うれしい感覚だったのは否定しない。

だけどこの痛みはそれほど好きじゃない。自分でつけた傷、カッターの傷のほうが好きだ。カッターを捨てた今、ほかの方法でいろんなことに向き合うのは大変だ。

保健室に行って傷を洗い、化膿止めを塗ってもらうよう体育の先生に言われたが、ぼくはきっぱり断った。そんなことをしたら保健室の先生にリスカの傷あとを見られて、ぼくがやってたことがばれる危険がある。そうなったら面倒なことになる。傷は全部癒えたとはいえ、痕跡ははっきり見えるのだから。短時間でもシャワーを浴びて、血と汚れを洗い流すしかなかった。

服は脱いだが、下着は取らない。裸を見られたくないのもあるが、元々、クラスメートとシャワーを浴びるときはそれが習慣だった。パンツをはいていれば、裸の体を見たときの（いつもの）
起こるかもしれない反応を少しは隠せた。でもクラスメートも、完全に裸でシャワーを浴びるやつはそんなにいなかった。ごく無邪気なやつらか、いい体を見せびらかしたいやつらだけだ。以前はもちろん不満はなかった。ぼくにとっては天国にいるようなものだったから。

だけどもう、状況は変わった。

「おい、おかまがおれたちと一緒にシャワーを浴びたがってるよ！」

下着姿のぼくが近づいていくと、だれかが言った。頭を下げて、気づかれずに通り過ぎようとしていたのに。

ぼくの作戦が失敗したのは明らかだった。

「たぶんせっけんをわざと落として拾うふりをして、だれかがうしろから突っこんでくれるのを待ってるんだよ」カルロスが言うと、みんなは爆笑した。

「それはおまえが好きなことだろ」ぼくは小さくつぶやいた。

「おかまちゃん、今なんて言った？」

ちゃんと聞こえていたくせに、カルロスはどすのきいた声でたずねた。質問に見せかけた挑発で、以前衝突したときの報復をしようとしているんだ。でも、同じ言葉を繰り返すほどぼくもばかじゃないから、今できる答えはただひとつ。

「別に」

少し顔を上げカルロスを見て、笑い出しそうになるのを苦労してこらえた。やつは素っ裸なだけじゃなくて、ちょっと興奮していた。きっとぼくをいじめてるのがたまらないんだ。

やつはビョーキだ。

本当に、ほかのやつらはどうして気づかないんだ？　そんなにものが見えてなくて、そんなにばかでいられるってことがあるんだろうか？　自分たちのなかに発情したやつがいて、隙さえあればこすりつけてくるかもしれないのに、みんなそのことに気づかず、ぼくをいじめてばかりいる。ぼくはみんなに、なんにもしたことがないというのに。もちろん、実際にはあいつだけじゃない。ほとんどのやつが、自分の第二の脳がシャワーの前に完全覚醒してほしいと思っている。そうすれば自慢できるから。

やつらはケダモノだ。

めったにないことだが、運よく今日はみんな機嫌がよさそうで、そのあとはぼくをそっとしておいてくれた。今朝のやつらの態度の変化はぼくの妄想だったのかと考えはじめたぐらいだ。

学校ではシャワーを浴びないことにしているので、ボディシャンプーやシャンプーは持ってきていない。だから水だけで洗わなければならなかった。ほかのやつらにせっけんを貸してと頼みたくないし、どうせ頼んでも貸してくれない。化膿しないように傷口をしっかりこすってひりひりする痛みを自虐的に楽しみ、洗い終わると、リラックスしたくてシャワーの下に立った。不本意な反応を避けるために以前やっていた習慣を、ちょうどそのとき思い出したのだ。一月で水は冷たいけど、その感覚は快かった。一瞬、すごく穏やかな気持ちになった。だけどしばらくしてポチャポチャというような音が聞こえ、お尻から脚の裏側を熱いものが流れていくのに気づいた。目を開けて手を蛇口に、それからほとばしる水に当てた。水が冷たいことを確かめて眉をひそめたとき、恐ろしい予感がした。ゆっくりと視線を下げる。床を流れる水に、黄色がかった液体が混じっている。

いやだ。

いやだ。

いやだ。

ありえない。

ぞっとして振り返ったが、その前から、そこでなにを見ることになるかわかっていた。

やつらはぼくに、おしっこをかけていた。

三人がぼくに向かっておしっこしている。もちろん、カルロスもいる。

「なにやってんだよ！」どなってその場から離れようとしたが、おしっこを済ませたやつに腕をつかまれて動けなくなった。「頼む……やめてくれ！」

「汚い口を閉じとけ、おかま」そいつが言う。離れようともがいたが無理だった。「おまえはこれが好きなんだろ。おまえらは水じゃなくて、こういうのを浴びることになってんだ」

「やめろ、ちくしょう！」

もがいても、そいつのほうがずっと力が強い。ぼくはまだ、自分を守れるほど柔道ができるわけじゃない。カルロスともうひとりのやつが上に向けておしっこするので、ぼくは力を入れて逃れようとしたが、水浸しの床のタイルに滑って転んでしまった。

「頼む……」

「そう、そう、ちゃんと位置につけ」カルロスがそう言って、直接ぼくの顔に放尿した。ぼくはぞっとして素早く横を向いたがよけきれず、汚らしい液体が顔を
（やだやだやだやだやだやだやだやだやだやだやだやだやだやだやだ）

涙と一緒になって流れ、ぼくの自尊心とともに排水溝へと消えていった。

たまたまだれもぼくが浴びていたシャワーの栓を閉めようと思いつかなかったから、液体はすぐに薄まったが、それでもぼくは吐きそうになった。体がひどく震えるほどの強い吐き気をどうにかこらえる。みじめで傷つき、そんなことをしてもなんにもならないとわかってはいたが、ぼくは叫ぶと同時にすすり泣きを始めた。起き上がろうとしても、水と尿と泡に滑ってま

た転ぶ。

「頼む」口に入った水にむせながら、ぼくは何度となく懇願した。「頼む、やめてくれ……」

だけどやつらはやめなかった。ぼくの顔に放尿していたふたりは間もなく出し終えたが、そのころには、さらに三人が笑いながら加わっていた。ぼくが起き上がれないように、カルロスが胸を踏みつける。ほかのやつらも同じように、ぼくの脚を踏みつける。もう一度もがいて逃れようとしたが、カルロスに肋骨の辺りを蹴りつけられて息ができなくなった。痛みと息苦しさとでついにあきらめたぼくは、ひたすら終わるのを待った。いくら懇願しても役に立たないことはわかっていた。

だけど涙は止まらない。

ふいに、どうして学校にカッターを持ってこなかったんだろうと思った。毎日ポケットに入れていたのはそう前のことじゃない。セルヒオと出会う前はそれが習慣だった。でも今、カッターが必要なのは自分の体を切るためじゃない。今はこいつらを切るために使いたい。傷つけてやりたい。尿がぼくの涙と混ざって流れるように、こいつらの血をシャワー室の床に流してやりたい。

El fuego en el que ardo

第45章

たとえ世界中がぼくを引きずり降ろそうとしていても
そうはならないとぼくに言って、ぼくを振り向かせて
ぼくの火をやつらに消させたくない

『ビリーヴ』
ジーマ・ビラーン

どのくらいの間、水浸しの床にのびてたのかわからない。ようやく泣きやんで立ち上がったとき、更衣室にはもうだれもいなかった。そして、ぼくの服も。ぼくの自尊心を奪ったように、あいつらはすべてを持ち去った。この屈辱を、

（あんなやつら大嫌いだ　あんなやつら大嫌いだ　あんなやつら大嫌いだ）

　できるだけ長く味わわせるために。

　びしょ濡れで裸のまま、そうっとドアの外をうかがうと、氷のような風がぴゅうっと吹きこんできて体じゅうのうぶ毛が逆立った。幸い、わずか数メートルのところに体育教員室がある。近くにだれもいないのを確かめてから、ぼくは更衣室の向こう側まで走った。なかはだれもいないが、運よくドアが開いていたので忍びこみ、椅子の上にあったジャージを拝借することにした。ぼくには大きすぎるが、ないよりましだ。急いでそれを着て、なおも寒さに震えながら学校を出た。

カッターがほしい。

母さんとそのことについて話し合った日、リスカに使っていた刃物はすべて捨てたけど、まだひとつだけ残っている。最初に使ったもので、おそらくいちばん忠実な友。数分でフェルの家に着く。よかった、だれもいない。ぼくは素早く彼の部屋に行き、自分の洗面用具を取り出した。そこにかみそりが入っているんだ。

ぼくの古い友だち。

ぼくの新しい盟友。

ぼくは浴室に閉じこもり、気を落ち着かせるために鏡を見る。自分じゃないみたいに見える。この数週間でぼくは変わった。精神的なものだけでなく、体つきも変わった。だけど今は、ときがさかのぼったように見える。ぼくを見返す鏡のなかのぼくはおびえた小鹿そっくりの顔をして、その表情はぶたれた子犬そのものだ。セルヒオと出会い、あいつらに立ち向かえるようになる前と同じ顔だ。

もう後戻りしちゃいけないとわかっている、もしまた切ったら、やつらに負けることになる……。だけど、こうせずにはいられないんだ。こうすることが必要なんだ。

結局、なにがあってもぼくは同じオスカル、みんなからおとしめられてもなにもできない、いいカモのままのような気がする。どれだけあがこうと関係ない、歴史は何度となく繰り返される。ぼくを無慈悲にひきつぶしながら永遠に回りつづける車輪のように。怪物に飲みこんでは吐き出され、また貪り食われるいけにえになった気分だ。

過去から逃げることはできない。

だからぼくはまた、刃物をもって浴室に入る。

少しためらい、ぼくはかみそりを見つめる。光が刃に反射してできる、懐かしいと同時に未知のそのきらめきにうっとりする。心のどこかで、やっちゃだめだと気づいている。長い期間、長すぎる期間、ぼくは切らずにいた。切らずに過ごす一日いちにちがすごくつらかったけど、しまいには慣れた。もし屈して、今切ってしまったら、これまでの努力はすべて無駄になる。もしまた誘惑に負けたら、やつらが勝ち、ぼくはまた負けることになる。

もし人生が公平にできているのなら、あのときちょうど体育の先生が入ってきて、やつらがなにかする前に止めてくれただろう。ぼくは屈辱を受けずにすんだだろう。もしこれが映画なら、フェルか、それともたぶんセルヒオが今ここに入ってきて、刃がぼくの肌に触れる前にやめさせてくれるだろう。もしこれがハッピーエンドの物語なら、そもそもこんなことをする必要性も感じないだろう。

でも人生は不公平だ。この数カ月、そのことをずっと見せつけられてきた。そしてこれは映画でも、ましてハッピーエンドの物語でもない。これは現実で、ぼくの現実は地獄だ。その逆を夢見てたなんて、ぼくは救いがたいロマンチストだ。

だからぼくは前腕の肉にかみそりを押し当てる。やがてぷくっと血が出てきた。

鋭い痛みが初めは不快だが、ほとんど忘れていた古い友だちと再会したような懐かしさと心地よさも感じる。この感覚が

(ものすごく)

恋しかった。どれほど恋しく思っていたのか、今まで気づかなかった。血のしずくが手を伝い、やがて浴槽の底に滑り落ちるのをながめる。白の上の赤、冷たい肌の上の温かな血。

だけど今日はなにかがちがう。なにかが以前のようではない。痛みが救いになるのは確かだけど、以前のように別の痛みを運び去ってはくれない。だからぼくは、もう一度、二度、三度と傷をつける。自分の腕をずたずたにしていることにも気づかない。だけど効かない。

なにかがおかしい。血が肌を伝って流れていき、心地よい痛みを覚える。だけどもう……もう、効かない。以前のような効果がないんだ。必死になってまた切る。今度はかみそりをもっと深く沈め、強い痛みで叫びそうになるのをこらえる。かみそりを持つ手は跳ねかかった血で赤く染まる。だけどあいかわらず効果はなく、ぼくはおびえて思わず泣き出してしまう。おびえるというより、恐怖を覚えたと言うべきかもしれない。これで効かないのなら、どうすればいい？　どうすれば痛みに耐えつづけられる？　今日あんなことがあったというのに、やつらがまたぼくの人生を地獄に変えようとしているというのに、どうやって前へ進めばいいというのか？

かみそりの刃に灯りが反射し、からかうような輝きを放つ。それを見ていると、なんだかけ

しかけられているような気がしてきた。さあ続けろ、やるんだ、すべてを一気に終わらせてしまえ。ぼくはつばを飲みこむ。やっちゃいけない、負けるわけにはいかないんだ。こういうことを

（だれも、ぼくにはだれもいない）

母さんやセルヒオや、フェルのためにもやっちゃいけないとわかってる。

だけどもう、ほかに出口はない。

ぼくはしっかりかみそりをにぎり、腕に沿って走らせて、手首に達する前の傷口でちょっと止める。もう考える時間はない。このまま先延ばしにしていたら、できなくなると気づいてる。だから目を閉じ深呼吸して、さあ、やるんだと自分に言い聞かせる。やらなきゃいけないと、わかっている。

かみそりの刃が手首まで数センチのところに来たときだった。ドアをノックする音がした。

「オスカル？　大丈夫か？」

フェルの声だ。とっさにどうしようと考えて、心臓がドキドキしはじめた。ぼくも浴槽も血だらけだ。もし今入ってこられたら、全部洗い流す時間はない。蛇口に手を伸ばしたが、血で滑って開けられない。歯を食いしばって毒づいた。

「泣き声が聞こえたよ」フェルが言っている。「開けるよ」

ぼくは自分が泣いていることに気づいてさえいなかった。入ってきてほしくない。開けるな

と叫んだが、もう遅すぎた。ドアが開き、フェルが浴室に入ってきた。眉をひそめて浴槽のそばまで来ると、血まみれのぼくを見てぴたっと足を止めた。

一瞬、沈黙が流れる。その間にフェルの頭のコンピュータが、目の当たりにしている状況を処理しているのが見えるようだ。それからフェルは走り寄ってきた。

「オスカル！　オスカル、大丈夫か？」

「落ち着いて……」ぼくは鼻水を出しながら消えそうな声で答え、顔を流れる涙を手の甲でふいた。「大丈夫だよ」

「なにが起こ……」そう言いかけたが、ぼくの手にまだしっかりにぎられたかみそりを見てぴたっと言葉を止めた。「オスカル、なあ、ぼくが考えてるようなことをしてたんじゃないよね」

ぼくは激しく泣き出し、傷を隠そうとしたが無駄だった。フェルの前で真っ裸でいることを、心のどこかでぼんやりと意識していたが、それもどうでもよかった。

もうなにもかも、どうでもいい。

「ご……ごめんよ、フェル」泣きやむことができず、ぼくはしゃくりあげながら声を絞り出した。ほほを流れる涙は浴槽の底に落ち、血と混じりあっていく。

フェルは信じられないという目をして、今見ているものを受け入れられないというようにぼくを見つめたままでいた。だけどやがて目が覚めたように、ぼくに強い平手打ちを加えた。涙がそれでぴたっと止まった。

「なんだよ、なにすんだよ」ぼくはかっとして言った。

「はあ？」フェルはすさまじい勢いでどなった。「それならおまえは、なにしてるんだ？　こんな風呂なんかで体を切って、一体なにやってんだよ？」

「ぼくは……」

「これやったの、初めてじゃないよな？」

「フェル、ぼく……」

「言い訳はいらない。本当のことを言え、オスカル」

「そうだよ。初めてじゃないよ」

フェルは長いため息をつく。

「それじゃ、なんでそんなことするんだ。教えてくれよ」

「もう長いことやらなかった。ほんとだよ、フェル、もうひと月近くも切らなかったんだ」

「じゃあ一体なんで今日、またやったんだ？」

今度はぼくがため息をつく番だった。目を閉じ、心を落ち着けて考えを整理しようとする。
今日起きたことを、どこから話しはじめていいのかさえわからない。

「更衣室でやつらにおしっこをかけられた」

結局、前置きなしで打ち明けた。どっちみち回りくどい言い方をしても意味がない。ましてリスカしたのを見られてしまったあとなんだから。フェルはさっと青ざめた。

「ど……どういうこと？」

ぼくの言葉をうまく処理できないというようにフェルがたずねる。でもそんなの、ぼくのせいじゃない。やつら、よくもあんなことができたなと、ぼくでさえ信じられない気分なんだから。でも、あいつらはやったんだ。

ぼくは肩をすくめた。

「だから、そういうこと。体育の時間、カルロスとやつの手下に足を引っかけられて転んで、けがしちゃったんだ。だから仕方なくシャワーで傷口を洗ってたら、それを利用しておしっこかけられた」

フェルの顔がゆがみ、危険な表情になった。

「あいつらを殺す。絶対、殺してやる」ほんとに人を殺しそうなほどの怒りで目をぎらぎらさせている。「だれがやったんだ？」

「ばかなことするなよ、フェル」

ぼくは冷静になろうとしてフェルをたしなめたが、心のどこかでやつらが

(死んでいるのを)

苦しむのを見たいと思っていた。

「だれがやったのか言えよ。カルロスと、ほかにだれだ？」

「さあ、いつものやつらだよ。カルロス、アイトール、ほかにもいたな。そうだ、ホルヘだ」

「そいつらを殺してやる」

ぼくはため息をつく。

「なにもしないで。変なことしたら退学になるよ。自分を危険にさらすことなんかないよ」

「でもなにかはしなきゃいけない。きみはなにかしなきゃいけないよ。手をこまねいてちゃだめだ」

「なにもするつもりはない」ぼくはきっぱり言った。「アナ先生に話すよ」

「そんなことしたらとんでもない目にあうぞ、いいのか？」

ぼくはうなずく。

「わかってる。だからぼくは学校をやめる」

息をして

本気で自殺を考える日が来るとは思わなかった。

確かにぼくはたびたびリスカしていて、そんなときはどうしてもそういう考えが浮かぶことはあると思うけど、現実的な選択肢として考えたことはまったくなかった。

だけど今日がその日だったわけだ。

彼が来てくれなかったら、どうなっていたかわからない。

本当にわからない。

1月25日22：19投稿 ｜ コメント：0

また

またひと月終わった。

また新しい月が始まる。

ぼくの人生、最近はなにがどうなってるのかわからない。2日おきに180度変わるような気がする。

1月31日23：17投稿 ｜ コメント：0

シェア Linked In facebook Twitter Google Tumblr

第46章 El fuego en el que ardo

あなたは〈ごめんなさい〉
という言葉の意味さえ知りはしない
あなたは死ぬまであたしを愛すると言ったわ
そしてあたしが知る限り
あなたはまだ生きている

『イリーガル』

シャキーラ

「ただいま！」

マリア姉さんがにっこり笑いながら居間から出てきて、玄関でぼくを迎えてくれた。ぼくは姉さんがほほえむ顔を見慣れていないから、こういう姿がまだちょっと珍しく思えてしまう。実家で暮らしてた全期間より、街で一緒に暮らしてからのこの数日間のほうが、姉さんの笑顔を見た回数が多い。物心ついてから姉さんが幸せそうにしているのを見るのは初めてだ。こんなことがあるなんて、以前は考えもしなかった。

もちろん、理由はわかりきっている。

「もうこんな時間よ」姉さんはがみがみ言うが、その口調や笑顔を見れば、本気で叱ってないのがわかる。「カレシに誘拐されたのかと思いかけてたわ」

ぼくも、なんだかうれしくてほほえむ。こんなふうに自然に話せることで、こんなに幸せになれるなんて。こうしていることがまだ少し変な感じだけど、こういう状況に慣れるのは簡単だ。実際、思っていたよりずっと簡単だ。

「大丈夫。誘拐されるのなら、ぼくが前もって知らせるよ」

「それで、いつ紹介してくれるの？」

ぼくはあきれて天を仰いだ。

「なんかもう、母さんみたいだ」

「当たり前じゃないの！」

「姉さん……」

「姉さんじゃないわよ！　母さんには会わせたくせに、あたしにはまだなんて不公平よ。あたしには義理の弟と知り合う権利があるの！」

もう一度天を仰ぎそうになったが自分を抑えて、その代わりぼくは笑ってみせた。

「じゃあ、近いうちにお茶の時間に呼ぶよ。それでいい？　母さんにもそうしたんだ」

「まあいいわ」不服そうにうなずく。

「似たもの同士だな」ぼくはぶつくさ言いながらも、ついほほえんでしまう。

「仕方ないじゃない。それはそうと、母さんから電話があったわ。あんたはどうしてるって訊いてた……。電話してあげなくちゃ」

ぼくはうなずく。セルヒオといたときに、ぼくのスマホにも電話があったようだ。でも彼の家を出るときまで着信履歴に気づかなかった。ぼくはスマホを取り出して母さんの番号にかける。応答に時間がかかり、もう切ろうかなと思ったとき、六回目の呼び出し音でやっとつながった。

「ごめんなさい、今一緒に……」

言葉が途中で切れたが、最後まで聞く必要はなかった。だれと一緒にいるのかはわかっている。母さんはあれからずっと、あいつとふたりで過ごしてるんだと思うと、はらわたが煮えくり返る。どうかもう、あいつがなにもしないようにと、それだけを願う。

「家はどんな感じ？」できるだけ平静な声に聞こえるように気をつけながら訊ねる。

電話の向こうからため息が聞こえた。

「あいかわらずよ、知っての通り」母さんが疲れた声で答える。「わたしが気に障ることをしなければ、ほうっておいてくれる」

ぼくは鼻を鳴らした。その瞬間スマホがピッと鳴り、画面を見る。フェルから電話が入っていることがわかったが、無視した。

「母さん、自分の言ってることがわかってんの？」ぼくはだんだんいらいらしてきて口調がきつくなる。マリア姉さんが居間の向こう側からこちらをちらっと見た。「なんであんないやなやつと一緒にいられるわけ？」

「そのいやなやつはあなたの父さんよ」母さんはぼくをたしなめたが、声が弱々しい。あいつをかばうのに苦心してる感じだ。これはきっといい兆候だと思う。「父さんのことをそんなふうに言うもんじゃないわ」

ぼくは肩をすくめたが、すぐ、そんなことをしても母さんには見えないと気づく。スマホがまたピッと鳴った。

「父さんがあんないやなやつじゃなければよかったのに」

「わたしは出ていけないわ、オスカル」ぼくが言おうとしていたことを先回りして、母さんは答えた。何万回言ったかわからないくらいだから、それも当然か。「もう言わないで。このことはこれまで何度も話したでしょ。あなたの気持ちもわかるけど、わたしが出ていったら、父さんにもうあなたの学費を払ってもらえなくなるのよ。こんなにいろんなことがあって、それでも払いつづけてほしいと説得するのは大変だったんだから」

「ぼくはかまわないよ。どうにかなるさ。ぼくは仕事をして学費の足しにする。実際にもう仕事探しを始めてるんだ」

「オスカル……」

「母さん、あいつのこと愛してるの？」

一瞬、間が空いた。

「は？」

「聞こえただろ、あいつを愛してるの？」

「ねえ、それはかんけ……」

「関係あるよ。もしそうじゃなければ……」

「オスカル、やめなさい」マリア姉さんが真剣な顔で近づいてきて、ぼくに言った。声が沈んでいる。「あたしはもう何年も母さんを説得しようとしてきたのよ。母さんを滅多打ちにして病院送りにするまで、あいつの目は覚めないわ」

また電子音が鳴って、フェルからの三回目の着信を告げた。なんだか心配になってきた。大事なことじゃなければ、フェルがこんなにしつこくするわけがない。

「母さん、もう切らなきゃいけないんだ。明日電話するよ。いい？」

「わかったわ」

「考えるだけでもいいから、頼んだよ。考えてくれるね？」

答えに少し時間がかかったが、やがて母さんは言った。

「いいわ」

「そのほうがいいよ、母さん。そのほうがいいってわかってるよね。愛してるよ」

「わたしもよ」

電話を切り、フェルにかけようとしたところで四度目の着信があった。ぼくは心配で、あわてて応答した。

「会えるかな？」ぼくが電話に出ると、フェルはただそれだけ言った。よくないことだとすぐにわかる。上の空ですべての感情が欠落したような、消沈した声。ぼくはスマホを顔から離して時間を見た。もう十一時近い。

「えーと……今何時かわかってる？　ぼくは街にいるんだよ」ぼくは念を押した。今、村に戻る気には全然なれない。

「きみの姉さんの家に行っていいかな？」懇願するような調子だ。「ぼく、ここにいたくない」

「うーん……どうだろう。電車に間に合うの？」

「もう乗るところだよ。さっき切符を買った……四十分ほどでそっちに着くよ」

ぼくはつい、くすっと笑ってしまった。フェルらしいな。

「じゃあ、駅まで迎えに行くよ。わかった？」

「うん」

それから少し沈黙があった。

「大丈夫？」答えはわかっていたが、ほかに言うこともないので、あえて聞いてみた。

「大丈夫じゃないよ」

「なにがあったの？」

「あとでいい？」押し殺した声を聞いて、泣きたいのをこらえているとわかった。「今、駅で、たくさん人がいて……。ここでは話したくないんだ」

「わかったよ」心配のあまり、ぼくは言った。「なあ、フェル……」

「うん？」

「愛してるよ。ね？」

フェルがほほえんだのが電話越しにわかった。

「ぼくも愛してるよ」

電話を切ってため息をつく。一日じゅう同じ服を着ていて、汗のいやなにおいがしはじめたので、さっとシャワーを浴びてから駅に行く。ぎりぎりに家を出て、少し走らなければならなかったけど、ちょうどフェルの電車の到着に間に合った。

電車から降りた姿を見て、まるでフェルじゃないような気がした。親友のあんな顔はこれまで見たことがなかった。いつもの笑顔がない。その代わり顔に張りついているのは、空虚そのものの表情だ。魂がかき消えたようなその姿はまさに

(数週間前のぼく)

以前はぼくの親友だった人の、空っぽの抜け殻だった。

だけど顔を上げ、ぼくが近づいていくのを見ると、フェルはちょっと笑った。ほとんどわからないくらいかすかだが、少なくとも笑顔がそこにある。すべてが失われたわけではない。

「やあ」ぼくから声をかけた。

「ラウラにふられた」

ぼくはまるでいきなり殴られたように茫然として、口をぽかんと開けた。急いでたから、なにが起きたかあまり考える暇はなかったけど、それにしてもこの答えはまったく予想外だっ

た。どう言えばいいのかわからなくて、ぼくはただフェルを抱きしめる。

「かわいそうに」一分ほどもそうしていてから、ぼくはやっと言った。喉が詰まったような気がする。フェルは答えないが、体がかすかに震えている。泣いてるんだ。ハグしながら、ぼくに見えないように涙を流している。

どのくらい駅で泣きながらハグしてたのかわからないけど、やがてみんなが奇妙に思って、じろじろこちらを見るようになった。だけどフェルはぼくから離れず、ぼくも彼を離さない。ぼくが必要とされているのがわかるから、ぎゅっと抱きしめつづけていた。

「大丈夫。ぼくはここにいるよ」

数分経ちぼくの肩がびしょ濡れになったころ、震えがようやく止まって、フェルは体を離した。涙を隠したかったのかもしれないが、ほほに残る涙のあとも、真っ赤になった目も隠すことはできない。

「生きてるってクソじゃないか？」

「そんなことないよ。ただ、ときどきうんざりさせられるけどね」

大したことじゃないさと言いたくて、ぼくはあえて反論した。

「きみがうんざりしてるよね、ごめん。きみだってまだ大変なのに……」

「心配しないで。きみはぼくの親友だろ？　そのためにぼくらはいるんだよ」

フェルはほとんどあきらめのように聞こえるため息をついた。

「なにが悪かったのかわからないんだ……」

その気持ちはわかりすぎるほどわかる。暴言が始まったとき、ぼくも自分がどんな悪いことをしたのかわからなかった。

それにしても、フェルたちがそんなことになるなんて。もう長くつきあっていて、まさか別れるとは思いもしなかった。でも、そのまさかが起きてしまった。大学に入ったら同棲する計画まで立てはじめていたのに……。

「ぼくにあまり恋愛を語る資格はないけど……」数分経ってから、ぼくは切り出した。「でも、こういうことは起こるんだよ、フェル……。よくあることだ。今はひどい気分だろうけど、またいいこともあるさ。すぐにわかるよ」

フェルは肩をすくめた。

「どうかな。ラウラはあまりにも完ぺきだったから」

「ばかなこと言うなよ。完ぺきな人間なんていない。ただ、きみが対象じゃなくなったというだけだろ」

「そうかもしれないけど……」

「よそうよ、フェル。世界にはこれほどたくさんの人がいるのに、きみにぴったりの人がいないとでも思ってるのか」

「ぴったりなのはラウラだったよ」

「でも、もう一緒にはいないんだろ」ぼくはできるだけ当たり障りのない表現を探しながら言った。「すぐにだれか見つかるよ」

「そんなの……」

「だってそうなんだよ。もっとポジティブにものを見ようよ。ぼくは明らかにきみより不利だ、そうだろ？　きみにはカノジョ候補になるノンケの女の子が山ほどいるじゃないか。だから絶対、見つかるよ」

「それはどうかな。ラウラを一生愛すると思ってた。あんなになにかを確信したことはそれまでなかった。それなのに……」

「じゃあ、きっときみは、だれかとつきあうことに向いてないんだよ。きっとひとりのほうがうまくいく」

　フェルは首を横に振った

「ぼくはひとりでいるのに向いてない」

「ひとりでいたくないためだけに、だれかとつきあうのもよくないよ」

「そうだけど、ぼくらのはそんなじゃなかった。ちがうものだった。あれは……リアルだった。今はもう、恋することに一体どんな意味があるのかって思う」

　ぼくはセルヒオのことを思い、ずきっと胸が痛んだ。ぼくらもフェルとラウラのようになるんだろうか？　今はこれ以上ないくらい幸せだと思っていても、最初から終わる運命なんだろうか？　そうかもしれない。でも、そんなこと考えたって意味がない。どうして未来に起こるかもしれないことを考えて、今を台無しにしなきゃいけないんだ？

「わかるよ」ぼくはようやく、それだけ言った。「きみの気持ちわかるよ、ほんとに。だけどきみはいい恋をして、すごく幸せだっただろ。それは確かに終わってしまったけど……でも、恋したことは無駄じゃなかったと思う。それにまた、次があるよ。そしてきみはまた、幸せになれる」

第47章

El fuego en el que ardo

かつてわたしは変身した
かつてわたしは生まれ変わった
知ってるわね、わたしが不死鳥のように現れること
だけどあなたがわたしの炎

『ライズ・ライク・ア・フェニックス』
コンチータ・ヴルスト

「本当に名前を教えるつもりはないのね？」アナ先生が胸の前で腕組みして訊いた。

ぼくはきっぱりとうなずいた。もう後戻りはできないとわかっている。つらい決断だったけど、こうするのがいちばんだと心から思っている。たぶん正しい決断ではないのかもしれないが、この状況ではこれしかない。もしやつらの名前を言ったらダリオも巻きこまれるだろう。いろんなことがあったけど、それでもダリオまでそういう目にあってほしくない。もちろん

(あいつは陰険だった)

あいつのやったことはほめられたことじゃないし、いつか許せる日が来るとしても、それにはすごく時間がかかるだろう。だけどあいつが感じていた恐怖は理解できる。ぼくも自分の肌身で感じていたのだから。こんな状況では、あいつの名前をばらすのがいちばん簡単な選択肢なんだろうけど、そうするとあいつが困ったことになるのは目に見えている。

きっとぼくは、根っからのばかなんだろうな。

「わかった、もう決めたのね」先生はぼくの意志を受けとめ、それからため息をつく。「学校をやめたいというのなら無理強いはできないわ。でも少なくとも、この学年は終えるわね？　もうすぐ学年末なんだから、ここでやめちゃいけないわ」

「うん、そこまでは続けるよ。だから心配しないで」

ぼくの望みは、このくだらない村からさっさと出ていくことだけ。うんと遠くに行って永久にここのことを忘れ、もう二度と戻りたくない。夏が終わっても勉強を続けるかどうかはまだわからない。今のところマリア姉さんの家に住んで学年を終え、それから仕事を探そうと思っている。姉さんのお荷物になりたくないんだ。それに姉さんは、恋人のダニと住んでいる。彼はいい人だけど、押しかけて居候させてもらってるんだから居心地はよくない。学年末まであと数カ月、どうなるかはわからないけど、きっとこれまでよりはよくなるはずだ。

＊＊＊

駅に行く途中で、ふと思いついて家に寄ることにした。たぶんあまり慎重な行動とはいえないかもしれないけど、でも……、いいよね。いろんなことが変わっていくのだとしたら、なるべく早くはっきりさせておいたほうがいい。ぼくはもう決心してるから、あとは母さんを説得して一緒に来てもらわなきゃならない。

ドアを開けようとすると手が震えたけど、どうにか鍵をさしこんだ。そのままちょっとためらったが、ついに鍵を回して家に入った。

父さんがいるときは絶えずついているテレビの音がしないから、今はいないはずだけど、間もなく帰ってくるだろう。居間に行くと、母さんがひとりで掃除をしている。予想通り、父さんはいない。ぼくはなにを言えばいいのかわからず、母さんに気づかれるまで、黙ってしばらく見つめていた。やがてこっちを見た母さんは、はたきを持ったまま走り寄ってきてぼくに抱きついた。

「オスカル！　帰ってきちゃだめじゃないの。もうすぐ父さんが帰ってくるわよ。ここであなたを見つけたら……」

「たとえ見つかって」ぼくは言い返す。「ぼくを恥だと思おうが、どうでもいいさ。だってぼくも、あいつのこと恥だと思ってるんだから。だけどもう、ちゃんとはっきりさせたいんだ」

「はっきりさせる？」

「あいつの金はいらない。学年が終わったらすぐ、姉さんのお荷物にならないように仕事を探す」

母さんは愕然とし、じっとぼくの目を見た。ぼくは気まずくて視線をそらした。

「勉強はどうするの？　来年は高校二年になるのよ。ねえ、今やめたらだめよ」

「学費にするお金がたまらなければ、学校へは行かない。この夏の間にたまったら来年度も行くよ。それから、なんにもくれなくていいから」母さんが口を開くのを見て急いでつけ加えた。

「どうせ、と……あいつのお金でしょ。それならいらない」

「ねえ、勉強を投げ出すなんてだめよ、そんな……」

母さんがそこで急に黙ったのは、まぎれもなく
(うわっうわっうわっうわっうわっうわっ)

鍵を回す音が聞こえたからだ。ドアが開く音を聞いたとき、静脈を流れる血が氷になったが、引き返すには遅すぎた。

「部屋に行きなさい、オスカル」

「いや、ぼくはここにいる」

「オスカル！　もし父さんに見つかったら……」

「かまわない」

心臓が耳元で鼓動してるんじゃないかと思うくらいバクバクしていたから、あまりよく聞こえなかったけど、それでも足音がだんだん居間に近づいてくるのはわかった。やがて居間に入ってきた父さんは、ぼくがなかにいるのを見てぴたっと動きを止め、驚いて口を半開きにした。

「おまえは一体、ここでなにをしてるんだ？」

「落ち着いて、ぼくはもう行くから」ぼくはありもしない勇気をかき集めて言った。「ただ、荷物を取りにきただけだよ」

父さんは物騒な顔つきで近づいてきたけど、二メートルほどのところで立ち止まった。

「どこへ行くんだ？　この間のおかまのところか？」

セルヒオのことをそんなふうに言われてずきっと心が痛んだが、冷静に、冷静にと自分に言い聞かせる。

「この間のおかまはぼくの恋人だよ。あんたがこれまでやってくれたことより、ずっとたくさんのことをぼくのためにしてくれたんだ。あ、言っとくけど、ぼくが行くのは彼のところじゃない。マリア姉さんのところだよ」

「マリアだと？」さもいやそうに顔をゆがめて、父さんは言った。「なら、あのあばずれにも言っとけ。あいつの顔もここで見たくないとな」

父親が自分自身の娘をそんなふうに言うのを聞いて、母さんは押し殺したうめき声を上げ、ぼくはまた心が痛んだ。

「大丈夫、姉さんだってあんたにはこれっぽっちも会いたくないと思うよ」

「それはよかった。あのあばずれのことなど知りたくもない」

「娘をそんなふうに呼ばないでってば！」

母さんが弱々しい声で言う。すると父さんはつかつかと母さんに近寄り、反応する隙も与えず、家じゅうに音が響きそうな激しい平手打ちを加えた。母さんはあとずさったが、倒れる前に壁に寄りかかった。

「あの女狐もおれの娘じゃない」

「母さんになにするんだ、この野郎！」ぼくが叫ぶ。

返事の代わりにぼくも横面を強く殴られ、数歩あとずさった。耳がキーンとする。

「おまえは口をつぐんでろ、おかま！」

「二度とこの子に触らないで！」母さんが金切り声を上げた。

「なんだと？　おまえら、もう一度殴られたいのか？」

父さんは母さんに近づいて手を上げる。殴る直前で、ぼくは全力を振り絞って父さんを突き飛ばそうとした。だけど父さんはそれほど動かず、すぐに体勢を立て直して、ぼくの鼻に向けてストレート・パンチを放った。すんでのところでぼくは体をかわしたが、それでもげんこつはこめかみに当たった。ぼくは叫び声を上げ、目の前に流星群が流れた。茫然として、頭に手をやる。

「やめて！」母さんが叫ぶ。

だけど父さんはやめるどころか、今度はぼくのほほを平手打ちした。鈍い音がする。焼けつくような強い痛みに、手加減していないことがわかる。父さんのぶつ手に、ぼくがこういう人間であることに対する憎しみ、嫌悪感が余さず刻印されている。泣くまいとする気持ちを裏切

り涙が数滴こぼれ落ちたが、

（泣くなオスカル、泣くな、泣くんじゃない）

なんとかこらえている間に、また平手打ちされそうになった。

だけど父さんの手がぼくのほほに当たる直前、ドアを強くノックする音が聞こえた。父さんは動きを止める。なにを考えてるかは容易く想像がつく。殴る音や叫び声を聞きつけて、近所の人が様子を見にきたと思っているにちがいない。

「もしなにか言ったら、ひどい目にあわせるぞ」父さんはぼくたちを低い声で脅した。

一瞬訪れた沈黙を壊すものは、ぼくの胸にとどろきわたる鼓動の音と、まだかすかに残る耳鳴りだけ。叫んで助けを求めようかと思ったが、そんなことをしたら、だれかが来てくれる前に母さんがすさまじい暴行を受けるかもしれない。そう考えると、たまらなく怖かった。

またドアがノックされ、そのあとだれかの声が聞こえた。ドアに隔てられて小さく聞こえるが、あれはフェルの声だ。

「ドアを開けて！」

「今度は一体なんなんだ？」父さんがつぶやく。

「今から警察を呼ぶよ！」フェルの声が続いている。「今すぐここを開けないと、電話するから」

父さんは恐怖の表情を浮かべ、しぶしぶ玄関ドアへと向かった。ドアの向こうには、電源の入ったスマホを手にしているフェルがいた。

「今から警察を呼ぶよ」フェルは繰り返す。

「このガキ、なにを言ってる？」

意識して声を抑えて訊きながら、父さんはフェルのほうへ一歩近寄った。フェルは二メートルほどあとずさる。ぼくは緊張して、今にも心臓が爆発しそうだ。

「下がって！　ボタンを一個押すだけで電話できるんだよ」

「家に帰れ、ぼうず。おまえには関係ない」

　そのとき廊下の向こう側のドアが開き、灰色がかった短髪の、少し年配の女の人が出てきた。廊下でしょっちゅうすれちがう人だ。

「どうしたの？」

「なんでもありませんよ、奥さん」父さんはとりつくろったが、声ににじむ怒りは隠しおおせていない。女の人は肩をすくめてまた家に入っていった。「なかへ入るぞ」

「ぼくも入る」フェルがあわてて言う。

　父さんはさげすむようにフェルを見たが、手にしたスマホに目をやると、ぶっきらぼうにうなずいた。みんなで家に入ったが、だれもなにを言えばいいかわからなくて、気まずい沈黙がしばらく続く。

「おまえはここでなにをやってたんだ？」ようやく父さんが沈黙を破ってフェルに訊いた。

「心配だったから、ここまでオスカルをつけてきた」フェルが答える。「もう帰ろうかなと思ったときにあんたがマンションに入っていくのを見て、ぼくもうしろについて忍びこんだ。うまくやったと思ってるよ」

「おい、ぼうず……。これはおまえには関係ない。今すぐ帰ったほうがいい」

「ぼくのこと、ばかだと思ってるの？」フェルがかっとなって言った。「ここでなにが起きてたのか、全部知ってるよ」

「おまえはなにも知らない」父さんが言い返す。その声に脅すような響きがあるのをぼくは聞き逃さなかった。

「あんたが奥さんと息子を虐待してるのを知ってる」

「このおかまはおれの息子じゃない。ただのクソのかけらだ」

「もうおしまいよ！」母さんが突然叫び、みんなぎょっとした。「わたしはここから出ていく。オスカルと一緒に行くわ」

　父さんは一瞬動きを止めた。明らかに、母さんの反応に驚いている。また殴りそうなそぶりをしたが、フェルの前ではできないようだ。

　ぼくも驚いて母さんを見た。そして気づいた。長い間に積もり積もったものが、とうとう爆発したんだ。やっと勇気をかき集めて、つらい決心をしてくれた。

「行くところなどないだろうが」父さんが言った。「このおかまを養う金など、一セントもくれてやる気はないからな」

「あなたのお金は要りません。わたしの息子をそんなふうに言うのを、もう聞きたくないわ」

母さんは凍てつくような声で言う。「わかった？　もしわたしたちをまた傷つけたら、あなたを訴えます」

もう一度始める

こんなことが本当に起こったなんて、まだ信じることができない。長い時間かかってついにすべてが終わったけど、なんだか非現実的で、うそみたいに思える。

でも、ほんとに起きたんだ。

ありえないと思うけど、でも本当に起きたんだ。

2月3日 23：49 投稿 ｜ コメント：5

嵐のあとは必ず太陽が出るよね？

追伸：やっと戻ってきたね！　永久にブログを閉じたらどうしようかと思ってた ⌒̈

2月4日 19：27、投稿者：匿名

そんなことできなかったよ ◡̈

2月5日 15：34、投稿者：ロストボーイ

えーと……こんにちは？　生きてる？

2月21日 18：21、投稿者：匿名

ねえ、もうマジで、生きてる？

2月25日 19：09、投稿者：匿名

生きてるよ！　ごめん。最近もう、とんでもないことになっちゃってて。でもすべて、すごくうまくいってる。気にかけてくれてありがとう ◡̈

2月27日 17：34、投稿者：ロストボーイ

親愛なる匿名さん

ずいぶん長いこと更新しなかったけど、実は最近、息をつく暇もないくらい忙しかったんだ。この数カ月でぼくの人生は、びっくりするくらい変わった。

母さんとマリア姉さんとぼくは、寝室が３つとリビングキッチンのある小さなアパートを見つけて、また一緒に暮らしている。ダニもぼくらと一緒に引っ越してきて、３人で家賃を払ってるから余裕なんだ。それにぼくも、学年が終わったらスポーツセンターの前のカフェでアルバイトすることになった。そうすればぼくも少しは貢献できるし、少なくとも自分の柔道教室代は払いつづけられる。もう自衛の必要はないけれど、今まで身につけてきたものを忘れたくないからね。

今こそ、ぼくの本当の人生が始まるときだ。

17 年生きてきて、やっと家庭ができた。

3月1日 16：17 投稿 ｜ コメント：1

またこんなに長いこと更新しなかったら殺すよ。

3月4日 12：34、投稿者：匿名

シェア Linked In facebook Twitter Google Tumblr

El fuego en el que ardo

第48章

／これまでのわたしの持ち物のなかで
最高なのがあなた

『マイン』
テイラー・スウィフト／

待っている間、胃になにか詰まったような気がして仕方なかった。じっとしていることができなくて、いらいらしながらあっちからこっちへ行ったり来たりしていた。数分後、やっとダリオが心もとない足取りで近づいてくるのが見えた。その姿を見てすぐ、ダリオのなかでなにかが変わったのがわかった。体つきは変わらないが、表情は明らかにちがう。態度にもこれまでにないものがあるとわかったとき、ぼくの心にちかっと期待のようなものがひらめいた。

でも、ダリオを信用することはできないとわかっている。少なくとも、完全には。なんといってもあんな目にあわされたのだから。

「学校、やめるんだって？」

ぼくの前に来ると、ダリオはそれだけ言った。ぼくはただ肩をすくめた。

「きみには関係ないだろ」

「それに、おれたちの名前をばらさなかったんだって？」

一方の脚からもう片方の脚に重心を移しながら、まるで今のぼくの言葉が聞こえなかったようにダリオは続ける。ぼくはもう一度肩をすくめ、言った。

「きみにあんなことされたのに、ぼくは優しいよな」

ダリオはため息をついた。

「ほんとだ」

「で、なんの用？」

「謝りたいんだ」

その言葉を聞いてあきれ、ぼくは思わず天を仰いだ。ダリオが後悔してるそぶりを見せたのは、これが初めてじゃない。

「ダリオ、もうこういう会話したと思うんだけど。またする気にはなれないよ」

ぼくがきびすを返していこうとすると、ダリオに腕をつかまれた。

「放せ、今すぐ」

「待ってくれ、オスカル。頼む。話したいことがあるんだ」

ぼくはダリオをにらみつけた。

「なんのためにこの間と同じことをしなくちゃいけないわけ？」

「もうあんなことしない。約束する」

その目には、予想もしなかった色がある。後悔の色にすごく似ている。ぼくは

（涙を）

この前の会話を思い出し、結局なんの役にも立たなかったのかなと思う。

「わかった」

「ほんとにごめん。ほんとだよ、オスカル」ぼくの名前を呼ぶとき、ダリオの声がかすれていた。「ものすごく、申し訳ないと思ってる」

ぼくはまた天を仰いだ。

「正確には、どういうことを？」

「全部。おれはくそったれだった」

ぼくはうなずく。

「そうだったね」

「そうだ。でも、おれが後悔してることを知ってほしい。これは本気だよ」そんなことを言うので、ぼくはまたあきれた。「この間話してから、すごく考えた。それで、ほんとにすまないと思った」

「なんであんなことしたの？」

それがどのことを指して言ってるのか、特定する必要はない。

「わからないよ、オスカル……。たぶん……たぶん、途方に暮れてたんだと思う」

ぼくはちょっと驚きながらもうなずいた。クラブで出会った日、ぼくがダリオを表現するのに使ったのと同じ言葉を彼も使ってる。ダリオの顔を見ると、目が潤んでいた。

「ぼくもそうだった」ぼくは言った。

「ああ、でも……わからない。なにもかも、あまりにも大変だった。おまえも知ってるよな、村に住むっていうのがどういうことか」

「知ってるとしたら、それはきみのおかげでもある」

「ああもう、悪かったよ、ほんとに。ごめん。だけど、どういうものか知ってるだろ。怖くてたまらなかった」

「ぼくがまだわからないのは、なぜがらっと変わったかということ。ぼくら、何カ月もやってたよね、ダリオ。何カ月も。ぼくの気持ちも、ちゃんと知ってた。それがどうして、ぼくがああ言っただけであんなに変わっちゃったの？」

ダリオはぼくの視線を避けてつばを飲みこみ、二度ばかり口を開いてはまた閉じて、それから答えた。

「それはあのとき、おまえに対する気持ちに気づいたからだ」ダリオの目に涙があふれて、今にもこぼれ落ちそうだった。「そして今でも、同じ気持ちだ」

ぼくはぽかんとした。

「そんなにいい感情を抱いているようには見えなかったけど」

「それは、誇れるようなものじゃないから」

「それじゃ？」

「怖かった。なにかちがうこと、どれだけ否定しようとも、ずっとそうだったということに気づいた。そして、おまえを好きになること……おまえを好きになることは、抑えようとしてきたものすべてと向き合うことだった。おれはそんなことできなかった」

　少しの間訪れた沈黙は、ぴんと張りつめていた。

「ダリオ、ぼく……。なんて言えばいいのかわからないよ、ほんとに」

「あんなことがあったあとで、おれを許すのはすごく難しいと思うけど……でも、許せると思うか？」

「心から？　わかんないよ、ダリオ。ほんとにわかんない」

「おまえ、あの男とつきあってるんだよな？　クラブにいた」ぼくはうなずく。「だと思ってた」

「悪いな、ダリオ。もう遅すぎるんだ」

　ダリオはうなずき、つばを飲みこむ。それから弱々しい笑いを浮かべてぼくを見た。涙が一滴、ぽろっとほほを流れた。

「そいつはおまえを幸せにしてくれるんだろ？」

「すごくね」ぼくは正直に言った。

どうしてダリオにそんなことを言ったのか自分でもわからないけど、でも恥ずかしいとは思わなかった。ダリオはもう一度うなずくと、にっこり笑った。そして涙を手でふいた。

「そうだな、それが大事だ」

＊＊＊

「今からきみんちに行っていい？」

「もちろん。なにかあった？」

「着いてから話すよ。二十分くらいで行く」

「わかった。元気？」

ぼくは答えを返す前にちょっと考えた。すると電話の向こうから、いぶかしげな声がした。

「オスカル？」

「元気だよ、心配しないで。これから話すよ」

「愛してるよ」

「愛してる」

地下鉄の階段を下りながら電話を切った。まだ地下鉄移動には慣れていないけど、セルヒオの家への道は暗記している。電車を待つ間も、乗ってからも、ダリオとの会話が頭の中をぐるぐる駆け巡っていた。結局、この前のダリオとの会話が役に立っていたわけだ。

ぼくの心の一部は、あんなことをしたダリオを憎み、軽蔑し、背を向けたいと

(望んでいる)

思っている。だけどぼくにそんなことができるのだろうか。あんな経験をさせられたあとだとしても。それでも結局、心の奥底では、ダリオもハッピーエンドを迎える資格があると思っている。そうなるにはすごく時間がかかるだろうけど。

でも少なくとも、ダリオはもう最初の一歩を踏み出した。

セルヒオの家に着くとすぐ、ぼくは今日のことを話した。知らず知らず涙が出てきて、話し終えるまでセルヒオがぎゅっと抱いててくれた。

「それで、きみはどうするの」話が終わるとセルヒオがたずねた。

「わかんない。許してやりたい気持ちがあって、そうすべきだろうとも思うんだけど、でもやっぱり……」

「わかるよ」

「きみはどう思う？」

セルヒオはつばを飲みこんでから答える。

「許してあげるべきだと思うよ」

ぼくはその通りだと思ってうなずいた。そしてほほえみ、ぼくのほうからくちびるのキスを

した。ほかの人ならだれでも、ダリオと距離を置けとぼくに言うはずだ。ほかのだれでも、あんなことがあったあとでダリオと話したら、焼きもちをやくはずだ。そして、もう二度とやつと話すなと言うはずだ。だけどセルヒオはそんなことしない。

「愛してるよ」ぼくはぽつんと言った。

「ぼくも。すごく愛してる。きみは、これまでぼくが出会った人のなかで最高だ」

セルヒオは完ぺきだ。そしてなかでも最高なのは、セルヒオもぼくが完ぺきだと思っていてくれること。だけどときどき、どうしようもなく心配になってしまう。

「怖いよ」

「なんでだよ、ばかだな。どうしたの？」

ぼくはぴったりくる表現を探して少し口ごもった。

「いつか、きみが思うほどぼくはよくないって気づかれる日が来るのが怖い」結局、こんな表現になった。

「ほんとにばかだなあ」

「どうして？」

「だってばかだから。ぼくにとってきみは完ぺきだよ、それだけだ」

「どうして？」ぼくは同じ言葉を繰り返した。

セルヒオはほほえみ、その青い目でぼくをじっと見つめた。ぼくのなかに、あったかくてくすぐったいものが広がる。そしてセルヒオは口を開いた。

「だって、愛してるから」

ぼくはふにゃっと、とろけてしまった。

それからのこと

おれは目覚めつつある、体の芯でそう感じる
おれの体を突き動かすのに十分なほど
新時代へ、新時代へようこそ
新時代へ、新時代へようこそ
おっと待て、おれはレディオアクティヴ
おっと待て、うかつに近づくとけがするぜ

『レディオアクティヴ』
イマジン・ドラゴンズ

スズメバチがまたぼくの胃のなかを突っついているが、今度はセルヒオのせいじゃない。もうすぐ学校に着くからだ。今のぼくは恐怖と興奮の波が同じ割合で押し寄せるのを感じている。

「ねえ、セルヒオ……」

「ん？」

「怖いよ」

セルヒオはあきれた顔で、ぼくのくちびるに素早くキスした。

「よそうよ、オスカル」ほほえみながら言う。「このことは話し合っただろ。すべてうまくいくよ、すぐわかるさ」

ぼくはうなずく。セルヒオの言う通りだとわかっている。

「うん」

「愛してるよ」

「ぼくも」

「ここは、なにもかも以前とちがう。これまでよりずっといいよ。怖がることはなにもない」

セルヒオのそばにいれば、うまくいかないわけがない。ぼくの新しい高校は、セルヒオが入学する大学から歩いて二十分もかからないところにある。つまり一緒に通学できる日が多くて、そのあと会うのも楽だということ。街に越してきてから毎日欠かさず彼と会い、何週間も過ぎるうちに、だんだん、村でのいじめが本当にあったことだと信じられなくなってきた。

少なくとも悪夢を見てぐっしょり汗をかき、真夜中に目覚めるとき以外は。

でも、少しずつ傷も癒えてきた。傷あとは長いこと、たぶん一生残るだろうけど、それもなにかいいものとして見られるようになってきた。悪い記憶を呼び覚ますものではなくて、乗り越えられたことすべての思い出として。ぼくはもう強くなった、前へ進むことができるようになったと思わせてくれるものとして。ぼくの翼はもう紙製じゃない。強くて、もうなにものにも縛りつけられることはないとわかってる。

道をうろついていた狼どもは敗北し、その頭はぼくの部屋の壁に、みんなが見られるところにかかっている。ぼくを毒牙にかけようとした蛇たちは死んで埋められた。やつらが得られなかったものを思い出せるように、ぼくはその皮をブレスレットにしてはめている。それにもかかわらず、というかたぶんそのおかげで、ぼくはもっと強くなった。

そしてわかった。初めてそのことがわかった。ぼくは強いんだ。ぼくを燃やす炎にもう皮膚を焼かれることはない。傷つけられることはない。今、炎はぼくの、ぼくの皮膚の、ぼくの血るのはそいつのほうだ。
ぼくは炎。
ぼくは光。
そしてぼくの周りを照らす。

ぼくを燃やす炎に
もう皮膚を焼かれることはない
傷つけられることはない

『すべてが燃える』
マリア・ビジャロン

訳者あとがき

本書『ぼくを燃やす炎』には、いくつものドラマがあります。

ひとつ目のドラマはもちろん、この物語そのもの。他人に言えない悩みを抱えながらも、ごく当たり前の高校生活を送っていた十六歳のオスカルはある日突然、壮絶ないじめの標的になります。ゲイであることをクラスメートに知られたためでした。自分が自分であるというただそれだけの理由で理不尽な仕打ちを受けなければならなくなった彼は、声にならない叫びを上げます。

> ぼくがぼくであることに、ぼくはなんの責任もない。ぼくが選んだわけでもなければ、だれかに選んでいいよっていわれて、意識して決めたわけでもない。ただ、こんなふうに生まれただけ。どうしてぼくの責任じゃないことで、こんな屈辱に耐えないといけないんだ？

体の痛みが心の痛みを紛らせるために有効であることを知ったオスカルは、日常的に自傷するようになります。のたうち回るような苦しみのなか、自分の存在すら否定しそうになりながらも、必死で前を向こうとするオスカル。やがて自分をまるごと受け入れてくれるセルヒオと出会い、少しずつ、ほんの少しずつ、明るいほうへと歩きはじめていきます。これは繊細で心優しいがために傷ついてしまう少年の苦闘と、そして再生の物語なのです。

　本編を読んだ皆さんは、たとえ独白ででも声高には叫べない、心の奥深くにしまい込まれたオスカルの本音が括弧書きの形でときどき飛び出してくるのに気づかれたと思います。言葉にできない、もしかしたら本人ですら気づいていないかもしれない痛みや苦しみ、そして願望。そんな表現しがたい感情と闘いながら思春期を過ごす人はきっと、とても多いのではないでしょうか。それは性的指向も国民性も関係なく、だれもが共感できる経験のような気がします。

　スペインは欧米のなかでもかなり早い時期に同性婚を認めた国であり、ＬＧＢＴの問題に対してオープンだというイメージが強いため、ここに描かれた出来事は大げさだと思う人がいるかもしれません。ですが、この物語は決して絵空事ではないのです。日本に比べればスペインのほうがカミングアウトしやすいのは確かでしょうが、だからといってすべての国民がこの問題に対して理解があるわけではありません。むしろ伝統が色濃く残る地方の町では、「男は男らしく」というマッチョな思想が今も幅を利かせています。オスカルのお父さんがこの典型ですね。ＬＧＢＴの存在すら認められないような小さな村で、環境を変えるための自活の手段も持たず、ゲイであることがばれたら今自分を愛してくれている人たちまで離れていってしまうのではと怯えながら暮らす十六歳の少年の苦悩が、ここではとことんリアルに描写されています。

最初に述べたドラマのふたつ目は、原著『El fuego en el que ardo』の制作過程にあります。冒頭の「はじめに（作者より）」にある通り、これはゲイであることを公言している翻訳家のマイク・ライトウッドさんが、自分の運営するブログに寄せられた少年少女の声を反映させ書き綴った物語です。小説執筆という慣れない作業に何度もくじけそうになりながら、その都度起こる出来事に背中を押されてつくりあげたオスカルの人物像には、これまでマイクさんが知り合った人々の要素が少しずつ入っているそうです。つまりこの一冊の小説のなかに、それこそ無数ともいえる人たちのストーリーが埋め込まれているのです。

日本語版出版の経緯のなかにも、小さなドラマがありました。

わたしが原著を初めて読んでから二年近くになります。スペイン大使館が運営する本の紹介サイト「ニュー・スパニッシュ・ブックス（NSB）」で同書のリーディングレポートを書いたのがきっかけでした。そのとき、自傷シーンのひりひりするようなリアルさと、ヤングアダルトにしては珍しいほど踏み込んだ性愛描写から、「いい本だけど売り出し方は難しそうだな……」という印象を抱いたのを覚えています。ところが、その難しそうな本を売り出そうと手を上げた出版社がありました。それが二〇一六年版のＮＳＢでおすすめ書籍の選考委員を務めていたサウザンブックス社です。クラウドファンディング方式で出版の実現を目指すと聞いたとき、「なるほど」と思いました。通常の出版ルートに乗りにくそうなこの本を世に出すには、うってつけの方法だという気がしたからです。

　こうして船出した出版プロジェクトですが、途中までの航路は順風満帆とはいいがたいものでした。なかなか集まらない支援額と、どんどん減っていくファンディング期間の残り日数。ＬＧＢＴのヤングアダルト小説が日本で受け入れられるにはどこへ向けてアピールすればいいのだろうと思いあぐねつつ、細々とチラシを配ったり知人に告知をお願いしたりする日々が続きました。

　ところがあるときから、急に潮目が変わりはじめました。主催者側の地道な努力と、最初は少数だった支援者がＳＮＳ等を通じて情報を広めていってくださったことが功を奏したのでしょう、それまでの停滞がうそのように資金の集まるペースが速くなり、期間終了まで数日を残して見事ファンディングが成立しました。ようやく皆さんのところへお届けできることになった本書には、多くの人の熱い想いがぎゅっと詰まっています。

　最後になりましたが、プロジェクト実現に向けて力を尽くしてこられた皆さんに感謝を伝えたいと思います。サウザンブックス社の古賀一孝さん、安部綾さん。プロジェクト発起人の宇田川しいさん。そしてファンディング期間中、毎日動画配信して応援メッセージを送ってくださったイスパニカの本橋祈さん。企画成立後、彼女は社長業の傍らこの本の編集を担当してくれました。そしてなにより、プロジェクトを支援してくださったすべての方々。あなた方がいてくださらなければ邦訳出版はかないませんでした。本当にありがとうございました。

二〇一七年十二月

村岡直子

※訳出にあたり、『ウォールフラワー』（著：スティーブン・チョボスキー　、訳：田内志文、集英社刊）と、『さよならを待つふたりのために』（著：ジョン・グリーン、訳：金原瑞人・竹内茜、岩波書店刊）を参考にさせていただきました。

プライド叢書発刊に寄せて

本書『ぼくを燃やす炎』はプライド叢書（そうしょ）の一作目として刊行されました。このシリーズは、セクシュアル・マイノリティがプライドを持って生きていくために自ら情報発信していくことを目指すものです。

誕生のきっかけは偶然の出会いからでした。本書の企画のためにリサーチをしていたサウザンブックス社の担当者と取材中の私が、新宿二丁目にあるブックカフェ「オカマルト」でたまたま居合わせ話をしたのです。

いじめ問題を扱ったゲイ小説をクラウドファンディングで出版したいという相談を受けて、私はぜひ発起人をやらせてほしいと手を挙げました。それは、私がゲイ当事者であるライターとしてセクシュアル・マイノリティについての記事を書いてきたなかで、とても悲しく忘れられない事件があったからでした。

一橋大学の学生がゲイであることを友だちに言いふらされて、自死に追い込まれた事件です。ＬＧＢＴに関する話題が日常的に報じられ理解が深まりつつあるように見えるこんにちにおいても、いじめにあう若いセクシュアル・マイノリティは少なくありません。この小説を世に出すことで、一橋大生のような辛い思いをしている人たちの力に少しはなれるのではないか。そう思ったのです。

同時に、この本一冊だけで終わらせてしまうのは惜しいとも思いました。クラウドファンディングによる出版という方法は、私たちマイノリティが自ら声を上げていくプラットフォームとして有効ではないだろうか。セクシュアル・マイノリティ、とくに若い人たちが自分自身を肯定してプライドを持つための情報を発信していくシリーズにしたい。そんな思いをサウザンブックス社に汲んでいただき、このプライド叢書はスタートすることになったのです。

本書には、いじめに会っている思春期の子どもたちがサバイブするための具体的な方法が数多く提示されています。今いる集団を離れて外の集団に居場所をみつけたり、音楽や、映画、書物といったクリエイティブな世界に心を置いたり。この本は青春小説ではありますが、いま現在、いじめにあっている子どもが読んで、苦境から抜け出すために役立つ実用的な本でもあるのです。セクシュアル・マイノリティに限らず、悩んでいる子どもたちにぜひ本書を手にとってもらいたいと思います。

もちろん、大人たちにも読んでほしいのです。主人公オスカルのために踏み込んだ対応をするアナ先生、そして母親が最後にする大きな決断という大人たちの行動が、物語の展開に大きな役割を果たしていることに注目してください。

いじめや差別をなくし、誰もが安心して自分らしく暮らせる社会を作っていく責任は私たち大人にあるのです。この本を手にした皆さんにお願いがあります。本書を気に入っていただけたら、お友だちやお知り合いにこの本の話をしてください。ぜひＳＮＳで触れてください。そのことで生まれるさざなみが、きっと、今いじめに悩む子どもたちのもとにも届くと思うのです。一人でも多くの子どもがこの本をサバイブするための力にしてくれることを願ってやみません。

本書の発行までには、数え切れないほど多くの人との出会いがありました。それは偶然のようで今となっては必然のようにも思えます。

成立までのさまざまな局面で、ＬＧＢＴコミュニティの多くの方にアドバイスをいただきました。ＮＰＯ法人東京レインボープライド共同代表（現・顧問）の山縣真矢さんをはじめとして、これまでセクシュアル・マイノリティのための活動を地道に続けてこられた皆さんが、ノウハウや知恵を授けてくれたことでどれだけ助けられたでしょう。

ＳＮＳやフライヤーの配布などそれぞれのやり方で応援してくれたセクシュアル・マイノリティ当事者やアライの人たち。クラウドファンディングに支援してくれた皆さん。途中、クラウドファンディングの達成率が伸び悩み、悲観的になることもありましたが、それを乗り越えられたのは皆さんの後押しのおかげでした。
　そして私とサウザンブックス社を上手にマッチングさせてくれた、ブックカフェ「オカマルト」店主の小倉東さん。出版人として大先輩でもある小倉さんには、その後もプライド叢書や本書刊行についての適切な助言を数多くいただきました。全ての出会いに感謝しています。

　プライド叢書では、今後もみなさんと一緒に本を作っていきたいと思っています。じつは、この『ぼくを燃やす炎』には続編があります。こちらはオスカルがいじめられるきっかけを作ったダリオの視点で語れたストーリーです。自己を肯定できないときに人がどれほど屈折した行動をとるのか。そしてそこからどのようにプライドを回復していけるのか。まさにプライド叢書にふさわしいテーマであり、いずれはこちらもみなさんのお目にかけることが出来ればと思っています。セクシュアル・マイノリティ当事者の方、そしてアライの皆さん、ぜひともご協力をお願いいたします。
　プライド叢書を一緒に作っていきましょう！

宇田川しい

プライド叢書編集主幹

ぼくを燃やす炎

2023年10月6日　第1版第1刷発行

著者	マイク・ライトウッド
訳者	村岡直子
発行者	古賀一孝
発行所	株式会社サウザンブックス社 〒151-0053 東京都渋谷区代々木2丁目23-1 http://thousandsofbooks.jp
装丁イラストレーション	カナイフユキ
装丁・本文デザイン	TYPEFACE（渡邊民人/中川由紀子/谷関笑子）
校正	山縣真矢（ぐび企画）
編集協力	有限会社イスパニカ
版権コーディネート	関本あやか
印刷・製本	シナノ印刷株式会社

本書は、2018年2月に刊行した『ぼくを燃やす炎』の改訂版として発行されました。
EL FUEGO EN EL QUE ARDO by Mike Lightwood

ISBN978-4-909125-44-6

著者

マイク・ライトウッド（Mike Lightwood）

ブロガー、翻訳家。ネットを通して知り合った若者たちの体験を下敷きに『ぼくを燃やす炎』（原題：El fuego en el que ardo）を書き上げて以来、続々と小説を発表。Lo que nunca fuimos（ぼくたちが決してならなかったもの）で第1回LGTBI電子文学賞を受賞した。近年ではSF、ユーモア小説を手掛けるなどジャンルを広げている。

翻訳

村岡直子（むらおか なおこ）

兵庫県出身、同志社大学文学部卒業。スペイン語翻訳者、講師、校正者。訳書に『雌犬』（ピラール・キンタナ著、国書刊行会）、『ガラスの虎たち』（トニ・ヒル著、小学館）、『ラスト・ウェイ・アウト』（フェデリコ・アシャット著、早川書房）、共訳書に『地政学の思考法』（ペドロ・バーニョス著、講談社）などがある。

Special thanks

生島嗣、小倉東、加賀直樹、鈴木茂義、土岐野みゆき、松中権、山縣真矢

- 本書はインターネットを通じて制作費の協力を募るクラウドファンディングによって出版することができました。応援してくださったみなさまに厚く御礼申し上げます。
- サウザンブックスのPRIDE叢書（そうしょ）は、セクシュアル・マイノリティが誇り高く生きて行くための本を出版していきます。

略歴

東京都生まれ。和光大学中退後、出版社勤務を経てフリーランスのライター、編集者に。ハフポストなどのメディアにおいて、自身、ゲイとしてセクシュアル・マイノリティについての取材執筆を行う。ゲイ・アクティビストとしてセクシュアル・マイノリティへの理解を促すための講演活動なども積極的に行っている。